Historiæ
Rizzoli

FRANCESCA MACCANI

AGATA DEL VENTO

Rizzoli

Pubblicato per

Rizzoli

da Mondadori Libri S.p.A.
Proprietà letteraria riservata
© 2024 Mondadori Libri S.p.A., Milano
Pubblicato in accordo con Lorem Ipsum | Agenzia Editoriale, Milano

ISBN 978-88-17-18456-4

Prima edizione Historiae Rizzoli: aprile 2024

Realizzazione editoriale: Studio editoriale Littera, Rescaldina (MI)

Seguici su:

www.rizzolilibri.it 　　 /RizzoliLibri 　　 @BUR_Rizzoli 　　 @rizzolilibri

AGATA
DEL VENTO

Ai viandanti,
ai visionari,
ai disubbidienti.
A tutte le donne di mare e di terra.
A me,
che inciampo,
cado e mi rialzo.

Al mio papà, la stella più luminosa del cielo.

Coloro che non partono ma soffrono
di sete di scogliera, amano i porti,
salpano nel sonno, cercano un'altra sete
per appagare la prima, ci osservano,
ci vedono come navi, felici.
Siamo isole.

JUAN VICENTE PIQUERAS

Senti come il vento
mi chiama
galoppando nell'ombra
per portarmi lontano.

PABLO NERUDA

Prologo

Lipari, giugno 1887

Il buio culla il gozzo al largo, tira solo un debole fiato di libeccio. La luce della lampara oscilla sul palo di legno sbilenco consumato dal sale, in un cigolio poco convinto.

Tutto intorno è il silenzio.

Cettina, che un attimo prima aveva fatto segno alle altre donne sulla barca di calare le reti, si porta una mano alla pancia e geme. Da prima di uscire si sentiva acciaccata, un pochino sottosopra, la schiena le doleva più del solito.

«Madonnuzza da Catina... no, non è ancora il momento...» Ma non fa in tempo a parlare che iniziano i dolori. Si accascia, divarica le gambe coperte dalla gonna sudicia con l'orlo zuppo di acqua salmastra, ormai sbiadito, e il respiro le si fa pesante.

L'aria le entra prepotente dal naso, odore di sale, legno fradicio e pesce. La nausea le chiude la gola. Cettina fa scivolare le mani sul ventre gonfio e duro come un sasso che di colpo si contrae senza che lei possa farci nulla.

Domenica e Giuseppina – donne robuste, di cuore, un poco mascoline nei modi – capiscono al volo. Scure in viso e nei capelli come la notte che stanno attraversando, ritirano in fretta le reti. Sanno che devono impugnare i remi al più presto o Cettina rischia di partorire lì, in mezzo al mare.

Anna, intanto, stringe la mano alla donna dolorante e le porge 'u bummulu, il piccolo otre di terracotta dove tengono l'acqua dolce. «Tè, bivi, che ora rientriamo. Non siamo troppu luntanu, manco mezz'ora e tocchiamo terra.»

Cettina sente arrivare un'altra contrazione, più forte, e abbandona la testa all'indietro. Ha il fiato spezzato, ansima, ed è come se il petto avesse preso un ritmo tutto suo. Alza lo sguardo e trova in cielo una luna chiara come un uovo senza il rosso, una luna che sembra spenta e fredda, mezza nascosta dal grigio di una nuvola tonda e gonfia pure lei.

Sa che non manca molto, è al suo terzo figlio e si è sempre sgravata in fretta. Sente che là sotto il bambino freme per uscire, come un grosso pesce che sguscia via mentre cerchi di tenerlo stretto. E Cettina ci prova a resistere, a tenerla dentro 'sta criatura che vuole venire al mondo su una barca in mezzo al mare, mentre sua madre è a pesca, mentre è fuori per abbuscarsi 'u pani.

Domenica e Giuseppina remano, remano forte verso la costa, il vento non le aiuta ma manco le ostacola, soffia debole, di lato. Hanno le mani indolenzite e sentono il cuore pulsare forte.

Cettina lancia un urlo. Non ce la fa più a trattenersi, il dolore la costringe a scivolare ancor di più lungo lo stretto fondo del gozzo, sul pagliolo di assi bagnate, impregnate dal puzzo di pesce. Si appoggia con le spalle alla costola di legno che regge il timone, quella più vicina alla prora.

«Ahhh! A momenti arriva 'stu picciriddo» riesce a biascicare mentre l'onda dell'ultima contrazione corre verso il basso e le scivola lungo le gambe, che non sente più.

«A momenti ci siamo, Cettina» la rassicura Anna, lasciandole la mano per controllare quanto è dilatata. Per fortuna di bambini ne ha visti nascere tanti e in caso di bisogno sa cosa fare. E se pure non lo sapesse, ora deve aiutare l'amica che si contorce, le mani serrate a pugno così strette che le nocche sono diventate bianche bianche, pietruzze sembrano.

La luce della lampara illumina il volto imperlato di sudore di Cettina, mentre i remi battono l'acqua, un tonfo sordo e regolare, su e giù, dentro e fuori, scendono, spingono e risalgono.

Domenica nemmeno la guarda a Giuseppina, le duole tutto, le braccia, il collo, le reni. La pelle callosa delle mani sembra sul punto di spaccarsi. Giuseppina si sputa sui palmi, veloce, senza perdere il ritmo. Il legno del remo, liscio per l'usura, le sfugge.

«Non ci arrivo a terra!» urla Cettina. «'Sta criatura non può nascere in mezzo al mare. Porta male, debole e malato poi mi resta...»

«Forza che siamo quasi a riva! Non diri fissarie» tenta di rassicurarla Anna, curva davanti alle sue gambe, pronta a ogni evenienza. La donna si accorge che manca poco e cerca lo sguardo di Giuseppina che, sudata, non smette di remare, gli occhi strabuzzati verso la riva.

Devono essere le quattro e qualcosa, le donne lo capiscono da quanto è alta la luna in cielo. L'isola pare un canuzzo addormentato, adagiato sul fianco.

Poi, di colpo, la prora del gozzo fende la sabbia nera. Domenica e Giuseppina mollano i remi e saltano a riva. Tirano la barca a secco, imbracciano le reti e le gettano a terra. Dopo un attimo risalgono e con l'aiuto di Anna sollevano Cettina.

La poveretta non si regge in piedi, non può farcela, dalla vita in giù non sente nulla. «Non ho più forze...» dice in un gemito.

«Quelle poche che ti restano mettile nelle gambe e scinni di 'cca» ordina Domenica, perentoria.

Cettina si puntella, si appoggia di peso alle compagne e si lascia guidare fino alle reti. Lì si sdraia e di colpo un velo sembra calarle davanti agli occhi. Le voci delle amiche si fanno lontane, la luce della lampara si rabbuia. Non è un parto come gli altri, quello.

Anna corre verso il paese per chiamare aiuto. Deve avvisare il marito di Cettina, Pino, che è a casa coi carusi e la madre della donna. Ma poi si ricorda che Minica è a Canneto, perché il vecchio padre è malato assai e forse manco arriva alla fine della settimana. Anna bussa prima di tutte alla porta di Za' Teresa, la levatrice: è sempre meglio se c'è lei quando qualcuna partorisce.

È nell'istante in cui Za' Teresa le tasta la pancia che Cettina si riprende. È lucida, ma non ce la fa più.

«Cettina, ora ci siamo... adesso respira» le dice la levatrice. «Quando te lo dico io, devi spingere. Ma non prima o ti rompi tutta.»

Cettina suda, ansima, non riesce a trattenersi dallo spingere ma ci prova. Passa una manciata di minuti che le sembrano infiniti.

«Ora! Spingi ora!» la incita la Za'.

Cettina butta un urlo animale, sente la carne lacerarsi e di colpo la creatura sguscia fuori, fra le mani della levatrice, che se la posa in grembo e la avvolge nel suo grembiule.

È una fimminedda. La bambina strilla subito, un urlo prepotente e argentino. *Mi sono sbagliata*, pensa Cettina, *me la sentivo maschio.*

Non fa freddo ma dal mare sale un'aria umida, e quella creatura bisogna portarla al chiuso, in un posto sicuro.

Cettina vorrebbe solo chiudere gli occhi e rannicchiarsi sulle reti. Ma sa che ancora non ha finito, deve buttare fuori il resto. Così piega le gambe e si tiene la pancia con le mani, mentre i morsi delle contrazioni si allentano.

Anna e Za' Teresa sono con lei e sa che tutto andrà bene, che le donne la puliranno e che qualcuno penserà alla picciridda sua che la Za' le posa sul petto.

«Agata» sussurra Cettina. Guarda la neonata per vedere se è sana, e gli occhi le si appuntano nel triangolo di pelle di latte lasciato scoperto dai lembi del grembiule della Za'. La piccola voglia che scorge le accende una consapevolezza dolorosa, che subito scaccia.

In cielo le stelle brillano timide, si specchiano su un'acqua di velluto, spiano incuriosite quella creatura che è da poco venuta al mondo.

«Agata... Perché sei nata qui, su queste pietre sotto la luna che parunu luccicare... anche se per poco non nascevi sul gozzo, nicaredda» dice Cettina, sforzandosi di parlare forte, affinché Za' Teresa la senta. Poi finalmente si abbandona sulle reti, sfinita.

«Agata» ripete la donna, poi prende in braccio la neonata e si incammina verso il mare. Raccoglie un poco di acqua nell'incavo della mano e gliela lascia cadere sulla testolina, come fosse pioggia.

«Agata ti ha chiamata tua madre. Che il mare ti protegga sempre e ti sia amico.» La Za' pronuncia la benedizione con tono solenne, traccia tre croci sulla fronte della bimba con l'unghia del pollice, mormorando un *Pater Noster*. Poi si avvia verso casa per lavarla come si deve e fasciarla.

«Cettina sta bene, è solo stanca, appena si ripiglia portatela a casa» dice rivolgendosi alle donne che sono chine su di lei nel tentativo di farla riprendere. «Se ha buttato tutto, fra poco si può alzare, tenete d'occhio il sangue e chissà chiamatemi, la nicaredda sta con me finché agghiurna e poi ce la porto che deve attaccarsela.»

Una levatrice e una majara era Za' Teresa, una che sapeva il fatto suo, le cose da fare e le parole da dire, le benedizioni e le cure.

Agata non poteva stare in mani migliori.

1

Lipari, aprile 1902

In quella tiepida mattinata di aprile, l'incrociatore *Marco Polo* era ormeggiato a Marina Lunga. Il sole appena sorto aveva tinto l'orizzonte d'oro e di porpora. Da ogni lato si stendeva il Tirreno levigato e lucente come una gran lastra d'argento. Un sentore di origano selvatico e capperi profumava l'aria e una brezza leggera accarezzava le pendici scoscese dell'isola.

Il porticciolo era deserto, tutta la gente era poco più avanti, incuriosita dall'arrivo della regina madre Margherita di Savoia. Era la prima volta che una persona così importante metteva piede su quella piccola pezza di terra in mezzo al mare, tanto sperduta da essere diventata una terra di confine, una vera e propria isola carceraria. L'insolita visita aveva portato uno sconosciuto fermento nelle vite abitudinarie e semplici degli abitanti di quel luogo abbracciato dall'acqua.

La regina era sbarcata ammirando il cielo sgombro di nubi, di un azzurro da lasciare senza fiato. Era stata accolta dal calore della gente che la attendeva trepidante. L'atmosfera di festa si respirava già dalle prime luci dell'alba, d'altra parte Lipari era solita svegliarsi presto, assecondando il ritmo della pesca, che predilige il buio e il silenzio della notte.

Agata, per riuscire a vedere la regina, non aveva avuto paura di intrufolarsi nella calca tirandosi appresso Pietro, ed era rimasta incantata dal suo aspetto curato e dall'incedere elegante e maestoso.

«Così però vidu poco e nenti, troppa gente c'è davanti» si era lamentata. Non voleva perdersi nessun dettaglio della sovrana che fendeva la folla accompagnata dal sindaco, don Ferdinando Paino, dal vescovo, monsignor Nicolò Maria Audino, e da chissà chi altri che lei non conosceva, persone importanti di sicuro, perché le stavano di lato ed erano sbarcate con lei al porto.

Pietro, che nonostante avesse solo quindici anni era un ragazzo grande e grosso, la afferrò all'altezza dei fianchi e la sollevò. Iniziò a sudare, e non solo per lo sforzo o per il caldo. Non aveva mai toccato Agata in quel modo, e le sue mani grosse e forti erano acutamente consapevoli che sotto quelle gonne grezze e ampie si muoveva flessuoso il corpo di una donna. Non gli importava nulla della regina né dei suoi vestiti, l'unica cosa che voleva in quel momento era tenere Agata così, stretta a lui.

«Ora sì!» esclamò la ragazza.

Agata riuscì a vedere il lungo abito nero della regina, le maniche arricchite da un velo di seta scura, impalpabile e quasi trasparente, la lunga collana di perle che sobbalzava a ogni passo sul petto generoso, la severa scollatura squadrata, ornata da un pizzo delicato. I lunghi capelli erano raccolti e sulla sommità del capo brillava una corona d'oro, impreziosita da pietre luccicanti.

Agata non aveva mai visto nulla di più bello. «Pietro, varda chi vistitu e i gioielli, varda gli orecchini, sono uguali alla collana, tutti di perle.»

«E comu fazzu a vidiri jo, sì haiu a ti davanti?» replicò il ragazzo.

La regina attraversava la folla accompagnata dal marchese Guiccioli e dalla marchesa Villamarina – così aveva sentito dire Agata a qualcuno davanti a lei –, anche loro elegantissimi. La nobildonna indossava un abito lungo chiaro, sicuramente di seta perché era liscio e lucido ed emanava riflessi dorati. Agata voleva vedere tutto, dalle acconciature ai gioielli, voleva riempirsi lo sguardo di un lusso cui non era abituata e che le faceva sgranare gli occhi.

Improvvisamente un gruppo di uomini mal combinati si avvicinò al corteo e circondò la sovrana, sottraendola agli occhi della giovane.

«Uffa, Pie'! Per fortuna che qualcosa ho visto, puoi mettermi giù adesso.»

Pietro si fletté lentamente, facendola scivolare piano in basso. Quando posò i piedi a terra, Agata si voltò verso l'amico, ritrovandosi stretta tra le sue braccia e accorgendosi per la prima volta di quanto fossero muscolose e forti. Il suo seno premeva contro il petto dell'amico che la guardava ebbro di quella sensazione nuova di contatto.

I due rimasero immobili l'uno di fronte all'altra, come sospesi; poi uno spintone li fece barcollare.

«La regina, la regina! Presto!» urlò una voce. «Un medico, serve un medico!»

«Chiamate le guardie, subito!» tuonò una seconda voce.

Il dottor De Mauro si fece largo sgomitando e prestò soccorso alla sovrana, che sembrava aver perso i sensi.

«Allontanatevi subito da qui!» ordinò il medico al manipolo di uomini che aveva circondato la regina. «Tornate al castello, che danno ne avete fatto fin troppo per oggi...» aggiunse, rivolgendosi a Carmelo, che sapeva essere il capo di quei poveri disgraziati. «Poi passo io, che devo venire a visitare Orazio.»

Chino sulla regina, il dottor De Mauro si sincerò che si trattasse solo di un mancamento e fece arrivare una portantina. Le controllò il polso e il respiro, avendo sempre cura di tenerle una mano dietro la testa per proteggerla dal selciato. Il sindaco Paino si offrì di far ricoverare la sovrana nella sua casa, che si trovava poco distante, e diede ordine di adoperarsi in ogni modo per darle tutto l'aiuto e l'ospitalità di cui avesse bisogno.

Agata e Pietro, murati dalla calca fitta e vociante che si era radunata ai piedi del castello, non si erano resi conto di quello che stava accadendo.

«Iamuninni, scappamu!» urlò una donna accanto a loro.

«I coatti! La regina!» le fece eco un uomo.

In men che non si dica si scatenò il panico. I due ragazzi si ritrovarono schiacciati dalla folla terrorizzata che cercava di allontanarsi di corsa verso il paese.

Pietro si guardò attorno, riconobbe uno stretto passaggio che conosceva e afferrò Agata per il braccio, trascinandola in vico Ginestra. Li avrebbe protetti dalla calca.

«Salvatore e Rosario!» esclamò Agata, spaventata. «Non li ho visti più... Salvatore mi rimprovera, vedrai.»

«I tuoi fratelli se la sanno spicciare, vieni appresso a me» le intimò Pietro.

A fatica riuscirono ad allontanarsi dal parapiglia e a infilarsi nella minuscola stradina sotto le mura.

«Fermiamoci qui, lassamu passari tutti 'sti cristiani» le disse senza mai lasciarle il braccio.

Agata, congestionata e in affanno, si poggiò al muro ruvido di una delle case, i neri capelli scarmigliati, gli occhi increduli e carichi di angoscia. «Ma che è successo? Ho sentito urlare "coatti": può essere mai che sono scesi dal castello e sono riusciti ad arrivare alla regina? E se sono scappati?»

Pietro le posò una mano sul viso. «Non lo so, ma nun ti scantari, qua siamo sicuri» la tranquillizzò.

Agata gli sorrise, annuì, la pelle, sotto il tocco di Pietro, le parve di colpo bruciare come se gliel'avesse sfiorata di striscio una medusa. Non erano mai stati così vicini come in quel momento.

Pietro le si accostò per baciarle la bocca, ma poi, all'ultimo, scivolò verso la guancia e lì si soffermò per un istante, il tempo che le sue labbra toccassero la pelle accaldata del viso di quella che fino a quel giorno era stata solo la sua amica.

Agata rimase immobile. Era la prima volta che riceveva un bacio e non se l'era immaginato così. Adesso sentiva il cuore di Pietro, poggiato contro il suo, battere all'impazzata. Bussava veloce come un tamburo impazzito.

«Iamuninni, usciamo di qui e cerchiamo di sapiri chi capitò» fece Pietro, avviandosi verso la strada principale e tentando, con quei modi spicci, di non dare a vedere il suo imbarazzo.

Lei lo seguì, frastornata. Il tumulto di emozioni di quella mattinata l'aveva travolta. Il tiepido sole di aprile le illuminava il viso.

Poi il pensiero dei fratelli tornò ad attraversarle la mente. Di sicuro la stavano cercando.

In effetti Salvatore e Rosario si erano sempre tenuti a pochi passi di distanza dalla sorella e non l'avevano persa di vista neppure per un istante. Quando era scoppiato il disordine, però, avevano notato il maestro Bonanno in difficoltà che, incurante della folla che premeva da tutti i lati, continuava a guardare in direzione della regina per sincerarsi che stesse bene. Temendo che il povero maestro finisse schiacciato, i due ragazzi lo avevano portato al sicuro. Sul momento non si erano preoccupati per Agata, perché sapevano che a lei ci avrebbe badato Pietro: lo conoscevano da sempre e sapevano che con lui la sorella non avrebbe corso alcun pericolo.

Cominciarono a cercarla quando la situazione si fu un po' calmata.

«Pietro sarà andato verso casa» suggerì Rosario, «prendiamo 'u strittu luongu, di sicuro non hanno attraversato il centro.»

Percorsi pochi passi, i quattro si incontrarono.

«Tutto a posto?» chiese Salvatore.

Pietro guardò altrove e rispose che sì, era tutto a posto.

«Non voglio più che ti allontani da me o da Rosario, intesi?»

Agata arrossì e abbassò gli occhi. Salvatore cercò lo sguardo di Rosario che aveva notato il disagio della sorella. Per levarsi d'impiccio, la ragazza attaccò a parlare. «Ma che è successo?»

«Non abbiamo capito nulla. A che stavo guardando la sfilata, a che ho sentito urlare e siamo scappati di corsa» rispose Salvatore.

«I coatti si sono avvicinati troppo alla regina, volevano parlarle, portarle una supplica, ma idda si scantò troppu perché pensò a quel che è capitato a suo marito, re Umberto, all'attentato, e per la paura si sintù mali, così mi ha spiegato il maestro Bonanno che era accanto a noi.»

«Oh Signore!» esclamò Agata. «E ora come sta?»

«L'hanno sistemata a casa del sindaco Paino con una portantina e il maestro ha sentito dire che al porto è arrivato ordine al

Marco Polo di prepararsi a partire, che idda qua non vuole fermarsi un minuto di più.»

«Questi coatti a mia mi pare che fanno cchiù danno che guadagno da quando sono qui, dei mezzi delinquenti sono» fece Pietro. «Senza contare che ci mandano pure i fascianti arrestati e i ricchiuni, che vanno coi maschi... e non dico altro che c'è Agata qui davanti...»

Rosario sussultò: la parola «ricchiuni» lo colpì come uno schiaffo, insieme allo sdegno per nulla celato nel tono dell'amico. Quindi, pensò, se un maschio stava con un maschio, era trattato come un criminale e veniva punito, mandato via da casa sua.

«Qualcuno di buono c'è: travagghia e si dà da fare. Ma hai ragione, Pietro, sono assà cchiù i delinquenti, io manco li farei stare proprio, a mare li butterei a questi. Per fortuna che stanno chiusi tutto il tempo al castello e in paese scendono poco e niente» commentò Salvatore, che era giudiziusu e beddo che non si può dire, anche se faceva un po' troppo il saputello. Da quando il padre era partito, poi, il capofamiglia era diventato lui, e di giorno in giorno si era fatto sempre più sospettoso e serio. Sentiva sulle spalle il peso della responsabilità e, anche se era solo un ragazzo, era stato costretto a maturare in fretta, come le nespole sotto la paglia, solo che lui, anziché farsi più dolce, si era fatto aspro come l'uva di agosto.

2

Le vestigia della Città Murata si levavano sopra l'alta roccia a picco sul mare, diroccate ma ancora terribili e imponenti. Vi si accedeva per un lungo corridoio di arcate a sesto acuto, lastricato di pietre rossastre.

Dentro la fortificazione si trovavano numerose abitazioni, stanze sporche, con la calce scrostata, il pavimento di terra battuta e il soffitto a volta. Erano i dormitori dei coatti. A loro, non appena arrivavano, venivano consegnati un sacco di paglia come giaciglio e una coperta da cavalli. Dovevano poi trovarsi da soli il posto in cui sistemarsi alla bell'e meglio.

Il dottore arrivò che era pomeriggio inoltrato percorrendo gli scalini corrosi dal tempo e dall'incuria; le porte mostravano qua e là bruciature e rattoppi ed erano appesantite dalle spranghe di solido ferro che di notte serravano i cameroni. Conosceva bene quel luogo: ogni tanto ci andava a curare i coatti, lo faceva per misericordia e perché sapeva che molti di loro erano uomini di cuore e d'onore con l'unica colpa di aver provato ad alzare la testa con dignità e a reclamare dei diritti sacrosanti.

«Come vi è venuto di fare una cosa del genere?» chiese contrariato al capo dei coatti che si erano avvicinati alla regina, squadrandolo dall'alto in basso con lo stesso sguardo che un vecchio maestro avrebbe riservato al discolo della classe. Eppure il dottore lo stimava: Carmelo era un uomo in gamba, uno che si era occupato di diritti dei lavoratori, che aveva battagliato, che leggeva i dispacci dei socialisti. Era stato mandato lì al confino dopo i fasci e tentava di far andare d'accordo tutti i cinquecento e passa uomini che erano costretti a quella prigionia in mezzo al mare. «Non vi basta che la gente di Lipari non vi può vedere e vi scansa? Pure le donne che devono andare a messa alla cattedrale hanno paura a passare di qui, lo sapete... Cosa pensavate di fare con la regina?» lo incalzò il medico, entrando nel sudicio stanzone in cui Orazio, uno dei confinati, da qualche giorno era in preda a una febbre altissima.

«Dutturi, noi non volevamo fare nulla di male, solo portare una supplica» si giustificò Carmelo. «Lei lo vede che qui noi viviamo peggio delle bestie e molti di noi non hanno fatto nulla di male. Qui arriva di tutto, delinquenti e bravi cristiani, fascianti segnalati, briganti e chiddi che ci piaccioni i maschi... Pure quelli ci arrivano, e poi gli fanno la festa qua, mischini.»

«Ti pare che non lo so?» replicò il medico. «Ma niente ci potete fare, solo aspettare di tornare a casa e stare lontani dai guai. State buoni e portate pazienza, troppe cose brutte si sentono: rapine, furti, coltelli che escono. Finché i più tinti si scannano fra di loro, pazienza, ma qui la gente ha paura.» Il medico fece una pausa. «Rivolte, evasioni, fughe... Vi rendete conto che quei poveri pescatori che campano per misericordia si devono portare i remi a casa per evitare che i delinquenti scappino con le loro barche?»

«Raggiuni ave, dutturi, ma noi siamo vero disperati, io contavo di poterci parlare con la regina, ma idda si è scantata. Da troppo tempo siamo lontani da casa e solo qualche lettera ogni tanto ci arriva, io non vedo mia moglie e i miei figli da anni, dutturi, questo allontanamento è uno spregio per molti di noi e lei lo sa, eravamo scomodi per il governo e ci hanno condannati senza processo.»

«Lo so, ma così avete solo peggiorato le cose, possibile che non ci avete pensato? Ora fatemi vedere come sta il vostro compare.»

Il dottor De Mauro si avvicinò a Orazio, un cristiano giovane di quasi due metri; era di Palermo pure lui ed era al confino insieme a tanti altri fascianti. Stava sempre con Carmelo, come lui sapeva leggere e scrivere e si interessava di politica. Orazio glielo aveva spiegato al dottore che Crispi non li aveva perdonati, i manifestanti sopravvissuti alle repressioni, come loro, erano stati mandati al confino a Lipari. Anzi, dovevano dire grazie che non erano morti come molti dei loro compagni. Crispi, il siciliano che era a capo del governo, aveva scelto la linea dura, decretando lo stato d'assedio e dando pieni poteri civili e militari al generale Morra di Lavriano. Se necessario si poteva sparare sui contadini e sui rivoltosi, la priorità era riportare l'ordine in Sicilia.

«Ci vogliono ignoranti per comandarci meglio» farfugliò il malato non appena il medico si sedette al suo capezzale. Neppure la febbre gli faceva dimenticare le sue idee. «Ci abbiamo provato a lottare, a far valere i nostri diritti, e questo è il risultato. Pesci grandi e pesci piccoli, ci hanno messi nella rete e fatti sparire, buttati qui, lontano da casa. Troppo pericolosi siamo per chi comanda, perché siamo amici del popolo, no come loro.»

«Orazio, statti quieto o la febbre non ti scende. Poi ne riparliamo. Ora ti devi prendere questa medicina ogni sera» disse il dottore porgendogli una bustina con della polverina impalpabile.

«Ne metti poco meno di mezzo cucchiaio da minestra in un poco d'acqua e la bevi, domani mandami a dire come va da Carmelo che sicuro scende a lavorare a giornata.»

Il giovane annuì. «Grazie, dottore, sono in debito con voi» sussurrò imbarazzato.

«Nessun debito, appena stai meglio qualche volta vieni a darmi aiuto a casa, che cose da fare ce ne sono sempre.»

«Lo consideri fatto, dottore. Picciuli non ne ho, ma la buona volontà non mi manca di certo, servo vostro sono.»

Il dottore si congedò, si avviò verso casa lasciandosi il castello alle spalle.

Attorno al gran portone d'ingresso sostavano due file laterali di rivenditori di fichi d'India, con le ceste colme di frutti colorati. Prima di passarli ai clienti, li immergevano in un catino d'acqua per rendere innocue quelle miriadi di aculei, più fini dei peli di un gatto.

«Dotto', per voi» disse un ragazzo sorridendo, mentre apriva il fico con due tagli ai lati e con uno trasversale. Il medico allungò la mano e afferrò il frutto spogliato della scorza, il suo ventre granuloso, dolce fino a stuccare, e se lo infilò in bocca, gustandone il sapore unico. Ringraziò con un cenno della mano e, lentamente, con la sua borsa di cuoio stretta, scese verso corso Garibaldi, la strada principale di Lipari.

Un nugolo di pensieri gli affollava la mente. Si disse che, oltre che dai coatti, sarebbe dovuto passare in settimana anche dagli operai delle cave di pomice. Da lui non andavano di certo, non avevano il tempo e neanche i soldi. Il dottore lo sapeva, era nato lì e lì aveva scelto di tornare, dopo la laurea. La povera gente non mancava e le magagne nemmeno. In lontananza, anche se da quel punto lui non poteva ammirarlo, un pinnacolo di fumo bianco si levava silenzioso dalla sommità dello Stromboli e si diradava nell'aria limpida della sera.

Diversi giorni più tardi, di primo mattino, il dottor De Mauro ricevette una lettera da un suo cugino, medico pure lui, che viveva a Torino. Conteneva un ritaglio di giornale: un trafiletto della «Stampa» che riferiva della visita della regina madre a Lipari.

Nella lettera che accompagnava il ritaglio, tra le altre cose, il cugino gli scriveva: «Qui si parla della nostra amata terra, apprendo ora dal giornale che la regina vi si è recata in visita, non ti nascondo che ho provato un moto di nostalgia leggendo questo articolo, che ho il piacere di inviarti».

Il dottore stava sorbendo il suo caffè, prima di uscire e iniziare il giro delle visite. Inforcò gli occhiali e lesse.

La regina Margherita fu accolta da spontanea ed esultante dimostrazione con bandiere e musiche. Visitò anche la cattedrale, ove pregò e ricevette la benedizione. Ossequiata dalle autorità, la regina si è quindi imbarcata sul Marco Polo *che salpò per Malta alle ore 11.00. La regina espresse la sua commozione per l'accoglienza ricevuta e si disse entusiasta della bellezza dell'isola. La popolazione rimase entusiasta dalla visita inaspettata e gradita.*

Nessun accenno ai coatti.

Sollevato, poiché non si parlava dell'incidente, il medico decise che nella lettera di risposta non avrebbe fatto alcuna menzione dell'accaduto. Quei poveri disgraziati erano già abbastanza mal combinati di loro, senza aiuto né assistenza; non era il caso di peggiorare la loro condizione.

Nel giro di pochi giorni tutti si erano scordati di ciò che era successo, e ognuno era tornato alla sua vita. Calati juncu ca passa la china, si diceva. I giunchi, se si abbassano, si fanno scivolare di dosso l'ondata della piena.

3

Sotto lo sguardo vivace di Agata, stormi di colombi selvatici si involarono in cielo. Erano soliti sorvolare il cratere della Forgia Vecchia, circondato da alti cespugli di corbezzoli e capperi odorosi, che verdeggiavano sotto un sole avido e implacabile. Si levavano leggeri sul luccichio delle nere lastre di ossidiana che attraversavano tutto il monte Pelato. Si libravano lungo il fianco lucido per poi virare di colpo verso lo sconfinato azzurro del cielo, abbandonando la valle assolata per dirigersi verso Panarea, che brillava in lontananza come una gemma incastonata tra i flutti.

Sorvolando le cave fino a confondersi col biancore polveroso della pomice, i colombi si erano lasciati alle spalle l'isola che spuntava come una testa dall'acqua. Lipari, con le sue spiagge di sassi dalle forme dolci, i promontori a picco e le insenature che accoglievano bracci di mare turchino. Lipari roccia e Lipari porto, approdo sicuro, cingeva tutto in un abbraccio che sapeva di casa, di magia, di sale.

Agata a Lipari ci era nata, sulla spiaggia di Marina Corta, un porticciolo fiancheggiato da casette spoglie che si stendevano fino ai piedi del castello. Dalla vicina piazzetta la statua di san Bartolomeo, il protettore dell'isola, vegliava silenziosa sugli abitanti di quell'angolo di mondo.

Sua madre l'aveva partorita proprio lì, a due passi dal mare, per questo lei era più coi piedi in acqua che sulla terra, e con la testa pure stava spesso a fantasticare, fin da quando era nica nica.

Il tempo era corso rapido da quella notte di giugno, lambendo

i giorni come le onde che bagnano la riva e si ritirano con grazia.
Gli anni erano passati in un soffio, come sarde guizzanti. Ad Agata
sembrava ieri che rincorreva suo padre nei campi, che usciva in
barca con i suoi fratelli, preparando insieme le lenze, ripiegando
le reti dopo averle controllate.

Invece a breve avrebbe compiuto quindici anni. Il suo amico
Pietro li aveva già fatti, poche settimane prima dell'arrivo della
regina.

Strinse gli occhi mentre il pensiero le correva a quel giorno e a
quel bacio sulla guancia. Ogni tanto il ricordo saltava fuori all'improvviso e la faceva arrossire mentre uno strano disagio le risaliva
dallo stomaco fino alla gola. Perché Pietro si era avvicinato tanto?
Mai lo aveva fatto e lei non se lo aspettava, ma da allora preferiva
non vederlo da sola e trovava sempre una scusa per evitarlo o
per non allontanarsi dai suoi fratelli. Non era sicura che le fossero
piaciute le sue labbra sul viso: si era sentita strana, di colpo insi-
cura, chissà cosa gli era saltato in mente a quello scimunito.

Anche se era cresciuta, Agata non aveva nessuna voglia di pensare alle camurrie dei grandi e dopo quel giorno, dopo che Pietro
le aveva dato quel bacio, sentiva che qualcosa era cambiato. Si
erano salutati con imbarazzo, senza guardarsi, una sensazione
nuova si era messa in mezzo a loro due, che erano sempre stati in-
separabili, e lei non sapeva bene che nome darle e come compor-
tarsi, quindi semplicemente aveva deciso che avrebbe fatto finta
di nulla.

L'unica persona con cui avrebbe potuto confidarsi era sua nonna Minica: avrebbe riso e l'avrebbe presa per mano, ripetendo che
aveva 'u sangu quagghiatu, denso di emozioni. Ma la nonna non
c'era più e ad Agata mancava quella donna minuta e forte, che sapeva curare i malanni di tutti e che la proteggeva da Cettina, quella gatta arraggiata di sua madre.

«Vieni con me, che mi serve aiuto» la chiamava. «Portami il
secchio con il mangiare delle galline, sbrighiamoci che poi dobbiamo salire al campo.»

Pino si accorgeva dei tentativi della suocera di portare con sé
Agata ogni volta che poteva. «Agata, sta' con la nonna e ascoltala

sempre che tante cose ti può insegnare» si raccomandava allora lui con un sorriso. Finché la bambina stava in sua compagnia, lui era tranquillo: Minica era una brava cristiana e di cuore, non negava mai il suo aiuto a nessuno e in casa non stava ferma un attimo.

Agata da bimba pareva un micino dispettoso: sempre fra i piedi, magrolina e agile, solo i capelli erano folti e voluminosi, scuri come la notte, una cascata di ricci che pettinarli era impossibile. Gli occhietti furbi, castani, racchiusi fra ciglia così fitte e nere da sembrare due pezzi di ossidiana. Aveva le gambe lunghe e secche, ma forti e instancabili.

«Cu sta sulu un si sciarrìa cu nuddu» le ripetevano, a dire che se stai per i fatti tuoi non litighi con nessuno. Lei ci provava a fare tesoro di quell'insegnamento, ma a casa sua pur sempre in cinque erano e stare soli era difficile assà sia di giorno che di notte.

«E come c'avissi a stare io sula?» chiedeva. «Ancora sugnu nica e non ci voglio stare per i fatti miei» esclamava mettendo il broncio.

La nonna allora la prendeva e la stringeva a sé. «Nicaredda, hai raggiuni, ma prima lo impari e megghiu è» le diceva, accarezzandole la testa.

Agata, crescendo, era diventata una bambina forte, svelta, imparava subito tutte cose e poi era una compagnia: parlava di continuo e aveva tante di quelle domande che suo padre, che la adorava, si chiedeva come riuscisse a tenerle tutte quante conservate in quella testolina furba.

«Suli del tutto non è buono stare, ma a farsi i fatti propri non si sbaglia mai e si campa cent'anni» riprendeva Minica, seria. «Senti a mia, un giorno rimpiangerai la solitudine.»

«Perché, a te piace stare sola?» le aveva chiesto una volta la bambina.

«Ogni tanto sì, ma non ci riesco mai, lo vedi. La gente non mi lascia in pace, tutti cercano aiuto, hanno tanto bisogno quando stanno male, nessuno ha i picciuli per andare dai medici e alla fine vengono da quelle come me, le majare.»

«Ma quindi tu fai le magie?» aveva domandato Agata con tanto d'occhi. D'altra parte, l'aveva vista fare cose strane: quando lei stava male, per esempio, le metteva piatti di acqua e olio in testa e sulla pancia e recitava preghiere in dialetto che mischiavano parole strane con i padri, figli e spiriti santi.

«No, nica mia, le magie vere le fai solo se ti pigghia lo spirito di Eolo. Allora sì che vedi e fai cose mai fatte.»

Agata avrebbe voluto capire meglio, ma tutto le sembrava tanto ingarbugliato.

«Le mie sono 'raziuni, preghiere che guariscono. Le impariamo in tante qui, servono per le cose di tutti i giorni. Con i 'raziuni aiutiamo la gente: curiamo i malanni e leviamo il malocchio. Invece chi si pigghia Eolo non fa le cose delle majare. Fa guarigioni che parono miracoli senza manco pregare e poi fa pure altro, ma nemmeno io ti so dire bene cosa. Solo due o tre ce ne stanno in tutte le isole che si sono pigghiati Eolo e sono tutti parenti fra loro. C'hanno 'u dono, così si dice, 'u dono del vento.»

«E come si fa a capire se Eolo ti ha pigghiato, nonna?» aveva chiesto Agata tirandole la veste.

«Non lo saccio, so solo che succedono cose strane perché Eolo è uno spirito e se ti prende sicuro te ne accorgi, perché cominci a fare cose che non sapevi fare e ti viene la confusione in testa, e dicono che cominci a pensare in lingue che non conosci e tante altre cose.»

«Nonna, io mi scantu.»

«Ma quali scantu e scantu, ti puoi stare tranquilla, di noi nessuno ha 'sta cosa. Al massimo se vorrai, da grande, una majara come me puoi diventare, se studi bene i 'raziuni» le disse la nonna rassicurandola con un abbraccio che sapeva di buono, di terra e fiori e di un profumo che era tutto suo.

Agata ancora non lo sapeva, ma le parole della nonna, riecheggiando quasi come un presagio, le sarebbero tornate alla mente la notte in cui la sua vita sarebbe cambiata per sempre.

4

Maggio 1902

La mattina profumava già d'estate, di aromi freschi e nuovi. Dalla spiaggia si vedeva una barca in lontananza e per un attimo Agata sperò che fosse quella della posta. Strinse nelle mani il grembiule scuro e ruvido che indossava sopra un'ampia gonna sbiadita dal sale, sollevò leggermente le vesti e si avvicinò al mare per vedere meglio. Il sole di primavera aveva già acceso la carnagione olivastra della ragazza di riflessi dorati che i capelli scuri facevano risaltare ancor più.

Agata e le altre erano da poco arrivate al porto dopo una notte in mare. Si apprestavano a fare la cernita del pescato, stanche ma soddisfatte, visto che la nottata non era andata male. Di quei tempi, quando si tornava più pieni di quando si era partiti, e soprattutto sani e salvi, si doveva dire grazie a san Bartolomeo.

Ormai da quasi un anno Agata usciva a pesca con un gozzo di sole donne. Aveva cominciato per dare una mano a Giuseppina: l'amica di sua madre l'aveva cercata perché Maruzza aveva partorito da poco e non poteva uscire in mare solo con Assunta. Aveva chiesto a lei perché sapeva il fatto suo, era forte e non si stancava mai.

Alla fine, Agata aveva iniziato a pescare con loro tutte le notti ed era rimasta anche quando Maruzza era tornata. Nei campi andava comunque, non tutti i giorni; di solito raggiungeva i fratelli per aiutarli con le erbacce o a legare i fagioli e i tenerumi ai bastoni, a controllare le vigne o gli ulivi. Cettina invece ormai a pesca non usciva più da anni, da quando aveva avuto lei sulla spiaggia, perché a quel punto i figli cui badare erano tre. E con tre creature è meglio non sfidare troppo la sorte: la terra era più sicura, non ti si rivoltava addosso di colpo, non ti metteva paura se il vento cambiava. Forse per questo anche i suoi figli maschi la preferivano al mare e avevano deciso di fare i contadini e non i marinai: i piedi li volevano tenere al sicuro.

Per le donne delle isole, tutte quante, era normale di notte andare a pesca e di giorno arrampicarsi lungo i sentieri scoscesi che le portavano ai campi. Lì, insieme agli uomini, coltivavano a fatica grano e orzo, ma anche patate e legumi. Lungo i crinali irti di cespugli raccoglievano capperi selvatici: cucunci tondi, saporiti e preziosi. Mani di terra e mani di mare avevano, mani che sapevano salare pesci, essiccare totani, armare con sarde e alacce gli ami appuntiti delle lenze dei palangari, preparare la ciuffa e l'antraco. Uscendo da sole nelle notti buie, cantando e raccontando storie, attiravano i pesci con la luce. Sapevano usare le nasse, maneggiavano le reti, conoscevano a memoria la geografia dei fondali, delle baie, dei promontori e delle grotte. Le donne delle isole sapevano remare, sfruttare i venti, manovrare la vela latina. Faticavano dallo scuro allo scuro senza mai un lamento, avvezze alla durezza della terra e alle insidie dell'acqua, la pelle cotta dal sole, i visi severi scolpiti dal vento, dalla fatica, dal travagghio senza posa.

La barca con la posta arrivò poco dopo l'alba; l'uomo che se ne occupava scese con un misero plico di buste sciupate e lo affidò ad Agata, che gli era corsa incontro speranzosa. «Questa è la tua, quanto è che la aspettavi? Queste due invece le dai a Giuseppina» disse, indicando la donna con la testa, «le altre le puoi lasciare al parroco come sempre, che ci pensa lui.»

Con le mani sudicie la ragazza raccolse la sua lettera tutta piena di timbri stranieri, la piegò in due e la ripose nella tasca del grembiule umido e puzzolente, poi diede le sue lettere a Giuseppina che stava sistemando le reti. Solo allora si accorse che era tanticchia invecchiata, aveva più rughe e nei capelli i riflessi d'argento erano aumentati, ma sempre solida e robusta come uno scoglio era, non c'erano tempeste che la spostavano.

«Vi salutaiu» gridò rivolta alle altre, «finite voi per oggi!» E con le buste in mano corse alla canonica di San Giuseppe a Marina Corta in cerca del parroco.

Giuseppina alzò le spalle, erano settimane che Agata aspettava notizie e ogni volta rimaneva delusa. «Maruzza, Assunta, avanti, piegate le reti che io do una sciacquata qui, sennò poi la puzza chi la sente?» disse, indicando il fondo del gozzo su cui era rimasto qualche residuo di pesce sfuggito dalle maglie un poco allentate della minaita.

Agata trovò don Girolamo fuori dalla porta, stava andando verso la chiesa di sicuro, perché aveva con sé il porta ostie che utilizzava quando portava la comunione agli allettati. La chiesa di San Giuseppe aveva una facciata semplice, fiancheggiata da un campanile non troppo alto, sovrastato da una guglia. Il portone in legno si apriva su una sola navata. Era la chiesa del quartiere dei pescatori, e stava appollaiata su un promontorio a ridosso del mare come un gabbiano che scruta l'orizzonte.

«Agata cara, buongiorno, porti la posta?» le chiese con un sorriso. L'aveva battezzata e vista crescere e sapeva che era una ragazza per bene e molto intelligente.

«Padre, sì, ho la posta e finalmente una lettera per la mia famiglia» rispose lei, mostrando le buste al sacerdote.

«Vieni, trasi un attimo allora, non ho premura.»

La ragazza lo seguì nella stanzetta in cui Tanina, l'anziana perpetua, stava pulendo due piccole occhiate argentee, un regalo di sicuro, ché mica andava a pesca don Girolamo.

Agata posò le lettere sul tavolo in legno. Sopra la porta che conduceva alle stanze da letto c'era un vecchio crocifisso annerito in cui Gesù le sembrava ancora più sofferente. Alla parete accanto a lei era appesa una piattaia, sempre in legno, con alcune stoviglie. Su un mobiletto un po' malandato stavano alcuni libri. Agata li accarezzò con lo sguardo. Le sarebbe piaciuto toccarli, sfogliarli, vedere di cosa parlavano, ma erano un lusso che lei non si poteva permettere.

Tanina armeggiava attorno a una sorta di lavabo accanto al quale, su un ripiano, campeggiava un contenitore di terracotta per l'acqua. Con un coltello apriva la pancia dei pesci. Sul fuoco bolliva un tegame e dall'odore le parevano fagioli, ma anche cipolla c'era, sicuro. Le pareti erano spoglie, a calce viva, di un colore che un tempo era stato bianco brillante.

«Se vuoi, la puoi leggere qui la tua lettera, Agata» disse il prete distrattamente. Sembrava stanco. «Avanti, lo so che non vedi l'ora, aprila e poi torna a casa, chissà da quanti mesi è in viaggio.»

Agata aprì la busta, nascose velocemente in tasca le banconote verdi che vi trovò dentro e cominciò subito a leggere con attenzione. Del denaro non le importava più di tanto, e in ogni caso non era affare del prete.

Guardò il timbro e commentò: «In effetti è di fine febbraio». Poi proseguì in silenzio mentre don Girolamo leggeva i destinatari delle altre missive, cui più tardi avrebbe consegnato e letto la posta.

Buenos Aires, 28 febbraio 1902

Cettina, Agata, Salvatore e Rosario,
spero che state tutti in salute.
Qui le cose vanno bene adesso, finalmente aprivo la mia putìa di verdure, è una bottega bella grande. Con la pesca non si travagghiava più bene, per chisto per un poco di tempo non ho scritto.
Ho avuto assà difficoltà, ma poi Ernesto, il nostro compaesano, mi ha proposto questo travagghiu che ora mi piace e guadagno abbastanza bene.
Vi mando un poco di picciuli per accattare almeno l'olio, che forse il nostro è poco, e quello che vi serve.
Qui la vita è puru camurriusa, picciuli di lato non ni rinesciu a metteri, bisogna portare ancora tanticchia di pacienza.
Mi suso sempre che ancora fa scuru e mi arricuogghiu la sira tardi, la domenica vado a messa qui nella cappella di noi italiani, ci stanno tanti siciliani e tanti napoletani pure. Fra di noi ci diamo una mano d'aiuto sempre.

Voi restate sempre uniti e tenetevi sempre in salute. Vi saluto caramente,

vostro Pino

E tu, Agata mia, fa' la brava e aiuta sempre a tua madre, mi raccomando.

Quest'ultima frase le fece venire il magone. Cercò di mascherare la sua commozione ma don Girolamo se ne accorse ugualmente. «Vai ora, Agata, sono sicuro che anche tua madre e i tuoi fratelli vorranno leggere la lettera» le disse per non metterla in imbarazzo: sapeva che altrimenti Agata non si sarebbe congedata, anche se era chiaro che aveva voglia di stare un po' da sola.

«La ringrazio, arrivederci allora e buona giornata, don Girolamo. Tanina, alla prossima» salutò, facendo un veloce inchino.

«'Sta picciotta è troppu graziusa» disse la perpetua, seguendola con lo sguardo mentre usciva, le mani ancora sporche di sangue e interiora.

«Vero è, ha preso il carattere di suo padre, preciso» rispose l'anziano prete, ingrigito dagli anni.

5

«I semi di quello che cresce sotto terra si piantano di luna calante, quelli che crescono fuori di luna crescente» ripeteva Pino ad Agata quando lei, da piccola, non capiva come mai non tutte cose nell'orto si interrassero lo stesso giorno. E non le era chiaro cosa volesse dire suo padre con la storia della luna.

«La luna è importante, Agata, governa le maree, fa nascere i picciriddi, fa crescere i capelli, le unghie e le verdure. Guai a tagghiari a ligna di luna tinta, cattiva, non brucia, fa solo fumo. La luna comanda tutto» spiegava paziente, mentre, chino, praticava dei fori nella terra con un bastoncino di legno, depositandoci subito dopo qualche seme, semi che aveva gelosamente ricavato dal raccolto della stagione precedente.

Di suo padre ricordava più di tutto l'odore, e poi gli occhi. Quegli occhi chiari che nessuno di loro aveva ereditato e che erano andati persi nel grembo di Cettina e scambiati con colori scuri, cupi come lei, che a vederla di lontano era tutta nera, capelli, pelle e vestiti.

Pino era il sole e Cettina l'ombra, in tutto.

La barba folta, striata di fili grigi, nascondeva un sorriso sornione, le piccole rughe ai lati degli occhi lo facevano sembrare talora serio, ma anche quando era stanco morto, anche quando non riusciva a portare a casa un boccone, Pino non si perdeva d'animo e ripeteva che Sammartulu gli teneva sempre una mano sulla spalla, quella buona però, perché l'altra se l'era rotta da picciriddo scivolando sugli scogli e ancora, quando cambiava il tempo, ogni tanto si faceva sentire.

Il suo papà era tutto: un rifugio che la faceva sentire al sicuro, le carezze che la rincuoravano e uno sguardo così pieno di bellezza e di amore che ogni volta le pareva di tuffarsi in mare.

Se i suoi fratelli la infastidivano, lui li rimetteva subito in riga: «Lassate ire 'a picciridda o abbuscate tutti e due. I femminedde non si toccano, niente vi insegnavo?». Li ammoniva severamente, perché se c'era una cosa cui Pino teneva era la buona educazione, specie nei figli maschi, che dovevano diventare dei bravi cristiani, crescere dritti e campare una famiglia. Per questo se li portava a pescare, per darci un mestiere nelle mani, perché il mare era la loro casa e dovevano conoscerlo bene, meglio della terra.

Lipari non era piccola, ma era pur sempre un tozzo di roccia e pietre buttato per dispetto con le sue sorelle in mezzo all'acqua e, come sa chi nell'acqua ci vive, è sempri idda che comanda.

Ai suoi figli aveva insegnato pure le cose della terra, a coltivare per mangiare, perché bisognava saper fare tutt'e due cose, seminare e pazientare, buttare le reti e, anche lì, aspettare.

Era l'attesa che si doveva imparare più di tutto, il rispettare il tempo, ché quel tempo portava frutti e riempiva le pance. Non sempre in verità, ma di tutte le cose che era necessario imparare per stare al mondo, la fretta era l'ultima che poteva servire.

Pino si portava pure la picciridda in barca, perché si usava così, pure le bambine uscivano a mare, ché da grandi dovevano imparare a fare tutte cose come i masculi. E poi dovevano imparare a leggere e scrivere, maschi e fimmine, che era una cosa assà importante che lui non aveva mai imparato, per pescare non serviva: se si voleva tornare a casa, l'unica cosa che bisognava sapere leggere quando si usciva per mare erano le stelle. Per lui non si dovevano fare differenze fra figlie femmine e figli maschi, lui i suoi li aveva cresciuti capaci di fare tutto, che nella vita non si sa mai. Pino non era un uomo come gli altri, aveva idee tutte sue. Delle donne, per esempio, aveva ammirazione e rispetto. La sua anima intrecciava il filo robusto della tradizione con la consapevolezza della forza delle fimmine, fiere e indomabili come gigli selvatici.

Così Agata a scuola ci era andata, ma solo fino alla quarta perché poi, una volta partito Pino, si era dovuta ritirare e comunque, le picciridde, a scuola non serviva che ci andavano più di tanto, diceva Cettina, perché avevano altro da fare. Lei, però, a leggere aveva imparato, e bene pure.

La lettera di Pino era scritta in corsivo, un corsivo stretto e obliquo, fitto fitto come un ricamo. Chissà a chi apparteneva quella grafia. Pino era stato costretto a dettare le sue parole più intime a qualcuno che fosse in grado di scriverle per lui, ecco perché insisteva con loro affinché studiassero, per non dover dipendere da nessuno, perché le fimmine avessero le stesse opportunità dei maschi e non si facessero comandare.

A Marina Corta e a Portinenti, che era poco più avanti, le case erano appicciccate le une alle altre. Case umili, di pescatori per lo più, tutte abbarbicate attorno a un pezzo di roccia che sovrastava il mare. Perfino la chiesa era messa in salita; in verità le chiese lì erano due e pure abbastanza vicine, quella di San Giuseppe, sopra il porto, e quella piccola e scura di San Bartolomeo, che era stata costruita nel punto esatto in cui secoli prima erano arrivate, portate dal mare, le ossa del santo. La casa di Agata stava subito dopo San Bartolomeo, ma dal lato della montagna, tra il quartiere di Supra a Terra e quello della Maddalena, e dietro aveva un largo appezzamento brullo dove passava la strada sterrata che portava verso i campi più a monte, alla Mendolita. Era una casa semplice e bassa, spoglia, con cucina e tinello a pianterreno e due stanze da letto al piano di sopra. Lì, esattamente al centro, stava un foro: l'uocchio, una sorta di feritoia che serviva per il ricambio d'aria e per far defluire il fumo della cucina economica, 'u fuculàru. Era bianca, come tutte le case di Lipari, il rimedio più semplice per il troppo sole. Non aveva tetto, ma una sorta di terrazza leggermente concava dove si raccoglieva l'acqua piovana.

Agata, una volta a casa, entrò e salutò sua madre: «Finalmente stamattina è arrivata una lettera di papà».

Come sempre, Cettina manco la guardò. Continuò a sbrigare le sue faccende come nulla fosse, solo un lieve tremore alla mano aveva tradito il suo nervosismo. Era una donna cruda, avara di affetto, senza mai un sorriso, sempre presa dai suoi pensieri, dalle cose da fare, da un senso del dovere che non le dava tregua, come se dovesse dimostrare al mondo che lei se la sapeva cavare anche da sola, anche con tre figli da crescere, e che se suo marito era partito e non era mai tornato lei non ci colpava.

Era stata bella un tempo, però non se lo ricordava più manco lei quando. Era ancora giovane, ma le fatiche di una vita di stenti avevano lasciato il segno: una ragnatela di rughette appena accennate e una spruzzata di bianco in mezzo ai ricci neri e folti della sua bella chioma, che ormai teneva legata in un tuppo sulla nuca per non aver impicci e perché comunque una donna maritata e sola era meglio se i capelli non li mostrava troppo in giro.

«Forza, spicciativi e venite a tavola. Agata, piglia le ciotole e assettati che vi do un poco di pane cotto.» La donna rimestò con un cucchiaio di legno il contenuto brodoso di un tegame di coccio annerito. Le braci incandescenti, di primo mattino, alimentavano la cucina in muratura, uno spartano manufatto di pietre e calce sormontato da una griglia di ferro per poggiarvi le pentole.

«Cca ci su i rapuddi, li ho raccolti ieri per strada tornando dal campo e ve li ho bolliti, sono già pronti per la cena.»

Ad Agata piaceva quella verdura selvatica che cresceva spontanea un po' ovunque sull'isola, era tenera e aveva un sapore dolce e delicato. Cettina la sciacquava velocemente solo per levare la polvere, la spezzettava con le mani e la faceva lessare in un poco d'acqua per improvvisare un pasto mattutino per i figli. Poi ci buttava dentro dei pezzetti di pane raffermo e ce li lasciava squagliare.

Nessun cenno al padre, non una parola che lo riguardasse, Cetta si era chiusa nel silenzio, un silenzio carico di tensione e di non detti che Agata faticava a sostenere.

«I tuoi fratelli lasciali mangiare in pace, poi gliela dai 'sta lettera, non li abiliari per ora» la ammonì freddamente appena un attimo prima che Salvatore e Rosario entrassero in cucina.

Agata si limitò ad annuire, mentre una rabbia pulsante le faceva serrare i pugni. Ogni volta che era felice per qualcosa, sua madre aveva il potere di farglielo andare per traverso. Cetta era come l'acqua per il fuoco, arrivava lei e spegneva tutte cose lasciando solo odore stantio di bruciato.

I ragazzi erano già vestiti e portavano entrambi intorno al collo un fazzoletto di cotone rossastro per raccogliere il sudore. Si somigliavano come due gocce d'acqua tanto da sembrare gemelli, si toglievano diciotto mesi e, crescendo, le differenze fra i due erano quasi sparite. Anche loro mori, anche loro con folti capelli ricci e la pelle scura come il cuoio, ma assà beddi, di quella bellezza selvatica e fiera che solo gli isolani hanno cucita sulla pelle. Salvatore, il più grande, si era appena fidanzato e si sarebbe sposato a breve. Rosario no, lui era timido, non si capiva mai cosa gli passava per la testa, ma di femmine pare non gliene piacesse nessuna. Dal padre avevano preso le movenze, lo stesso modo di far andare le mani, la camminata e, non da ultimo, il sorriso. Quello era preciso proprio, aperto, solare e a tratti sornione. Peccato che da quando Pino era partito, Salvatore era diventato il capofamiglia e si era fatto taciturno, nervoso, aveva degli scatti che non erano da lui. Il senso di responsabilità lo aveva reso rigido e talvolta indisponente.

Si sedettero a tavola e cominciarono a sorbire rumorosamente il brodo insipido dei rapuddi, finendolo subito e chiedendone altro. Cettina, che non si assettava mai e mangiava spesso in piedi come i cavalli, senza manco bisogno di dirglielo aveva già il mestolo colmo in mano. Posò la sua ciotola poco distante dal fuoco e rabboccò quelle dei figli con un gesto meccanico e distratto, dettato più da un innato senso del dovere che dal desiderio di accontentarli.

«Arrivò una lettera di papà» disse Agata non appena tutti ebbero finito di mangiare.

La porse a Salvatore perché lui era quello che sapeva leggere meglio di tutti. Aveva finito le elementari e agli esami era stato il più bravo della classe. Il maestro lo aveva elogiato e a Pino erano venute le lacrime agli occhi.

Dopo che ebbero letto la lettera, per un attimo calò un silenzio denso di commozione.

«Vi ricordate quando papà vi rimproverava perché mi davate fastidio?» chiese Agata ai fratelli.

«Certo che ce lo ricordiamo, eri la sua preferita! Va' a sapere perché, guai a chi ti toccava» rispose Salvatore con una punta di dispetto nella voce.

«Non è vero, voi non facevate altro che tormentarmi. E solo perché ero la più piccola» rispose lei.

Salvatore la guardò di traverso. «Spicciativi che è ura di iri 'nta terra» disse, alzandosi. «Chissà se papà la verdura la pianta anche o la vende solo...» Ma nemmeno il tempo di finire la frase che già era uscito, ché il ricordo di suo padre faceva male anche a lui, ma non voleva darlo a vedere.

«Sicuro pianta tutte cose» borbottò Rosario mentre lo seguiva.

«Picciuli ne mandò almeno?» chiese Cettina, che per tutto il tempo non aveva aperto bocca. Quella donna sembrava vivere in un mondo suo, lo sguardo perennemente lontano, quasi non credesse di appartenere più a quello su cui posava i piedi. Chi lo sa, forse ci pensava a suo marito in Argentina, a quella lettera, o forse era persa in qualcosa di distante custodito nei suoi ricordi.

«Sì, eccoli qui» rispose Agata porgendo alla madre le banconote straniere, verdi e sgualcite. La donna le afferrò, le guardò con attenzione e di nascosto se ne infilò una in tasca. Non era la prima volta che lo faceva. Poi mise il resto nel barattolo di latta dentro la madia sbilenca.

«Tua zia passò oggi, ci sta preparando il corredo a Marisa. Quella si è fidanzata con questo Francesco Merlino di Messina e si annaca tutta. Mah, a mia 'sto picciotto non mi è piaciuto per niente, lo vitti quando venne una delle prime volte, per i suoi affari. Girava per Marina Lunga, cercava una stanza dove stare. Lì si è conosciuto con Marisa. Tu con un ragazzo di qui ti devi maritare, questo è poco ma sicuro. Non ti fare montare la testa da tua cugina, che questi di fuori sono nuddu immiscatu cu nenti» disse Cettina. Poi in tono secco ordinò: «Sistema la tavola e va' dai tuoi fratelli al campo».

Agata fece quello che doveva, così le avevano insegnato, a ubbidire ai genitori, a non mancare mai di rispetto. Faceva così anche a casa, per proteggersi dalla madre che era una donna dai modi spicci e dal carattere spigoloso e fumantino.

Agata sapeva di somigliarle, spesso gli anziani le scambiavano, ma di una cosa era certa: non era come lei e non voleva esserlo. Sentiva di non appartenerle. La sua freddezza, gli sguardi scostanti e severi, i gesti bruschi, fin da quando ne aveva ricordo, l'avevano sempre fatta sentire sbagliata e indesiderata, fuori posto.

Agata, di contro, era sempre contenta e aveva una gran voglia di imparare, non sapeva stare con le mani in mano, una cosa la doveva fare sempre, ma forse perché l'avevano abituata fin da piccola a fari surbizza, così si diceva sbrigare le faccende, a scendere a mare e pure a darsi da fare nei campi.

In verità era stanca di aspettare, di sperare che il suo amato papà tornasse a riabbracciarla. Gli ultimi cinque anni senza Pino erano stati così vuoti e tristi che la loro pareva la casa di uno che è venuto a mancare troppo presto e la cui vedova ancora non smette di portare il lutto.

6

Quella notte Agata scese a pesca con la lettera di suo padre in tasca. Non la voleva lasciare.

Mentre remavano in direzione di Vulcanello, Giuseppina intonò un canto.

Vinni a cantari 'nta 'sta cantunera
Tri parmi arrassu e di li to scaluna

E vitti 'na donna quantu 'na bannera
Chi cummigghiava lu suli e la luna

Avia li trizzi di 'na Maddalena
'N testa si miritava 'na curuna

'Nta la me casa nun ci sta lumera
Lu lustru lu fai tu stidda diana.

Agata però non aveva tanta voglia di unirsi alle compagne e rimase silenziosa con lo sguardo perso nel buio della notte.

«Cu fu? Agatù, che c'hai?» le chiese Giuseppina non appena si fermarono. «Mi pari strana, canciata in faccia, a che pensi?» La donna, delle tre, era quella che la conosceva meglio: l'aveva vista nascere e con sua madre aveva pescato per anni. Le altre – Cettina, Domenica e pure Anna – avevano smesso tutte. Lei no: per lei il mare non era solo un travagghio, era un richiamo, era casa più di casa sua, il suo posto, l'unico dove avesse mai desiderato stare.

«Niè unn aio nienti, Giuseppi', mi venne in mente me patri, a che non lo vedo, da quando ero una picciridda nica» rispose la ragazza.

«E ora di notte mentre peschiamo ti vinni in menti to patri? Oramai non torna più, lui come tutti gli altri, non ci pensano più a noi, travagghiano, mandano picciuli, mandano lettere, ma la fame qui non la vengono a fare più. A noi non ci pensano, pensano alla loro vita e basta» replicò Giuseppina amareggiata. Anche due dei suoi fratelli erano partiti, avevano messo su una bottega e facevano i verdurai. Iddi, cresciuti come due pesci, a mollo nell'acqua da quando erano nati, ora vendevano frutta e ortaggi a gente che manco parlava la loro lingua. «Due lettere pure a me mandarono, chiddi ca mi dasti tu stamattina.»

«Puru me patri scrisse che ha una putìa ora', una bottega di verdure, come i tuoi fratelli. Iddu, ti immagini? E forse si è scordato di noi.» C'era amarezza in quelle parole. Trapelava un dolore rassegnato, il dolore tipico di chi si sente abbandonato e messo da parte, di chi sa che certe separazioni non verranno mai colmate. Certe lontananze sono parenti della morte, si piange chi non si vedrà più, pur sapendolo vivo.

Le donne buttarono la lacciara, una rete per le alacce, un pesce simile alle sarde che si trovava facilmente vicino a Vulcanello, nei pressi dei faraglioni.

Il mare era una culla. Nella bella stagione le notti erano per lo più tranquille e, a meno che non cambiasse il vento, difficilmente le correnti si facevano pericolose. Da maggio fino ai morti si riusciva ad andare fuori quasi ogni sera e, sotto costa, qualcosa si rimediava sempre.

«Se non hai voglia di cantare, allora raccontiamo una storia» propose Assunta, una ragazzona semplice di qualche anno più grande di Agata, rubiconda, un po' impacciata ma dall'occhio sempre vivo.

I cunti erano un modo per passare il tempo nell'angusto scafo delle piccole imbarcazioni, servivano a non addormentarsi. Agata conosceva a memoria la storia delle streghe volanti di Alicudi, ma non si stancava mai di riascoltarla. Quanto avrebbe voluto avere anche lei l'unguento magico con cui si cospargevano le protagoniste di quelle leggende che si tramandavano da generazioni.

Maruzza la sapeva raccontare meglio di tutti quella storia e, da come si infervorava mentre ne parlava, si capiva che anche lei avrebbe voluto essere una delle protagoniste.

Mentre le reti attendevano i pesci, la ragazza chiese: «Allora, la volete raccontata la mia storia o no?».

Sua sorella Assunta disse subito di sì, Agata pure, solo Giuseppina non era entusiasta. A lei pareva una fissaria grande quanto una casa 'sta faccenda che si andava raccontando e, a dirla tutta, con gli anni le era passata la voglia di sognare e di credere alle cose strane che succedevano.

«C'era una donna che ogni notte, dopo aver fatto tutte le sue cose e messo a dormire i picciriddi, tirava fuori un pentolino da sotto il letto con un unguento magico che sapeva fare solo lei. Si levava i vestiti, se lo spalmava addosso e volava via, dove voleva, doveva solo immaginare la destinazione e ci arrivava. Ogni notte andava in un posto diverso, finché suo marito la scoprì. L'uomo, che voleva punirla per le sue fughe, buttò il contenuto del pentolino e ci mise un poco di olio normale. Quella sera la moglie spiccò il volo dal tetto di casa come faceva sempre, ma precipitò al suolo e morì.»

Le ragazze ascoltavano Maruzza rapite, sperando forse in un epilogo diverso, e ogni volta poi si arrabbiavano con quello sciocco che aveva preferito rimanere vedovo anziché avere una moglie libera di volare via, ma che poi tornava sempre a casa.

«Iddu doveva buttarsi dal tetto se non gli piaceva quello che faceva sua moglie» sentenziò Agata. «Perché non si ammazzava lui?»

«Perché i fimmine hanno a stare appresso ai mariti! No scaminare di notte e notte» replicò Giuseppina. «I masculi non ne vogliono fimmine troppo scaltre. Vogliono essere serviti e sapere che la moglie sta tutto il tempo appresso a loro, un po' come fanno i picciriddi. Ne avete visti mai uomini maritati che sanno stare soli? Io mai.»

«Ma che c'entra? Quella donna faceva tutto e poi se ne andava mentre lui dormiva, mica gli levava qualche cosa» protestò Agata. «Lavorava e stava dietro alla casa e ai picciriddi tutto il tempo, di sera voleva essere libera, voleva guardare tutto dall'alto come fanno gli uccelli.» Agata riusciva a immaginarsela quella donna: stanca dopo una giornata di fatiche, ma che una volta in volo ritrovava la sua essenza e si godeva la sua totale libertà. La invidiava, le pareva quasi di vederla sorridere felice mentre planava sopra le onde.

Agata sapeva bene dove avrebbe voluto volare, anche se era il posto più lontano del mondo. Avrebbe voluto poter chiudere gli occhi, spiccare il volo, attraversare il mare e riabbracciare il suo papà. Avrebbe voluto essere libera, da sua madre più di tutto, che la comandava di continuo e la faceva sentire come un acidduzzu, un uccellino, dintra a gabbia. Avrebbe voluto pure volare in Paradiso e rivedere la sua nonna, perché se c'era una che meritava di starci vicino a 'u Signuri era lei, con tutto il bene che aveva fatto alla povera gente.

Minica era morta pochi mesi dopo che Pino se ne era partito e Agata, di colpo, si era ritrovata sola, senza le due persone che più amava, in un vuoto fatto di mancanze e di silenzi.

7

1897

I tempi erano duri all'avvicinarsi del nuovo secolo, col pesce solo non ci si poteva campare e manco la terra ce la faceva a tenere dietro a tutte quelle bocche mai sazie di una fame disperata.

Pino aveva il suo mestiere nelle mani, avrebbe potuto fare il contadino e pure il pescatore in America, anche se là il mare e i pesci erano diversi, ma quelli che erano andati prima di lui adesso si erano sistemati. Certo, avevano faticato all'inizio, ma ora mandavano a dire che in Argentina si stava bene e il travagghio non mancava e non mancavano nemmeno le brave persone; gli italiani ormai erano assai e ci si aiutava.

Pino si era convinto che l'unica cosa da fare era imbarcarsi e partire, ma non aveva pensato alla libertà e ai cambiamenti che a poco a poco ti fanno scordare chi sei, da dove vieni e che, dall'altra parte del mondo, tieni una famiglia e pezzi di cuore ad aspettarti.

Una sera Agata sentì i suoi genitori parlare. Pino con voce rotta diceva: «Cettina, devo partire, devo andare a cercare travagghio lontano, in America, o in Argentina. Qui ormai non si campa più».

Era la prima volta che Agata sentiva quel nome.

Argentina.

Se lo fece risuonare in testa, lo assaporò per bene. Le balenò in mente il colore di certi pesci quando brillano a pelo d'acqua, mandando riflessi luccicanti.

«Ma quale Argentina? Sei impazzito? E a noi chi ci pensa?»

«I ragazzi si sono fatti grandi ormai, fra poco saranno due uomini. E poi vi manderò dei soldi.»

«E che ce ne facciamo dei soldi senza una famiglia?» replicò Cettina.

«Qui travagghio non ce n'è, solo miseria, la siccità e la malattia delle vigne ci ha ammazzati. Fatichiamo a dare da mangiare ai ragazzi, non lo vedi? Intanto io parto e chissà, se le cose vanno bene, torno con qualche soldo messo da parte» insisté Pino, deciso più che mai a partire.

Pianse Cettina dopo quella discussione e a quel punto Agata si era spaventata davvero, ché sua madre piangere non l'aveva vista né sentita mai. I singhiozzi erano partiti piano e poi si erano fatti intensi, e Pino le sussurrava di non fare così, che era l'unica soluzione per non morire tutti di fame, che avrebbe mandato lettere, se le sarebbe fatte scrivere da qualcuno capace, di non preoccuparsi e che un giorno sarebbero stati di nuovo tutti insieme.

Agata si era aggrappata a quell'ultima frase sussurrata da Pino a sua moglie in una buia sera di gennaio. Non poteva immaginare che la sua sarebbe stata un'attesa lunga e angosciante, colma di un dolore sordo, che giorno dopo giorno le avrebbe inciso un solco profondo nel cuore, una ferita che sapeva di abbandono e che ai suoi occhi era profondamente ingiusta.

Alla fine Pino partì un giorno d'inizio estate, quando Agata aveva solo dieci anni. Insieme a molti altri uomini delle isole partì a cercare fortuna in terre lontane dove si parlavano altre lingue e dove nulla somigliava a casa.

«Papà!» urlò la bambina, dimenandosi disperata senza riuscire a staccare gli occhi dalla barca che si allontanava. Cettina la teneva per un braccio, le diceva di calmarsi, di smetterla di gridare, ma lei non riusciva a fermare le lacrime che le rigavano le guance. Avrebbe voluto tuffarsi e nuotare veloce fino a raggiungerlo, quel vaporino che si stava portando via Pino e molti altri isolani alla volta di Messina, da dove partivano i piroscafi. Avrebbe voluto seguirlo, lasciare per sempre Lipari e imbarcarsi per le Americhe.

«Lasciatemi! Voglio andare con lui!» strillava fra le lacrime. «Mollami, io voglio partire con papà!» E intanto cercava di sottrarsi alla stretta della madre per buttarsi in mare.

I suoi fratelli avevano provato a calmarla, ma lei si dimenava come una forsennata e non la smetteva di urlare. Pino la sentiva, le grida strazianti della sua bambina erano coltellate che lo colpivano dritto al petto. Le lacrime gli salirono agli occhi, ma ormai aveva deciso, troppa miseria c'era stata dopo quella maledetta siccità e la malattia delle vigne aveva dato il colpo di grazia. Partire era l'unico modo per provare a sopravvivere.

Quando finalmente Agata si calmò, la famigliola si incamminò verso casa. Alla bambina venne di colpo una febbre così alta che niente pareva riuscire a fargliela calare, né gli intrugli della nonna che si tramandavano di generazione in generazione, né le pezze d'acqua fredda.

L'indomani mattina, appena passata l'alba, Cettina chiamò Za' Teresa.

«Mia madre non sta bene, lo sai, non la può curare a mia figlia. A picciridda si pigghiò 'nu scantu forti, perché suo padre partì...»

«Ora ci penso jo, Cettina, tu vattinni.» La donna si avvicinò al letto della bambina e recitò delle formule antiche per farle passare lo spavento dell'aver visto suo padre partire. «Con questa 'u scantu ti passa, te la dico per tre sere e poi non hai più niente.»

Agata si fece accarezzare la testa e l'anima dalle parole incomprensibili della majara, poi si abbandonò a un pianto che le scosse il petto e il cuore.

8

Maggio 1902

Era dura campare con un padre dall'altra parte del mondo. Come se non bastasse la lontananza, col tempo erano arrivate pure le malelingue. Perché, se c'è una cosa che piace alla gente, è la disgrazia altrui.

Il pettegolezzo si era insinuato a casa loro un paio di mesi prima, in un ventoso pomeriggio di marzo. Agata aveva sentito quello che Domenica aveva bisbigliato nell'orecchio di sua madre, china a rammendare i calzoni di Salvatore. «Cettina, vedi che mi dissero che Pino ha una fimmina ddà in Argentina e puru un carusu, per questo non s'arricogghì cchiù. Me lo disse me zia che suo fratello ci è andato pure là e lo ha visto a Pino e ci parlò.»

Agata s'era sentita mancare la terra sotto i piedi. Aveva smesso di mondare le verdure e s'era fatta tutta orecchi per sentire che piega prendeva il discorso.

Cettina aveva posato l'ago e lo scampolo di stoffa liso sul tavolo, aveva alzato gli occhi, scuri e glaciali, e aveva detto alla commare, indicando l'uscio con la mano: «Mimma, chidda è a porta, non ti disturbare più a entrarci dopo che te ne vai. Me marito è un uomo onesto e in questa casa non si manca di rispetto agli uomini onesti».

«Cettina, ma chi vai diciennu? Tu scurdasti che siamo amiche da una vita? E di quella notte in barca quando è nata Agata? Vedi che io ero là con te, sempre insieme siamo state.»

«Domenica, tu sbagliasti a parlare e assà. Quella è la porta ti dissi, e scurdatilla.» Il tono di Cettina era così perentorio che la donna non aveva più proferito parola, aveva incassato il colpo e se n'era andata, consapevole che da quel giorno Cettina non le avrebbe più dato confidenza. Aveva sbagliato, credeva fosse giusto avvisare l'amica di quello che era venuta a sapere, così forse avrebbe smesso di sperare di riveder spuntare il marito. E invece certe verità sono dei fardelli troppo pesanti da portare e Cettina non solo non aveva voluto accollarselo quel peso, ma aveva fatto in modo che nessuno si permettesse più di provare a buttarglielo addosso. La gente sapeva, qualche battuta a mezz'aria scappava, ma alla fine nessuno ci pensò più, ché ognuno si deve piangere le sue di magagne.

Per Agata le insinuazioni di Domenica erano state una stilettata. Quella donna l'aveva vista nascere ed era sempre stata gentile con lei, ma ora le stava dando un dolore che non era in grado di sopportare.

Per un attimo le era mancato il fiato, aveva visto tutto nero e sentito le orecchie fischiare, poi era corsa fuori come un gatto infuriato, a urlare tutta la sua disperazione al mare, piegata in due con le mani incrociate sullo stomaco. Domenica aveva detto una bugia, era solo invidiosa di sua madre, lo era sempre stata.

Però in fondo al suo cuore una parte di lei sapeva che quelle parole erano vere e che, se suo padre rimaneva dall'altra parte del mondo, era perché in Argentina aveva trovato di meglio. E quel pensiero non le dava pace. Se solo sua madre fosse stata meno arrabbiata col mondo, lui ne avrebbe avuto nostalgia e sarebbe tornato da lei, da tutti loro. Ecco come stavano le cose.

Col passare del tempo, Agata si era convinta che era per il malu carattiri di Cettina che Pino non tornava. Aveva capito che sua madre era troppo ripiegata su se stessa per lasciare spazio all'affetto e che nessuno degli sforzi che lei faceva per assecondarla sarebbe stato ripagato dall'amore di cui era disperatamente affamata.

Lì di fronte al mare, dopo aver pianto e urlato, aveva cercato di riprendere fiato, la gola le pizzicava, le lacrime le si erano asciugate sul viso e ora la pelle le tirava tutta e le bruciavano pure gli occhi. Una volta calmatasi, Agata si era appollaiata sul suo scoglio nero, quello dove si rifugiava sempre quando aveva voglia di stare sola, e aveva deciso che, se suo padre non tornava, sarebbe andata lei a cercarlo.

La lettera di Pino era arrivata in un periodo in cui la nostalgia addentava Agata peggio di un cane che non vuole mollare la presa.

La ragazza, il giorno dopo, passò da Za' Teresa: l'unica persona che la capiva, che l'aveva sempre aiutata, che l'aveva curata quando stava male e che aveva una buona parola per lei. E poi era amica di sua nonna e anche lei ci aveva sofferto quando Minica era morta: per sette giorni era andata ogni sera a casa loro a recitare il rosario, ché si usava così quando uno moriva.

«Assabinidica, Za', perdona il disturbo, ma ho un dolore qui» le disse.

La donna la guardò con aria interrogativa e le prese dolcemente la mano. «Cu fu, nicaredda? Che è successo?» le chiese vedendo che aveva pianto.

«Sono due mesi che mi porto un peso dentro. Domenica ci dissi a me matri una cosa e idda la mandò via in malo modo, e io mi pigghiai un dispiacere.»

Za' Teresa non aveva bisogno di ascoltare altro, aveva già capito tutto, d'altra parte pure a lei erano arrivate le chiacchiere che giravano per l'isola. Agata doveva per forza riferirsi a quelle, e la cosa spiegava come mai da un giorno con l'altro Cettina e Domenica avevano smesso di parlarsi. «Assettati ddà.»

La ragazza si mise sullo sgabello di legno sgangherato che stava accanto al tavolo e si abbandonò alla nenia che la Za' pronunciava mentre le passava le mani sul petto. Sentì qualcosa sciogliersi, diventare liquido, qualcosa di caldo si espandeva nel respiro. Poi vide una luce chiara e sentì di colpo una pace mai provata.

«Non c'è cchiù nenti» le disse la donna. «Ora va', sbrigati, sennò chi la sente Cettina?»

Fece un sorriso saputo e solo in quel momento sulla carnagione scura comparve un reticolo di rughette intorno alla bocca e agli occhi. Za' Teresa conosceva bene madre e figlia. Tanto era spigolosa e di malu carattiri l'una e tanto cara l'altra. Agata lei l'aveva vista nascere e benedetta e tenuta con sé le prime ore su questo mondo. Se ne ricordava bene, Cettina l'aveva partorita sulla spiaggia come fanno gli animali randagi; un motivo c'era di sicuro, ma non erano affari suoi.

La picciridda aveva una voglia scura sul petto, per questo l'aveva segnata tre volte e non una, per questo se l'era portata a casa: doveva capire se era cosa di demonio e per capirlo doveva fare un rituale che in pochi conoscevano, e andava fatto al chiuso, al buio e senza occhi e orecchi curiosi in giro. Ma Agata non era stata toccata dal male, lo aveva detto chiaro il piatto. Era una bambina diversa dalle altre, aveva qualcosa che gli altri non avevano e prima o poi sarebbe saltato fuori, ecco cosa aveva letto la Za', interrogando l'olio.

Per questo, e per l'amicizia che aveva con Minica, Za' Teresa se l'era presa a cuore. L'aveva tenuta d'occhio e curata se stava male, come quando era partito Pino. Poi, appena Agata era stata abbastanza grande da capire, le aveva detto di andare da lei quando qualcosa non andava e che non c'era bisogno che sua madre lo sapesse. Cettina si sarebbe sentita in debito e Za' Teresa non voleva che nessuno pensasse di doverle qualcosa, men che meno quella donna tanto nemica della cuntintizza.

9

Giugno 1902

Maggio finì e arrivò il giorno in cui Agata compì quindici anni. I fratelli le fecero gli auguri e poi, dopo cena, le regalarono una statuina di legno. L'aveva fatta Rosario col suo coltellino, era una tartaruga marina, precisa a quelle con cui lei amava nuotare e che non aveva mai voluto pescare né tantomeno assaggiare.

«Oramai grande ti sei fatta e ti devi cominciare a riguardare, che la gente parla troppu» le disse Salvatore prima di andare a dormire.

«Che vuoi dire? Ma che discorsi sono questi?» chiese Agata stupita.

«Che devi stare attenta, devi camminare sempre con noi e non devi più restare sola, neanche con Pietro. Non sta bene.»

Agata per un attimo provò un senso di vergogna. «Io sola con Pietro a che non ci sto, me lo sto scordando, ma lui è amico mio.»

«I masculi non hanno amiche. Con le femmine o si fidanzano o si sposano» precisò lui.

Rosario era già salito al piano di sopra, ma aveva sentito tutto e un nodo gli strinse lo stomaco.

«Papà non c'è e ora tocca a me badare a quello che fai, perciò vedi di comportarti come si deve.» Mai Salvatore si era rivolto a lei con quel tono secco.

Agata si stava ancora rigirando nervosamente la tartaruga fra le mani quando Cettina, da sopra, le intimò di ritirarsi che da lì a poco doveva alzarsi per andare a pescare. E in tono cattivo concluse: «Compleanno o non compleanno, lo stesso si travagghia. Forza, va' a curcariti e dormi». Non ce la faceva proprio Cettina ad avere una buona parola per sua figlia, tanto più che il compleanno di Agata le ricordava l'angoscia della notte in cui l'aveva partorita: sulle reti, fra le pietre della spiaggia, che se non teneva duro un altro poco direttamente sulla barca le nasceva.

Madre e fratelli dormivano già da un po', ma Agata non riusciva a prendere sonno ed era riscesa in cucina per bere un sorso d'acqua. Dalla finestra entrava solo la luce gialla di una luna generosa e piena. Portinenti, il pugno di case attorno alla vecchia chiesetta di San Bartolomeo, pareva dormire beato sotto un cielo color carbone. La ragazza uscì, fermandosi appena oltre l'uscio, poi, come attratta da una forza misteriosa, si diresse verso i campi. Un gatto sfrecciò via veloce non appena sentì i suoi passi.

Camminò fino a una spianata illuminata dalla luce lunare. Là Agata vide qualcosa muoversi e si avvicinò incuriosita.

Un boato improvviso la scosse, qualcosa la risucchiò verso il basso. Una volta, da piccola, le era capitato in mare di essere presa da un mulinello e di venire tirata sotto, ma suo fratello l'aveva afferrata in tempo e portata a riva.

La sensazione era la stessa. Le girava la testa e sentiva un rumore sordo nelle orecchie, come un mugghio, profondo e vibrante. La voglia le bruciava, la testa le si rovesciò all'indietro, e si ritrovò di colpo con gli occhi puntati contro il cielo. Poi si sentì scagliare verso l'alto. Una luce accecante la investì e i pensieri si fecero veloci come fulmini scaricati dalle nuvole durante una tempesta in mezzo al mare.

Gli occhi divennero più sensibili, come se vedessero di più e meglio, i colori più nitidi, i contorni degli oggetti scolpiti. D'un tratto i suoi sensi si erano fatti più fini. Le fronde degli alberi erano immobili, eppure lei sentiva l'aria della notte sulla pelle come il tocco di mille dita invisibili. Di colpo l'aggredirono tutti gli odori dell'isola: non solo quelli delle piante e dei fiori, ma pure quelli della terra e del mare e diversi altri che non aveva mai conosciuto. E i rumori... fruscii, schiocchi, ticchettii, ansimi e stridii.

Vide sette pietre – le contò – sollevarsi e girare in tondo, senza mai colpirla.

E poi iniziò a pensare pensieri in una lingua che non era la sua, e subito dopo in un'altra, ma lei non riusciva a decifrarli, faticava a capirne il senso, erano troppi e si accavallavano fra loro in fretta.

Quando il turbine cessò si ritrovò sudata, confusa e senza forze. Si accasciò a terra e rimase immobile, terrorizzata. Non riusciva a spiegarsi quanto era accaduto. Sopraffatta, provò dapprima a mettersi in ginocchio, poi si piegò in avanti posando le mani sulla nuda terra. La sentiva scottare e pulsare come se fosse viva.

Intanto la notte calava le sue lunghe ombre e la spiaggia si lasciava accarezzare dall'andirivieni placido delle onde.

Quando le parve di aver ritrovato le forze, Agata si rialzò pian piano. Sollevò la camicia da notte leggera e logora che aveva ereditato dalla madre, lasciò i campi, rientrò in casa e salì al piano di sopra. Dall'uocchio filtrava una lama di luce che disegnava una linea bianca sul pavimento scuro; lei si accoccolò nel suo giaciglio con il cuore che batteva ancora forte, stringendo a sé il vecchio rosario.

In quel momento le tornarono in mente le parole di sua nonna Minica, buon'anima, e si ricordò pure che la loro casa stava proprio nei paraggi della tomba di Eolo, il dio dei venti saggio e potente, ma a volte dispettoso. Ripensò a quella cosa del dono e si disse di stare tranquilla: lei non era parente a nessuno preso da Eolo. Ripensò alla voce di Minica, al suo odore così particolare e si calmò un poco.

«Sammartulu, fa' che sia stato solo un brutto sogno» pregò più volte a fior di labbra, tenendo fra le dita i grani del rosario, ma le voci nella sua testa non smettevano di rincorrersi, né il suo corpo di vibrare. Il tempo sembrava non voler passare mai, scandito dal ritmo del suo respiro che si era fatto corto e affannato.

«Domenica vado alla prima messa e mi confesso pure, chi avi troppu che non parlo con il parrino» mormorò, spaventata. Cercò di ricordare se era mancata a una qualche funzione, ma mai una ne aveva saltata, da anni. E a Pasqua aveva fatto la via crucis e la processione del Venerdì Santo e tutte cose sistemate. Non aveva mancato di rispetto a 'u Signuri, non le sembrava proprio. Poi si ricordò del bacio che le aveva dato Pietro: e l'ombra del diavolo, del peccato e di tutte le cose brutte che aveva sentito sull'inferno e i demoni si insinuò nei suoi pensieri, spaventandola ancor più.

La stoffa ruvida della camicia da notte le stampava dei segni sulle braccia che Agata si grattava furiosamente. Sembrava che tutto fosse meno sopportabile, un fastidio nuovo ogni minuto la tormentava. Tuttavia provò a chiudere gli occhi e a non pensare a nulla. Alla fine si addormentò, ma cadde in un sonno agitato e pieno di visioni, di persone che le parlavano, di parole che si infilavano nella sua testa come le sarde nella rete, a migliaia.

Agata si svegliò appena in tempo per uscire a mare, si vestì in fretta e imboccò l'uscio correndo.

Una luna gigantesca sembrava appesa sull'acqua come un lampione. Nel silenzio della notte si udivano solo i passi svelti della ragazza che scendeva verso il porticciolo reggendo la gonna.

Tutto dormiva, perfino le case addossate le une alle altre a tenersi compagnia in un angolo di terra e rocce abbracciato solo da acqua e onde, dove ogni cosa odora di sale.

10

Gli occhi scuri, cerchiati da un filo dorato, scrutavano il largo. Le quattro donne, quella notte, erano arrivate fino a Vulcano e avevano buttato le reti sotto costa, al largo della punta di Samussa, perché il pesce di solito si faceva prendere in quel punto. Agata e Giuseppina avevano calato la minaita, una rete a parete a maglia unica su cui erano fissati dei galleggianti di sughero, perfetta per le sarde e gli sgombri. Era il loro momento, fino a dopo l'estate, poi non se ne trovavano più. Le mani delle donne erano rovinate dal remare e dalle corde intrise di sale che dovevano maneggiare tutto il tempo. La ragazza si tirò indietro la treccia in cui aveva raccolto i lunghi capelli ricci.

Mentre stavano lì ad aspettare che i pesci gonfiassero le reti, ad Agata di nuovo si mossero quei pensieri che non erano suoi, preghiere e cantilene ignote che sgorgavano una appresso all'altra. Si sentiva strana, aveva formicolii ovunque, e poi quella confusione di pensieri che mai aveva avuto, arrivavano di colpo a decine e tutti intrecciati fra loro e a lei non riusciva di dare un ordine a quel tumulto di immagini e sensazioni nuove.

Agata posò la mano sul bordo del gozzo e venne assalita da una sensazione bizzarra. Non riusciva a tenere gli occhi aperti, un senso di nausea le stringeva la bocca dello stomaco. Si sentì sopraffare da un inspiegabile torpore che la costrinse ad abbassare le palpebre, ma anziché il buio vide la rete sotto la barca che si stava riempiendo troppo. La vide con gli occhi della mente, fu un'apparizione talmente vivida che le sembrò di poter toccare la minaita.

Qualche istante dopo la visione cessò e Agata si ritrovò sveglia e lucida. E fece subito segno alle altre che era il momento di issare il carico a bordo. «Forza, tiramu o si fa troppo pesante per noi.» Lo disse con un tono così sicuro che sembrava sapesse esattamente quanto pesce avevano catturato.

«No, è passato troppo poco» fece Giuseppina.

«Vi dico che va bene così o non la tiriamo su e ci ribaltiamo... poi fate come volete.»

Giuseppina si voltò a scrutare Agata e si stupì nel leggerle in faccia tutta quella determinazione e sicurezza.

«Assunta, Maruzza, voi prendete di là» ordinò, e le due sorelle ubbidirono senza troppe storie.

Le quattro donne afferrarono le estremità della minaita e cominciarono a issarle, reggendosi forte con i piedi per non sbilanciare il gozzo. Sollevarono a fatica la rete fradicia di acqua e di pesci che si dimenavano impazziti e la fecero cadere sul fondo della barchetta.

C'erano le sarde, sì, ma pure delle occhiate e un paio di calamari che parevano messi lì per dispetto, lucidi e rosati, coi tentacoli mollicci abbandonati sulle pance degli altri pesci. Tutta roba che si poteva vendere bene. L'avanzo lo avrebbero scambiato con la gente che stava sui monti di Lipari e coltivava solo la terra, patate soprattutto, che non bastavano mai ed erano una delle poche cose che saziavano davvero. Cu mancia patate, un muore mai, diceva il proverbio e, come tutti i detti popolari, aveva la sua saggezza, dato che i preziosi tuberi assicuravano sazietà e si conservavano per mesi senza bisogno di particolare cura.

«Rientriamo, ora, pigghiati i rimi!»

E mentre i pesci si dimenavano, schizzando loro le gambe, le quattro donne imbracciarono i remi e all'unisono si mossero per rientrare, nel buio della notte.

La loro mappa erano le stelle e quella sera parevano brillare più che mai. Giuseppina fece cenno a Maruzza e Assunta di spostarsi più a ponente, ormai conosceva a memoria le distanze e i disegni del cielo, che segnavano la strada in mezzo a un mare che di strade non ne conosce, solo onde e correnti che però quella sera sembrava fossero scomparse. Non un ciatu ri vento, nessuna increspatura. La barca scivolava su un'acqua che pareva olio, da quanto era liscia e scura.

Quannu 'a chiaja taci, o scirocco o tramuntana, pensarono tutte. Se la piaga non fa male e se c'è troppa calma, uno dei due venti arriva all'improvviso. Ma siccome si stava facendo la luna, e no' 'nge luna nova senza scirocco, tre juòrni prima o tre juòrni doppu, di sicuro non arrivava la tramontana.

Agata pensò che non fosse un bene, e lo pensarono tutte in verità: avrebbero dovuto farsi bastare quel carico per qualche giorno, ma non serviva dirselo. Quando il mare rallentava e respirava piano, lui, il vento peggiore di tutti, arrivava. Quella volta però Agata lo percepiva: ne sentiva l'odore e il rumore.

Per le altre quella calma precedeva lo scirocco, per Agata lo scirocco era già lì, lo aveva già visto, come se per lei il tempo avesse fatto un balzo in avanti per mostrarle cosa sarebbe accaduto. Agata non aveva in quell'istante una percezione normale delle cose: le sembrava di aver già vissuto quel momento e cercava di ritrovarlo nella sua memoria, ma la verità è che non era mai accaduto, o meglio, non era ancora accaduto. Quella sensazione le mise addosso un senso di angoscia che non aveva mai provato prima. Non poteva controllare le sue percezioni, doveva fare i conti con questa nuova lei che di colpo sembrava sapere e vedere delle cose che gli altri non vedevano e non sentivano.

Ora tutto era ammantato da quel particolare silenzio che hanno le cose in equilibrio subito prima di crollare: un bosco prima del temporale, la terra prima di un terremoto. Da lì a poche ore le raffiche avrebbero iniziato a infuriare, a sollevare onde alte quanto una casa, inquietare i pisci e fari scimuniri i cristiani. Sì, perché c'era gente che quando soffiava quel vento pareva impazzire, vuoi per il caldo, vuoi perché tutto quello sbattere con forza le cose, piegare le piante di traverso e alzare polvere ti faceva perdere la calma.

Il gozzo con le quattro donne a bordo scivolava verso il profilo scuro dell'isola, che per ognuna di loro era porto, rifugio e destino.

11

Il mare mugghiava lugubre già dalle prime ore del mattino e le onde si infrangevano violente sugli scogli. Arrivavano lunghe e cariche di schiuma bianca sulla spiaggia di fronte alle case dei pescatori, rovesciando i loro tesori sulle grigie pietre dell'arenile.

Lo scirocco aveva iniziato strappando le foglie agli alberi. Il mare era diventato furore e litania. Aveva spazzato la spiaggia, fino a lambire l'uscio delle case, e aveva restituito, lungo la battigia, i piccoli attrezzi da pesca smarriti e i legni persi, naufragati. Qualcuno li avrebbe raccolti e radunati come legna da ardere, ammonticchiandoli sul retro di casa.

Lungo la costa, la salsedine si era addensata in una sottile nebbiolina che riempiva, con un odore penetrante e sgradevole, gli angoli nascosti del paesino dei pescatori.

Le donne più anziane restavano a pregare, perché lo scirocco faceva vero perdere il senno e solo Dio ci poteva tenere una mano sulla testa a chiddi ca rischiavano di dare di matto.

Cettina la osservava da un paio di giorni, sua figlia. Tutto era partito da un'impressione che si era man mano tramutata in sospetto. Agata era cambiata. Era lo sguardo a essere diverso: non era più ingenuo e distratto, pareva avesse acquisito una luce che sapeva di antico, di saggio e al contempo di misterioso. Aveva l'impressione di conoscere quella luce, ma non sapeva bene perché.

«Si può sapere che hai? Ti vedo un poco strammullidda in questi giorni, che ti è successo?» la apostrofò bruscamente mentre la ragazza rimestava la magra zuppa che costituiva l'unico pasto caldo della giornata.

Il pensiero di Agata andò alla notte in cui una forza oscura l'aveva portata nei campi, alla sensazione di essere risucchiata da un mulinello, alla visione della minaita gonfia, alle preghiere in lingue sconosciute che talvolta le riempivano le orecchie. «Nenti, ma'» rispose per tagliare corto.

«Veramente a me non mi pare che non hai niente» replicò Cettina.

«Ti dissi chi non ho nenti...» ribadì scocciata la ragazza.

«Invece a me pare che ti sei scordata l'educazione e che io sono tua madre!» gridò Cettina. «Non ti permettere più!»

Solo allora Agata si accorse di averle mancato di rispetto, anche se era sempre più convinta di dovere quel rispetto a Cettina solo perché così si usava, non perché sua madre lo meritasse.

«Chiedo scusa, sono solo un poco stanca» aggiunse nel tono più conciliante che le uscì.

«Mah, ti dico che a me pari strana. Finisci di rimestare e poi va' a finire i tuoi travagghi. Però se c'è qualcosa è meglio che me lo dici» fece Cettina, imboccando l'uscio con il mangiare per le galline. «Tu a mia non me la cunti giusta...» aggiunse borbottando.

Le folate dispettose s'infilavano in casa e facevano piegare la fiamma del fuoco fino quasi a spegnerla. Cettina rientrò poco dopo, spettinata e scura in volto. I pensieri non le davano tregua: ormai Agata s'era fatta grande e i masculi avevano già cominciato a guardarla, puru chiddi già maritati. Il suo timore era che la figlia avesse fatto qualcosa di sconveniente e lei non voleva sentir volare una mosca, che di loro la gente dell'isola già parlava a sproposito. Per questo le raccomandava sempre di camminare a testa bassa senza incrociare lo sguardo dei maschi, di parlare piano, di non ridere in modo sguaiato e non stringere troppo il grembiule in vita. Questi erano i precetti più ricorrenti, ma ogni giorno all'elenco se ne aggiungeva qualcuno nuovo che riguardava i capelli, il movimento dei fianchi nella camminata o il modo in cui si faceva aria con le gonne quando sentiva caldo.

Avere una femmina dentro casa era un bel problema, rifletteva

Cettina pulendo il tavolo con un cencio. Lei doveva stare attenta assà, che a inguaiarsi le ragazze ci mettono un attimo e poi i danni se li piangono i genitori.

Genitori, quali genitori? Lei era sola, a lei toccavano tutte le camurrie, Pino se n'era andato proprio quando serviva che ci fosse. E ora? Ora, che le piacesse o no, era lei che doveva provvedere a tutto e aveva un presentimento che non la lasciava tranquilla. La figlia le avrebbe portato guai, e quel pensiero non le dava pace.

Agata rimestava e assaggiava la brodaglia bollente soffiando sul mestolo di legno, i suoi fratelli erano tornati dal campo e si stavano sciacquando mani e collo nella tinozza fuori dalla porta, l'acqua era poca e la pioggia ne donava sempre meno in quella strana primavera gonfia di nuvole e pregna di aria umida, ma avara di temporali.

Quando Salvatore e Rosario entrarono in cucina trovarono un silenzio rotto solamente dallo sbatacchiare delle quattro ciotole di legno che Cettina stava prendendo dalla madia. La penombra era umida, da malutiempu, un temporale a giugno sarebbe stato provvidenziale, avrebbe dissetato la terra prima dell'arsura estiva.

Nel porgere la zuppa a Rosario, Agata gli sfiorò inavvertitamente la mano e avvertì una scossa. Si sentì pungere da migliaia di aghi e di colpo una vampata di calore le salì alla testa. Ebbe una visione improvvisa. Per una frazione di secondo vide il fratello con un ragazzo che gli accarezzava i capelli. Poi vide quello stesso ragazzo, in prigione, piangere come un bambino con le mani alle sbarre. Subito dopo la colse un forte capogiro, tanto che dovette sedersi.

Cettina se ne accorse, l'espressione di straniamento sul viso di Agata non poteva passare inosservata. Afferrò la figlia per un braccio e, sotto lo sguardo preoccupato dei fratelli, la trascinò fuori dall'uscio.

«Così mi fai male...» protestò debolmente la giovane cercando di liberarsi dalla presa. Vuoi per lo scirocco, vuoi per l'ora, per strada non c'era anima viva.

«Agata, ascoltami, se ti è successo qualcosa, è meglio se me lo dici ora.»

La ragazza non voleva raccontare quello che le era accaduto poche notti prima: temeva che avesse a che fare con qualche majaria e sapeva che sua madre non aveva mai visto di buon occhio quel che faceva Minica, il via vai di gente che la cercava, le cattiverie meschine di chi non trovava sollievo o rimedio ai propri mali. Agata era piccola all'epoca, ma ricordava tutto perfettamente e aveva paura di incorrere nella rabbia di sua madre, di leggere nel suo sguardo sdegno e riprovazione.

«Tu ora mi cunti tutte cose! Ti pari ca mi puoi fari fissa?» tuonò la donna, mentre lo scirocco le rubava le parole e strappava lunghi ricci neri dalla stretta severa del tuppo.

Agata, spaventata, abbassò lo sguardo e provò a raccontare, seppur evasivamente, quello che le era accaduto la notte del suo quindicesimo compleanno.

Cettina ascoltava con gli occhi di fuori, una mano sul petto stringeva l'abito logoro proprio all'altezza del cuore, come se volesse afferrarlo e strapparlo via. «Lo sapevo! Io lo sapevo che ti era capitato qualcosa, è colpa del tuo sangue.» Tacque di colpo, accasciandosi a terra con lo sguardo perso, poi cominciò a battersi il petto, mentre il vento sollevava mulinelli di polvere intorno a lei. «Maledetta me, devo essere maledetta!»

Agata non aveva mai visto sua madre in quelle condizioni. Sul suo viso non c'era traccia della solita rabbia o durezza, solo dolore. Dolore e paura.

«Non starmi davanti, vattinni, va' a mangiare e rassetta la tavola. Io devo andare in un posto, e dicci ai tuoi fratelli di andarsene al lavoro subito» ordinò Cettina indicando la porta di casa.

Agata restò sull'uscio a guardare la madre allontanarsi, mentre lo scirocco le gonfiava la gonna come una vela.

Nel pomeriggio, nonostante il malutiempu, Agata raggiunse i fratelli nei campi. Lungo la strada raccolse un poco di erbe da mettere nella zuppa e le ripose nella grande tasca del suo grembiule.

La terra pativa l'arsura sebbene i germogli spuntassero lo stesso, però una bella piovuta sarebbe stata provvidenziale in quei giorni, per dissetare i campi e lavare via la polvere.

«Agata, me lo dici cosa ti è successo stamattina e perché mamma era così furiusa?» le chiese Salvatore.

«Credo mi sia successa una cosa strana, ma non so bene cosa» rispose la ragazza in difficoltà. «Mi capita di vedere delle cose quando tocco qualcuno o qualcosa.»

«Aiutami a capire, che storia è mai questa? Pari 'na majaria.»

«È cominciato tutto la notte del mio compleanno. Sono scesa in cucina per bere, ma sentivo che qualcosa mi chiamava da fuori...» E raccontò quello che le era capitato.

I fratelli la ascoltavano a bocca aperta, mentre il vento pareva voler strappare loro le vesti.

«Non devi dirlo a nessuno, hai capito?» le ordinò Salvatore. «Ecco perché nostra madre era così arrabbiata, lo dice sempre che non ne vuole sapere di queste faccende, che gli bastò e avanzò di avere sua madre che faceva cose strane... Ora vedi di non dargliene pure tu di pensieri!»

Rosario, preoccupato, le chiese se le fosse successo altro di strano in quei giorni, ma a parte qualche sogno e quella visione improvvisa e violenta, che l'aveva lasciata piena di dubbi, Agata non aveva notato nulla. «Allora forse sarà stata la luna, che a voi donne vi fa fare cose strane...» aggiunse, più per rassicurare se stesso che la sorella.

12

L'indomani, di buon mattino, Cettina se ne stava seduta accanto all'unica finestra della stanza a piano terra a sferruzzare un paio di calzettoni per Rosario. Pareva essersi un po' calmata, anche se aveva l'aria di una persona che non può reggere nuovi pesi.

La luce entrava di sbieco, il sole ancora non era alto ma faceva già chiaro.

Agata non era uscita in mare quella notte, lo scirocco aveva bloccato tutte le barche al porto e lei si stava preparando per andare in campagna.

«Te la ricordi a tua nonna, vero? Te la ricordi la vita grama che ha fatto? Con la gente che la cercava per ogni cosa e la assicutava, non le dava pace. E quelli che non riusciva a guarire alle spalle gliene dicevano di ogni, che era una majara a convenienza e aiutava solo chi voleva lei, che ne sapeva la gente di cosa vuol dire stare appresso alle camurrie di tutti?»

Cettina parlava con tono stanco, la voce piatta, rassegnata. In verità di tanto in tanto si affacciava il pensiero che Agata avesse a che fare col dono del vento, ma lo scacciava subito. Sua madre Minica era stata una majara, però lo aveva scelto lei, aveva voluto imparare a esserlo. Cettina di certo non avrebbe incoraggiato sua figlia, ci mancava solo un'altra mezza strega dentro casa.

«Non è niente. Hai tanta immaginazione, e poi c'è 'sto vento che fa ammattire i cristiani. Pensaci, è questa la vita che vuoi fare? Io no! Già mi bastò mia madre! Senti a me, figghia mia, statti zitta e un diri a nuddi chiddu chi ti capitò.»

Agata annuì, dentro di lei si agitavano troppe emozioni, era spaventata, confusa, arrabbiata, non capiva perché proprio a lei fosse capitata questa cosa. Decise di andare da Za' Teresa di nascosto da sua madre, dopotutto lei era una majara e l'avrebbe aiutata di sicuro.

«Ieri sera Cettina è venuta qui come una furia, urlando che dovevo starti lontana» le confidò la donna, facendola entrare in una cucina satura di fumo e odori. Stava aspettando il marito, che a momenti era l'ora della cena e già la luce era scemata e il buio si mangiava le cose. Agata osservava i capelli di Za' Teresa, erano ormai quasi tutti grigi, nonostante fosse poco più vecchia di sua madre, e dalla scriminatura emanavano riflessi argentei. Insieme al colore, sembravano aver perso morbidezza per acquisire la consistenza dei peli, irti, ispidi, ribelli.

«Io contro a tua madre non ci voglio andare, Agata, ha troppo malu carattiri. Lo sapevo che prima o poi questa cosa veniva fuori, da quando sei nata lo sapevo. Ma io non ti posso insegnare nulla né aiutare. Io so solo far nascere i picciriddi e curare qualche malattia. Ti ho vista venire al mondo e lo sai che non ti voglio toccata, ma se Cettina sa che ti do conto, passo i guai.»

Per quanto dispiaciuta, era chiaro che Za' Teresa era irremovibile e Agata si sentì per l'ennesima volta sola. A che serviva quello che le era successo se poi tutti la evitavano? Le parve una condanna. «Ti salutaiu, Za'» fece allora, imboccando la porta.

La ragazza si incamminò verso casa con la testa piena di pensieri e di domande che si rincorrevano, pesanti, come le nuvole prima del temporale. Ma percorse solo pochi passi e tornò a casa della majara, trovandola intenta a rimestare una minestra di fagioli sul fuoco.

«Con permesso» disse, scostando leggermente lo stipite di legno mangiato dal sale.

«Arrè cca si'? Che ci fu?»

«Za', una cosa pensavo... Almeno le malattie puoi insegnarmi a curarle, come fai tu. E pure come si leva il malocchio... l'ho visto fare tante volte a mia nonna, ma non conosco le parole. Verrei di nascosto, a mia madre non lo dico.»

Quella poveretta aveva un tono così accorato che Za' Teresa smise di stare appresso alla pentola, la scansò un poco dal fuoco e si girò verso di lei dopo essersi pulita le mani sul grembiule.

L'odore della minestra di fagioli riempiva la stanza spoglia e umidiccia, ma era un odore buono e Agata sentì lo stomaco brontolare, ancora lei non aveva toccato cibo quel giorno.

«Tu non ti arrendi proprio, vero?» fece la donna guardandola seria ma con gli occhi che parevano sorridere.

«Io forse ho qualcosa, Za', e non posso fare finta di nulla... Lo dice pure don Girolamo in chiesa, quella cosa dei talenti, ora bene bene non me la ricordo quella storia...» rispose la ragazza.

«E con tua madre come la mettiamo?»

«Non le diciamo niente, passo io di mattina presto quando torno dalla pesca, mi fermo giusto un poco e me ne vado» si affrettò a rassicurarla Agata.

«Io ti posso insegnare come guarire le malattie che conosco: 'u suli 'n testa, a puticinia, a risìpola, le 'ncine, i vermi, lo scantu e il malocchio, ma solo se è fresco, tutto il resto io non lo so fare» precisò la majara. «Ho imparato solo gli scongiuri che mi servivano, quelli più semplici, 'a vranca matri io non la levo, le cose col vento e il fuoco non le so fare. Solo uno conosco che fa tutto, si chiama Zu' Bastianu e sta ad Acquacalda. Io una volta sola lo vitti, ma iddu è uno che ne sa. Zu' Bastianu ha il dono del vento, è uno di quelli pigghiati da Eolo.»

Agata si ricordò cosa le aveva detto sua nonna Minica del dono, ma quello che era accaduto a lei di sicuro era un'altra cosa. Tuttavia sentiva di avere dentro qualcosa di potente che voleva uscire fuori: una specie di forza che poteva servire a fare del bene. Voleva essere come Minica e imparare a guarire i mali della povera gente.

La ragazza rispose che le stava bene imparare quelle poche formule che aveva usato sua nonna.

«'U saccio, nicaredda, Minica faceva le stesse cose mie.»

«Mia nonna mi diceva che le anziane possono insegnare i 'raziuni...» E non aggiunse altro per non infastidire la donna che sembrava già stanca.

«Le possono insegnare quando vogliono, però si devono ripetere la notte di Natale, sennò non sono valide. Quando 'u parrino sale sull'altare e si fa la croce per cominciare la messa, quelle che di noi sanno i 'raziuni si mettono a ripeterle, tutto il tempo, e allora diventano valide» spiegò Za' Teresa convinta.

«E sta bene, io le imparo e poi a Natale le ripeto così poi posso usarle» rispose Agata.

«Mi sa a me che puoi usarle anche senza, però a me così mi hanno insegnato e così ti insegno, basta che con tua madre ti stai zitta e muta» sentenziò la donna.

Suo marito si presentò sulla porta, curvo, appesantito dalla giornata al campo.

«Buonasera, Giacomino» fece Agata. «Che si dice?»

«Mah, si travagghia troppu e le braccia non bastano mai, stiamo sistemando un terreno ripido per metterci le vigne. Ci siamo presi pure qualcuno dei coatti a giornata.»

«Pietro dice che sono dei mezzi delinquenti» commentò Agata.

«Hai raggiuni, alcuni sono malacarne assai, ma quelli dal castello non si muovono, che non ne hanno testa a travagghiare. Però certuni sono bravi cristiani, onesti, e non scansano le fatiche. Noi solo gente che sa guadagnarsi il pane ci portiamo appresso, come il capo dei coatti Carmelo e il suo compare Orazio, che è troppo sistemato e non si ferma mai.» E con quelle parole si lasciò cadere pesantemente su una seggiola.

«Tolgo subito il disturbo. Grazie, Za', passerò presto a trovarti» disse Agata infilando l'uscio.

«Che aveva la picciridda, sta male?» chiese Giacomino quando la porta si richiuse.

«Ringraziando Dio no. Ma non è cchiù una picciridda.»

«Hai raggiuni, è fatta fimminedda e bedda assà.» Poi, ripescando un ricordo lontano, aggiunse: «Come era sua madre da giovane. La minestra pronta è?».

«Pronta è, ma soffia» lo ammonì la moglie porgendogli la ciotola fumante colma fino all'orlo.

13

Luglio 1902

Era quasi l'alba. Agata e le sue compagne stavano per fare ritorno a casa. Luglio era appena cominciato e lo scirocco, che per qualche giorno aveva dato tregua all'isola, aveva reso l'aria un fuoco e l'acqua calda più del solito.

A poche centinaia di metri dalla riva le donne scorsero una decina di bellissime tartarughe nuotare placide a pelo d'acqua. Le pescatrici avevano un religioso rispetto per quelle creature tanto affascinanti. Nonostante la fame, non ne catturavano mai più di quanto il bisogno richiedesse, perché sapevano che erano sacre e antiche e non andavano prese per ingordigia. E comunque in estate non le pescavano perché il momento giusto delle tartarughe era a gennaio e febbraio, quindi, per quell'anno, quelle che dovevano prendere, le avevano già prese. Era una legge tacita, una di quelle cose che si tramandavano di generazione in generazione.

Nel vederle Agata si levò il grembiule e il vestito, rimanendo solo con la sottoveste di cotone. Salì sul bordo del gozzo e spiccò un tuffo, e s'inabissò elegante e leggera.

Dopo un iniziale momento di stupore, le compagne le urlarono di risalire immediatamente a bordo che non avevano tempo da perdere e il pesce non si vendeva da solo. Ma Agata continuò a nuotare in mezzo alle tartarughe incurante dei richiami delle altre. Si sentiva leggera, felice, si avvicinò a una e la sfiorò delicatamente. Di colpo una serie di immagini le attraversò la mente.

Agata cercò di respingere la visione, di cacciarla scuotendo la testa. Ma lo stesso vide fondali e pesci e lo scorrere delle numerose stagioni che l'animale aveva attraversato. Vide un uomo, una lama, vide sangue e soldi e di colpo una voce nella sua testa le disse che l'avrebbe pagata, che quel maledetto l'avrebbe pagata cara. Infine vide Maruzza piangere con la testa sul tavolo della cucina di casa sua.

Alla ragazza vennero i brividi, presa da un terrore assoluto nuotò in fretta verso la barca e chiese ad Assunta, che era la più robusta, di tenderle una mano. Quella la aiutò a risalire issandola di forza.

A Giuseppina non sfuggì lo sguardo stravolto di Agata, e nemmeno il pallore che l'aveva colta. «Cu fu, chi ti capitò? Ti sintisti mali?» le chiese afferrandola per le spalle.

A quel tocco la ragazza fu presa da un freddo improvviso. Cominciò a tremare, sopraffatta da un'altra visione che non poteva controllare. Non riusciva nemmeno a parlare.

«Che hai?» domandò Maruzza, preoccupata. Si toglievano un paio d'anni, ma lei già teneva marito e pure un picciriddo. Era una donna forte che di lavorare non si stancava mai.

Agata intanto se ne stava accasciata sul fondo della barca e non rispondeva. Giuseppina intuì che in quell'acqua era successo qualcosa e riconobbe nella ragazza un'espressione strana, quella di chi vive a cavallo fra due mondi, un'espressione che aveva visto solo negli occhi di un'altra persona.

Non appena il gozzo attraccò, le donne si divisero i compiti. Maruzza e Assunta, sua sorella maggiore, avrebbero scaricato il pescato, mentre Giuseppina avrebbe accompagnato Agata a casa.

La ragazza non si era ancora completamente ripresa, così si incamminarono a passetti lenti e misurati. Il sole ormai era sorto e illuminava di una luce calda il tratto che dal mare portava verso Marina Corta.

Cettina era già sveglia e stava mettendo in tavola un poco di colazione per i ragazzi. Quando sentì che i passi non erano solo quelli di sua figlia si affacciò insospettita all'uscio.

«Giuseppina, chi capitò? Chi avi me figghia?» chiese allarmata vedendo la ragazza completamente zuppa in sottoveste e con il vestito appallottolato sotto il braccio abbronzato. «È caduta dalla varca?»

L'amica scosse il capo. «Portala dentro, dacci da mangiare e mettile qualcosa di asciutto. Nenti capitò.»

Cettina era più confusa che persuasa. «Se non è successo niente, allora perché l'accompagnasti?»

La donna si avvicinò a Cettina, l'afferrò per un braccio e la fece allontanare dalla porta di casa. Poi si rivolse ad Agata: «Moviti, cangiati che sei fradicia».

Senza neppure alzare lo sguardo, la ragazza sparì dentro casa a passi lenti, quasi strascicati.

Non appena Agata fu fuori portata d'orecchio, Giuseppina guardò l'amica e attaccò: «Forse tu agli altri li puoi fare fessi, ma a me no... Dimmi la verità. To figghia avi qualche cosa di stranu?».

Cettina trasalì, il cuore le pulsava in gola come un tamburo. «Non dire fissarie! Niente ha, Agata è ancora una picciridda!»

«Cetta, senti a me, se Agata ha qualche cosa, prima o poi viene fuori, e tu niente ci puoi fare. Perciò abituati all'idea che meglio è. Ti salutu.» Così Giuseppina, che era donna tutta d'un pezzo e che non si scantava di nuddu, voltò le spalle e se ne andò.

Cettina poteva continuare a far finta di niente, ma lei aveva già deciso cosa avrebbe detto alla ragazza alla prima occasione utile. Casa sua non era lontana e già per lei era assà tardi. Doveva tornare per preparare una cosa da mangiare a suo marito prima che uscisse nel campo. I figli suoi erano già tutti bell'e maritati, per fortuna, ma il travagghio e le camurrie per lei, quelli, non finivano mai.

E difatti l'indomani, mentre spingevano il gozzo in acqua, andò dritta al punto: «Agata, per me ti devi fare un giro ad Acquacalda da Zu' Bastianu».

«Ma mia madre...» La ragazza nemmeno finì la frase che Giuseppina la interruppe.

«'U saccio, ti pare che non la conosco? Lassala iri, senti a me.

73

Tu non è ca puoi stare daccussì, non ci pensa alla salute tua, tua madre?»

Agata chinò il capo, mesta, sapevano entrambe che a Cettina non interessava quello che stava accadendo a sua figlia, voleva solo nasconderlo, cancellarlo. Voleva che non fosse mai successo e che lei se ne scordasse, anche se in cuor suo sapeva bene che era impossibile. E sapevano pure che avrebbe fatto di tutto per ostacolarla, perché seccature non ne voleva oltre a quelle che aveva già.

«Ad ogni modo io non mi immischio più, che quello che dovevo dirti te l'ho detto.»

14

Le nasse stavano ammonticchiate in un angolo. Agata ci aveva adagiato sopra le piccole brocche di terracotta con l'acqua da bere, preziose e fragili, che andavano sempre conservate al sicuro perché sarebbe bastata un'onda improvvisa o un movimento brusco della barca per mandarle in frantumi. Quella notte le avrebbero calate poco lontano dalla secca di Capistello e le avrebbero ritirate al mattino. Un paio si dovevano aggiustare, avevano dei pirtusi, si erano sfilacciate, e visto che il tempo dell'attesa andava riempito, Assunta aveva portato un fascio di canne che suo marito aveva raccolto al lago di Lingua, a Salina. Nottetempo, avrebbero aggiustato le nasse con intrecci sapienti e nodi robusti.

Maruzza e Assunta si misero al loro posto pronte a muoversi a suon di braccia verso i Casi di Donna Ina, la penisola più a sud di Marina Corta, navigavano sotto costa perché per la pesca con le nasse non serviva andare troppo al largo.

Agata cercava di ricomporre i ricordi di sua nonna e le cose che diceva sua madre con quello che le era successo, le visioni che di tanto in tanto le venivano e il prurito alle mani che sempre più spesso la prendeva. Non voleva disubbidire: Cettina le aveva intimato di non parlare con nessuno di quello che le era capitato e lei si sentiva un po' come due anni prima, quando le era arrivato il sangue e si era scantata morta. Quella volta Cettina aveva riso delle sue paure. «Mettiti un panno di quelli e quando è zuppo cambialo. Sono cose di donne, qualche giorno e ti passa.» Quando era ancora picciridda, sua nonna ci aveva provato a spiegarle come funzionano le fimmine, ma Cettina l'aveva sentita ed era intervenuta, intimandole di tacere. «Un ci diri nenti, che è ancora nica! Quando sarà il momento, ci dicu jo tutte cose.»

Ma poi non lo aveva fatto, era troppo l'imbarazzo e troppa la distanza fra lei e la figlia. E così Agata era corsa da Za' Teresa.

«Tua madre manco per questo è stata buona? Nenti ti dissi?»

Agata aveva scosso il capo.

La Za' le aveva preso la mano e le aveva detto come funzionava la faccenda del sangue, ma in modo sbrigativo, a mezze parole, e lei aveva capito solo che succedeva una volta al mese, che da sposata ci sarebbero state altre cose da imparare sulla questione, cose che prima del matrimonio era proibito chiedere, e che c'entrava la luna.

«Pure! Non solo per le piante e la legna, pure per questo!» aveva esclamato la ragazza, strappando un sorriso alla Za'.

Di ritorno dalla pesca, Agata arrivò in cucina poco dopo le sette. Come al solito portava con sé un pugno di pesciolini che aveva raccattato dal fondo della rete e infilato in tasca, e li porse alla madre senza nemmeno guardarla.

Il giorno prima, ancora sconvolta dalla visione, era andata dritta a letto e si era addormentata come un sasso. Ma il suo riposo era stato turbato da tartarughe che le parlavano, immagini di pesci morti che galleggiavano a pelo d'acqua con la pancia gonfia e bianca in bella vista e da una voce che le parlava di dinamite. Un uomo di spalle stava su una barca e guardava la moria di pesci sventrati. Si era angosciata tanto da svegliarsi con il respiro pesante e il cuore che le batteva all'impazzata.

«Un sogno era... solo un sogno... Madonnuzza mia, aiutami» aveva bisbigliato nel buio tenendosi una mano sul petto.

Cettina il fuoco lo aveva acceso poco prima che sua figlia rientrasse, aveva spazzato via la cenere raccogliendola in un vecchio coccio e l'aveva portata dietro casa nel mastello sgangherato dove i suoi figli conservavano pure gli attrezzi per il lavoro nei campi. L'avrebbero sparsa sulla terra a mo' di concime.

Adesso la donna guardava la piccola fiammella prendere vita

e i legnetti avvolti dalle lingue di fuoco le portarono i pensieri al solito posto, là dove la sua testa si ostinava a tornare e là dove il suo cuore non aveva animo di restare. Sua figlia, quello che stava succedendo, non era eredità di Minica, sua madre era stata una majara solo di 'raziuni. Cettina aveva sempre temuto che il passato sarebbe tornato a chiedere il conto. Un destino beffardo le aveva portato via il marito, il suo cuore diviso in due ora viveva solo di rimpianti, di amarezza e di una rabbia sorda che accompagnava le sue giornate solitarie, senza il conforto di un abbraccio, di un corpo a scaldarle il letto. Forse quella era la punizione che meritava: tirar su i figli con un marito in Argentina che, in cuor suo, sapeva non avrebbe rivisto mai. Era vedova con un marito vivo e vegeto dall'altra parte dell'oceano.

«Che ti è successo ieri? Giuseppina non me lo ha voluto dire» chiese brusca Cettina.

Agata si stava sfilando il grembiule puzzolente di pesce e prese tempo. Non voleva cominciare la giornata a casa con uno dei soliti rimproveri di sua madre e si era ripromessa di fare di tutto per evitarli. «Nenti, ma', ieri mi sono tuffata per prendere una tartaruga e mi sono sentita male» rispose infine con il tono più naturale che le riuscì.

«Allora perché Giuseppina mi dissi che hai qualche cosa? Non me la cunti giusta...»

Strano, Giuseppina non era una che si immischiava, e Agata si chiese perché lo avesse fatto. Poi le tornò in mente quello che le aveva detto al mattino, mentre mettevano la barca in mare.

Era con le spalle al muro, tanto valeva spicciarsi a vuotare il sacco. «Ho visto...» Esitò cercando le parole giuste. «Ecco, ho visto delle cose mentre toccavo una tartaruga e mi scantavo... ma non ho detto niente a nessuno.»

«Le cose che vedi sono solo nella tua immaginazione, sono stata chiara?» sbottò Cettina, ansiosa di chiudere il discorso e troncare di netto la confessione della figlia. «Vedi di mettertelo bene in testa e di non combinare altro danno, che di camurrie ne abbiamo già da vendere...» sentenziò con un tono così secco e carico di risentimento che la giovane non proferì più parola.

Mortificata, Agata infilò l'uscio e si avviò mesta verso il campo per andare a dare una mano ai suoi fratelli. Il sole cocente seccava la terra fino a spaccarla, le crepe profonde scoprivano le radici e rischiavano di far morire le piante e le verdure seminate in primavera. I ragazzi si svegliavano all'alba per dare un poco di acqua dove serviva, prima che il sole si alzasse a picco sopra quel fazzoletto di terreno coltivato a sudore e fatica.

La ragazza si chinò su una piantina di fagioli e mentre cercava di assicurarla meglio al tutore attorno a cui doveva arrampicarsi le mani iniziarono a scottare. Una sensazione di arsura le serrò la gola, la pelle bruciava, la testa era annebbiata, vedeva fumo e ne sentiva l'odore pungente. Poi alle sue spalle vide le fiamme ardere violente e implacabili.

D'istinto ritrasse le mani e tutto di colpo svanì. Ricordò le parole di sua madre e si ripeté che era solo uno scherzo della sua immaginazione, che aveva troppa fantasia. Scattò di corsa verso i fratelli mentre il mare sotto di lei, in lontananza, mandava riflessi d'argento a un cielo limpido e azzurro senza l'ombra di una nuvola. Rallentò solo quando vide Rosario, fermo a bere un sorso d'acqua.

«Com'è che ancora Pietro non si è visto oggi?» le chiese lui.

«Hai raggiuni» commentò Agata. Il loro amico non mancava mai di passare dal campo a salutarli.

Le vigne sembravano belle cariche e la giovane accarezzò i piccoli grappoli ancora acerbi, sperando che quell'anno la vendemmia andasse bene per loro e per tutti i liparoti: il vino dolce che producevano era ottimo e si vendeva bene.

«A che pensi?» le chiese Pietro, spuntando all'improvviso.

«Alla vendemmia, mi pare buona l'uva quest'anno e le vigne belle cariche, manco so se ce la facciamo a tirarla giù da soli tutta in un giorno.» Si voltò a guardare l'amico e si rabbuiò. «Che hai? Mi sembri pallido.»

«Mah, non ho nulla, mi sento un poco fiacco, niente di che» rispose lui.

«Sei sicuro? Hai una cera strana, vero, Rosario?»

«Ora chi ti vardu, mi pari un poco sbattutu» disse, soffermandosi a guardarlo meglio e indugiando sulle labbra smorte invece che rosse e piene. «Tieni, bevi un sorso che questo sole fa brutti scherzi.» Gli porse 'u bummulu con l'acqua.

Pietro bevve avidamente, aveva sete e aveva finito l'acqua. «Grazie, Saro, ora è meglio se scendo che stanotte devo uscire, mastro Beppe mi fa sgobbare troppu» esclamò facendo l'occhiolino e poi si incamminò.

«Pietro è strano da un po' di tempo in qua» commentò Salvatore, che fino a quel momento era stato indaffarato con le piante delle fave. «Agata, tu ne sai nulla?»

«Io no» rispose pronta la ragazza, scacciando il ricordo del bacio che lui le aveva dato, ma la sua voce tradiva un certo imbarazzo e suo fratello se ne accorse.

«Vabbè, saranno affari suoi quello che ha» fece con un'alzata di spalle. Dopo una pausa aggiunse: «Tu stacci luntana 'ppi ora».

Sovrappensiero, Agata si portò una mano alla guancia. Poteva un'amicizia così bella trasformarsi in qualcosa di diverso? La ragazza aveva paura, temeva di rovinare tutto dandogli troppa confidenza, senza contare che lei ne aveva già una di spina nel cuore e non voleva aggiungerne altre.

«Rosario» disse Agata quando fu certa che Salvatore era abbastanza lontano e non avrebbe potuto sentirla, «scendo in paese che devo passare un attimo da Za' Teresa, ma tu non dirlo a mamma, per favore.»

15

Le piccole onde sfioravano la chiglia della barca, il suono del mare a quell'ora della notte sembrava una nenia antica dal sapore dolce. Il battere ritmico dei remi accompagnava quello dei cuori che si sentivano pulsare nelle mani, cadenzando il loro respiro. Erano un tutt'uno con la barca, con il mare, con il vento a favore che le scortava e con il cielo scuro che le sovrastava maestoso e rassicurante. Ognuna era immersa nei suoi pensieri, eppure attenta alla rotta da seguire. Un puntino nell'immensità, la loro barca, increspava il riflesso sull'acqua delle tante stelle che quella notte si erano accese sulle isole.

Arrivate a Punta San Francesco, le quattro donne calarono le nasse in cui avevano messo dei rami di alloro: puntavano alle seppie, che ne sono attratte irresistibilmente. Avevano legato alle estremità dei pesi di tufo, ma non le facevano scendere troppo in profondità. Anche se poteva sembrarlo, pescare sotto costa non era affatto facile: bisognava trovare il punto giusto per non far impigliare le nasse sui fondali rocciosi e posizionarle con attenzione per catturare più pesci possibili. Per prendere i saraghi o le occhiate invece bisognava mettere un pugno di sardine come esca nella nassa e calarla nei fondali coperti di posidonia.

Loro sapevano fare entrambe le cose, ma quella notte, col mare così calmo, era più facile trovare le seppie, magari belle gonfie di uova se erano fortunate.

Una volta che ebbero finito di posizionare tutto, Maruzza intonò un canto antico, una sorta di preghiera dal ritmo dolce e malinconico che un giovane innamorato, preoccupato per la sua bella che era in mare, rivolgeva a san Giuseppe affinché il tempo si mantenesse buono.

San Giusippuzzu, faciti buon tiempu,
ch'aiu la bella mia supra lu mari.
Tri 'ntinni d'oru e tri vili d'argentu,
san Giusippuzzu, l'aviti a scansari:
ed arrivannu ddrà in sarvamientu,
'na littra piatà m'hati a mannari,
cu tri paroli scritti 'ntra lu mienzu:
comu ti l'ha passatu supra mari?

Il petto generoso della ragazza sobbalzava a ogni respiro, la stoffa tesa nel tentativo di contenere tutto quel bendidio che suo marito si vantava di poter godere ogni giorno, dato che di notte a letto ci stava solo.

Ripeterono la canzone due o tre volte perché per loro era un modo di pregare, di chiedere ai santi di proteggerle sempre dai pericoli del mare.

Non avevano fretta, serviva una notte intera per far riempire le nasse, e se erano fortunate avrebbero anche potuto dormire un poco prima che venisse l'ora di ritirarle.

«Pina, ho parlato con Za' Teresa, e pure per lei devo andare da Zu' Bastianu ad Acquacalda» sussurrò Agata a Giuseppina, appena vide che le due sorelle si erano appisolate. «Dice anche che solo tu puoi accompagnarci là.»

Giuseppina non rispose subito. La guardò come se volesse scavarle l'anima, in cerca di una menzogna. I ciuffi argentati che le spuntavano fra i capelli la facevano sembrare più vecchia dei suoi quarantun anni, così come le rughe in viso, profonde e secche come i canaloni sabbiosi del monte Pelato. «Lo so dove sta, io ci sono cresciuta. Solo in barca ci possiamo andare, oppure dobbiamo sperare di incocciarlo che pesca, ma mi pare difficile, da questo lato iddu non viene mai... Anzi, ora che ci penso, credo di non averlo mai visto. Se la Za' ha detto che ci devi andare, io vi accompagno, troppo rispetto le porto e lo sai: ogni volta che ho avuto di bisogno, idda mi ha aperto la porta.»

«Lo so, idda è voluta bene da tutti e a me pure mi aiuta sempre... Ma quindi tu questo Bastianu lo conosci?» chiese la ragazza.

«Certo, lo so bene chi è. Strano è strano, ma è un bravo cristiano, uno dei più potenti a ora di guarire malattie e non solo. Io il favore te lo faccio, ma tua madre non deve sapere niente.»

Se Teresa voleva mandare Agata da Bastianu, pensava Giuseppina, significava solo una cosa: che lei aveva messo punto e non sapeva che fare. E se lei che era una delle più esperte non le poteva dare aiuto, bisognava andare ad Acquacalda da quell'uomo che sapeva di malattie, malocchi, majarie e soprattutto di persone. A lui bastava guardarli e già ti diceva se erano bravi cristiani o tinti. Era come se oltre ai suoi due occhi ne avesse degli altri che vedevano cose nascoste e che difficilmente sbagliavano. Tutti gli portavano rispetto, il rispetto di chi sa che, di fronte al mistero e all'imperscrutabile, è più conveniente inchinarsi che chiedere spiegazioni.

16

Giuseppina chiamò Maruzza e Assunta e disse loro che quella notte sarebbero rientrate prima. Le due sorelle si guardarono con espressione incerta, ma non fecero un fiato: a comandare era Giuseppina e se così aveva deciso significava che aveva le sue buone ragioni.

Le ragazze scesero a terra due ore prima del solito con il magro pescato di quelle poche ore e la consegna del silenzio.

«Avimu chiffari noi. Voi sistemate il pesce e le reti e lasciatele a Emanuele, che quando torniamo poi le recupero da lui» ordinò Giuseppina. «E tu, Assunta, aspetta Pietro e digli di stare tranquillo, che quello se non ci vede è capace di combinare danno, inventati che abbiamo perso una rete nella secca e statti zitta e muta con tutti.»

Assunta annuì, felice in cuor suo di poter parlare con Pietro. Quel ragazzo le piaceva assà, ma lui stava sempre appresso ad Agata.

«Sta bene, ci vediamo domani notte» risposero le sorelle senza fare troppe domande. Stupide non erano e immaginavano che quella stranezza avesse a che fare con quanto era successo ad Agata quando si era tuffata in acqua per nuotare con le tartarughe. Magari si era scantata o qualcuno le aveva fatto il malocchio. Con certe cose non si scherzava, e se non ci pensava Cettina ad aiutare la figlia, bene faceva Giuseppina a prendere in mano la situazione, visto che Agata usciva in mare con loro. Se Agata aveva qualcosa, meglio provvedere subito, che non ci voleva nulla a tirarsi addosso qualche disgrazia, e loro non volevano altre camurrie oltre a quelle che già avevano.

Za' Teresa era pronta che le aspettava stretta in uno sciallino leggero e logoro. Emanava un qualcosa che non si poteva spiegare. Stava lì in piedi e metteva quasi soggezione con il suo sguardo così profondo e vero, uno sguardo che sembrava leggerti dentro e che allo stesso tempo pareva dire: ti vedo, so chi sei.

Se ne partirono da Marina Corta, remarono verso le Case di Donna Ina, superarono Punta San Francesco senza troppa fatica, il mare in quei giorni d'estate era spesso calmo. In lontananza si stagliava 'u scogghio da Caprazza, un grosso faraglione che era un punto di riferimento per tutti i marinai e i pescatori che passavano dall'altra parte dell'isola. Proseguirono remando fino alla grotta d'u Perciato, una larga spaccatura a pelo d'acqua. A Petra 'o vagnu sapevano di dover fare molta attenzione per via di uno scoglio affiorante che creava non pochi problemi alle barche, e col buio e la bassa marea era tutto ancora più rischioso. Erano addirittura arrivati da fuori dei cristiani per vedere come risolvere quel problema e girava voce che lo avrebbero fatto saltare da lì a poco. Giuseppina conosceva quella zona come le sue tasche perché ci era nata, era lì che suo padre aveva cominciato a farla uscire in barca, ed era sicura che una volta arrivate a 'o lignu niuru, il faraglione che spuntava dal mare come un dente appuntito, avrebbero trovato la barca di Zu' Bastianu.

Il viaggio era lungo e Agata sembrava molto in pensiero. Giuseppina per farla distrarre attaccò a chiederle se ci pensava mai a fidanzarsi. «Possibile che non ti piace nessuno?»

«Ma chi mi deve piacere?» replicò Agata, arrossendo. «Li hai visti i maschi che ci sono a Marina Corta?» Poi, intristita, aggiunse: «E anche quando, mica scelgo io...».

«E Pietro?» azzardò la donna.

«Pietro? Per me è mio fratello» rispose lei prontamente.

«Ma tu per lui non sei sua sorella» si intromise la Za'. «L'ho visto come ti guarda, quel ragazzo mi pare bello preso.»

«Io non posso farci niente» disse la ragazza. «A Pietro non ci penso proprio e comunque, quando sarà, lo sapete come si usa.

Toccherà a mia madre scegliere un marito per me, quindi è meglio se per adesso ai maschi non ci penso.»

«Raggiuni hai! Goditi ancora un poco di pace, che poi con un uomo finisce tutta di colpo» sentenziò Giuseppina, mentre con il remo provava a far ruotare leggermente la barca.

Mentre buttavano l'ancora prima di Acquacalda, Giuseppina vide 'a varca di Zu' Bastianu. La riconosceva perché aveva due grandi occhi neri a prua «pi far scantare gli spiriti maligni in mare», come diceva l'uomo.

A pesca, Zu' Bastianu usciva con i due figli maschi e suo nipote. Era un uomo robusto, i capelli lunghi ormai completamente grigi gli cadevano ondulati sulle forti spalle, la folta barba argentea sembrava un tutt'uno con la chioma. Aveva la pelle scura, del colore del cuoio conciato, così piena di rughe da farlo sembrare molto più vecchio dei suoi cinquant'anni. Ma di Zu' Bastianu la cosa che colpiva subito erano gli occhi, neri e profondi come la notte e altrettanto misteriosi ed enigmatici. Sembravano gli occhi di un'anima antica quanto il mondo e forse lo erano, perché quell'uomo sapeva parlare con gli spiriti, guarire dai mali e leggere dentro le persone come se davanti a lui di colpo si ritrovassero nude e disarmate. Sapeva fare la cuda i rattulu, un rito antichissimo per tagliare le trombe d'aria a suon di coltello e preghiere, prima che facessero troppu dannu e chissà cos'altro. Giuseppina tutte queste cose le aveva sentite dire più e più volte da sua madre che lo conosceva da quando era nato.

Zu' Bastianu era un uomo solitario, schivo e di poche parole, la gente ci andava ma non per le fesserie perché, se gli facevi perdere tempo, si infuriava come il mare sotto i venti di tramontana. Pure sua moglie Giovanna era riservata. Abitavano in una casa isolata e si facevano vedere poco in giro, erano gli altri ad andare a cercarli. La donna, che fin da subito aveva capito l'andazzo, non riservava particolari cortesie a chi chiedeva di suo marito, nemmeno se arrivavano con le mani cariche per sdebitarsi dell'aiuto che erano venuti a chiedere. Andava avanti con le sue faccende, per lo più ignorando quelli che le ronzavano attorno, a meno che non fosse suo marito a chiamarla per farle prendere qualche rimedio o per porgergli qualche cosa che gli serviva mentre con le mani andava a levare mali o malocchi o la vranca matri, una malattia che si attaccava alle viscere e che causava dolori lancinanti allo stomaco e alla pancia in generale.

«La vranca matri è un animale con cento branche meno una, che ha il corpo qui» spiegava alla gente Zu' Bastianu, indicandosi la parte bassa del ventre. «I vranchie salgono distendendosi nella pancia. Se l'animale è in questa posizione la persona sta in salute, se invece si sposta e sale lungo i fianchi la persona inizia a soffrire assà, allo stomaco soprattutto. Per guarire bisogna tirare l'animale verso il basso per rimetterlo al suo posto.»

Lui per guarire recitava questa formula:

Ti salutu donna 'ngrata,
cientu vranchii meno una.
E se tu tutte le avissi
a mi stissa ammazzerissi.

Poi nominava un gallo e un cavallo, diceva il *Credo* e la malattia e tutti i disturbi lasciavano il corpo del malato così, da un momento all'altro.

Avvicinandosi alla barca con il curioso disegno sul davanti, Giuseppina apostrofò il pescatore: «Vossabinidica, Bastianu».

«Giuseppina, troppo distante sei venuta, vedi di stare dalle parti di casa tua a pescare che qui ci bastano le nostre di bocche da riempire» rispose seccato l'uomo.

«Non siamo qui per pescare» replicò lei.

Con un cenno, Za' Teresa fece capire ad Agata di scendere e parlare con l'uomo.

Mentre le chiglie dei gozzi si adagiavano sul pietrisco, la ragazza scese a riva con un salto. I pescatori erano già tutti e quattro a terra, affaccendati appresso al pesce e alla rete.

Agata si avvicinò a Zu' Bastianu, chino su un pesce incastrato nelle maglie fitte della rete. L'uomo si accorse di lei dal rumore dei passi sulla ghiaia che spezzavano il silenzio del primo mattino, alzò lo sguardo e rimase di pietra.

Zu' Bastianu lasciò cadere tutto a terra, si pulì i palmi e il dorso delle mani sui pantaloni sudici. Fece ai figli e al nipote cenno di andare e i tre non se lo fecero ripetere due volte: erano abituati alla gente che cercava Bastianu e sapevano levarsi dai piedi senza troppe domande o spiegazioni.

Agata gli si parò davanti. «Vossabinidica, Zu' Bastianu, permettete una parola?»

L'uomo le lanciò un'occhiata e, di colpo, riconobbe in lei qualcosa che sembrava essere affiorato dal passato, un passato indecifrabile, fuori controllo e pronto a eruttare come un vulcano dormiente. Per questo si fece di fuoco e poi di ghiaccio.

«Haiu a travagghiari» rispose bruscamente. Non capiva come mai quella ragazza si fosse presentata da lui, ma quale che fosse il motivo non gli avrebbe portato nulla di buono.

«Giuseppina mi disse di parlare con voi che forse mi potete aiutare» replicò Agata per nulla scoraggiata.

«Giuseppina parla troppu» fece lui di rimando.

«Mi è successa una cosa strana e forse solo voi potete aiutarmi.» Immaginando che fosse l'unico modo per conquistare l'attenzione dell'uomo, Agata era andata dritta al punto senza tergiversare.

Bastianu la scrutò meglio, lo sguardo nero si fece ancora più cupo fra le ciglia folte.

«Vattinni a casa tua, picciridda... Che storia ti inventasti per venire a inquetarimi?»

«Qui ci venni solo perché mi pigghiò 'sta cosa e non so che devo fare» disse Agata candidamente.

La ragazza era alta, slanciata e sinuosa, vita stretta e fianchi larghi e rotondi, non somigliava a nessuno dei suoi. In viso però era una stampa a sua madre, le lunghe sopracciglia scure, gli occhi allungati incorniciati da ciglia ricurve, la bocca piena, le labbra rosate e poi quelle fossette che spuntavano solo quando sorrideva, fossette di cui Cettina aveva perso memoria.

«Conosco tua madre, sei precisa a lei, ma io non voglio avere nulla a che fare con voi.»

«Mia madre non...» provò a dire Agata.

«Ti salutu» la interruppe l'uomo, che non pareva avere la minima intenzione di ascoltarla, voltandole le spalle dopo averle scoccato un'occhiata gelida. «Non ci tornare più qui, senti a me, vattinni e scordati di avermi visto.»

Agata rimase di sale. L'espressione di Zu' Bastianu era feroce, però allo stesso tempo aveva qualcosa di familiare. Per un attimo l'aveva spaventata, eppure, per una frazione di secondo, si era sentita stranamente legata a quell'uomo. Tornò verso la barca e scosse il capo mentre Za' Teresa la guardava con aria interrogativa: aveva visto il loro scambio, ma a causa della distanza non era riuscita a sentire nulla.

«Giuseppina, mi pare strano Bastianu...» disse la Za'.

Qualcosa doveva essere andato storto. Zu' Bastianu era un originale, ma non aveva mai negato il suo aiuto a nessuno.

«Nenti sacciu.» Giuseppina sapeva quando doveva parlare e quando no e lei il suo dovere lo aveva fatto, aveva portato lì Agata e ora non voleva impicciarsene più, se Bastianu l'aveva mandata via aveva i suoi motivi di sicuro.

Za' Teresa capì che c'erano mali discorsi per il mezzo e non chiese più nulla. Disse ad Agata di spicciarsi che dovevano rientrare prima che sua madre sospettasse qualcosa.

Le donne spinsero di nuovo il gozzo in acqua, salirono rapidamente a bordo e impugnarono i remi per tornare verso casa. Impiegarono più tempo che all'andata perché quasi per dispetto il vento era cambiato, come se qualcuno gli avesse ordinato di dare loro fastidio, e Giuseppina sospettò che quel qualcuno ora stava ripiegando le reti vicino a una barca con due occhi neri dipinti sulla prua.

Pochi giorni dopo, il 16 luglio, quel punto di mare, un tratto poco frequentato se non dai pescatori locali, vide più barche e più forestieri di quanti ne avesse visti nei secoli precedenti e finì perfino sul «Giornale di Sicilia».

Il ministero della Marina, infatti, aveva deciso di far saltare con cinque quintali di dinamite lo scoglio affiorante al centro della Secca del Bagno, per risolvere una volta per tutte i problemi che causava alla navigazione.

Sebbene fossero stati avvisati di non uscire, i pescatori non volevano perdersi l'esplosione e assisterono all'impresa a bordo di uno stuolo di vaporini e pescherecci.

«Dopo la botta si alzò l'acqua nel cielo, alta e dritta come un campanile, e poi ci fu una scossa forte, come un terremoto» raccontarono.

Lo scoglio si sgretolò.

«Dopo il boato, il mare era ricoperto di pesci morti, di ogni tipo, mai vista una cosa del genere»: questa la frase che per giorni ripeterono tutti. «Mai visto tanto pesce in un colpo solo» dicevano i pescatori. Le barche accorse facevano a gara ad accaparrarselo, i pescatori increduli avevano buttato le reti a pelo d'acqua e raccolto tutto quello che avevano potuto, tornando a riva carichi come non mai.

«Ci vulissi un'esplosione al giorno» aveva commentato qualcuno, con insolito entusiasmo. «Altro che faticare notti e notti per ore.»

A nessuno piaceva stare per ore in mare e tornare spesso con un magro bottino.

Anche Zu' Bastianu guardò dalla sua barca quello spettacolo macabro. Disse ai suoi ragazzi di non raccogliere nulla, che quello non era pesce buono, che era una cosa contro natura. Si chinò e prese fra le mani un sarago mezzo smaciullato, con un occhio di fuori e mezza testa penzolante che galleggiava pancia all'aria. Augurò ai responsabili di quello scempio le peggiori cose. E tutte, col tempo, si avverarono, tanto che nacque la leggenda dello scoglio maledetto.

L'uomo poi fece una specie di benedizione, pregò per quella strage e osservò con biasimo quanti si gettavano sulle prede galleggianti, sospinte dalle onde.

«Non è pesca questa» sentenziò. «Questa cosa non ha niente a che vedere con la pesca, 'u munnu finirà con 'sta dinamite, e qualcuno ci lascerà le penne. Ah, qualcuno ce le lascerà come è vero Dio.»

17

Dicembre 1902

Il freddo era inodore, il vento fischiava vorticoso e nessun profumo era in grado di sopravvivergli. Agata camminava china in avanti per ripararsi dall'aria gelida. Cercando di piegare le dita intorpidite, respirò a fondo e una boccata glaciale le serrò la gola. Cettina e Rosario la precedevano poco distanti, più assonnati che infreddoliti. Anche le case alte e strette che li sovrastavano sembravano tremare in quella notte che appannava le finestre. La gente, a poco a poco, si avvicinava alla chiesa.

Era la notte di Natale e don Girolamo avrebbe celebrato la messa a mezzanotte in punto. Agata era emozionata come non mai. Za' Teresa l'aspettava perché non appena fosse iniziata la funzione avrebbero dovuto ripetere insieme i 'raziuni. Ormai la ragazza le aveva memorizzate, imparando a cosa servivano e cosa guarivano. Voleva aiutare la povera gente e curare almeno i piccoli malanni, esattamente come aveva fatto a suo tempo Minica, e per farlo era disposta ad agire alle spalle della madre.

Arrivata in chiesa, Cettina si guardò intorno. Salvatore aveva passato la sera della vigilia ospite della sua fidanzata e sarebbe venuto a messa con lei, ma non erano ancora arrivati. Scorse però sua nipote Marisa e il fidanzato Francesco, erano nella piccola chiesetta per la messa. Agata salutò la cugina con un abbraccio, la vedeva poco perché lei faceva la sartina a Marina Lunga e abitava là ormai da qualche anno. Francesco squadrò Agata da capo a piedi con uno sguardo severo, altezzoso, e la giovane si trovò a reprimere un brivido perché in quegli occhi le sembrò di veder fiammeggiare qualcosa che non le piaceva.

«Agata, che bello vederti!» esclamò Marisa. «Dovresti venire qualche volta a trovarmi alla sartoria...»

«Non sai quanto mi piacerebbe... Ma sto sempre in barca o al campo, e non ho tanto tempo» rispose Agata, con una punta di vergogna per quel suo lavoro così diverso dall'occupazione della cugina.

«Ma cosa deve venirci a fare, Agata, alla sartoria? Quello è un posto da signore...» sottolineò Francesco con un tono sprezzante, tornando a guardare la ragazza dall'alto in basso. Non era difficile capire quello che pensava: meno le due cugine stavano insieme e meglio era. Marisa era una ragazza fine e aggraziata, non certo una poveraccia che si ammazzava di lavoro in mare o nel campo.

Marisa si mortificò per le parole del fidanzato, e strinse la mano ad Agata, che non abbassò la testa di fronte a Francesco, anzi, non appena ne incrociò gli occhi, li trafisse con un'espressione di sfida. Poi sorrise alla cugina.

Cettina salutò il gruppo solo da lontano perché non aveva particolare simpatia per la nipote, che giudicava troppo moderna e sfacciata e, non amando dare nell'occhio, si infilò in un banco verso il fondo della chiesa. Poco dopo Agata e Rosario presero posto accanto a lei. Gli scialli pesanti e scuri sembravano un tutt'uno con i fazzoletti neri che coprivano la testa delle donne, lasciando scoperto solo il viso. Sull'altare maggiore spiccava il dipinto rappresentante la Sacra Famiglia. Rosario lo osservava, era un poco nervoso e si rigirava fra le mani il suo cappello chiaro con la nappina penzolante ormai lisa. Indossava un gilet scuro che era stato di suo padre e che gli cadeva a pennello sul petto asciutto. Si era fatto crescere le basette, un vezzo che lo faceva sembrare più grande di quello che era, conferendogli un'aria severa e affascinante.

Non appena la funzione cominciò, Agata iniziò a recitare fra sé e sé tutte i 'raziuni. Le mandava a mente con una solennità tale che chi la guardava poteva immaginare solo una partecipazione attenta e sincera alla funzione. Arrivati al *Pater Noster* le aveva già ripetute tutte. La luce tremula delle candele e il freddo che si insinuava ovunque le fecero venire i brividi. Za' Teresa la guardò e sembrava chiederle con gli occhi se aveva finito. La giovane annuì e a quel punto la donna le ordinò a fior di labbra di pregare. Agata allora si mise a recitare... *qui es in caelis*... ripetendo quei suoni senza conoscerne il significato, esattamente come per i 'raziuni. Doveva essere tipico delle preghiere venire ripetute senza che se ne capisse nulla, però funzionavano. Più quelle per curare che quelle che si dicevano in chiesa, in verità.

Agata avrebbe voluto capire meglio cosa le era accaduto la notte delle pietre, perché da allora erano cominciate le visioni, i sogni e qualche volta le voci le avevano sparigliato i pensieri. Le pareva però di poter aiutare la gente, per questo aveva insistito per imparare i 'raziuni: le ricordavano sua nonna e in quella gran confusione era l'unica cosa a sembrarle familiare.

Al termine della messa la Za' salutò Agata con un bacio. «Ora puoi usarle» le disse, «mi raccomando, però, tieniti sempre muta con tua madre. Ti aspetto quando vuoi.»

«Grazie, Za', buon Natale.»

«Buon Natale a te» rispose la donna accennando un mezzo sorriso.

Fuori l'ululato del vento sferzava l'acqua scura del mare, la statua di san Bartolomeo guardava la piazzetta deserta del porticciolo. Tutte le barche erano in secca, adagiate sulla spiaggia come tanti gusci di noci, le reti a riposo. I remi invece se li dovevano portare a casa o nasconderli. C'era l'ordinanza della capitaneria per impedire i tentativi di evasione dei coatti.

La notte di Natale nessuno usciva, era l'unica notte di riposo per tutti e, anche volendo, le raffiche erano troppo forti e le onde troppo alte.

Malgrado il vento, un'insolita pace si era adagiata su tutta l'isola, che respirava lenta, avvolta nel buio.

18

Fine gennaio 1903

U friddu di jnnaru trasi 'nte corda du voi, il freddo del primo mese dell'anno penetra fin nelle corna del bue. Passava di bocca in
bocca questo detto. L'anno nuovo arrivò svelto e nessuno parve
farci troppo caso. Tanto non cambiava nulla, e se cambiava era in
peggio di sicuro, perciò nessuno aveva voglia di perdere tempo a
badarci.

Agata si faceva sempre più bella. Ormai aveva quasi sedici anni e da quando aveva cominciato a curare una nuova luce le brillava nello sguardo. Sembrava più adulta e più consapevole.

Gennaio fu un mese freddo e di forti mareggiate che si placa-
rono solo dopo san Sebastiano.

Un pomeriggio di fine mese Giuseppina passò da casa di Agata,
dandole appuntamento per quella notte. «Dobbiamo uscire, ave
assà che siamo ferme. Maruzza e Assunta già le chiamavo poco fa.»

«Andiamo con la rete, giusto?» chiese Agata.

«Ca cietto, se abbiamo sorte buona incocciamo uopi, sauri, o
'u sgombro.»

Quella notte le correnti d'aria e d'acqua sembravano aver con-
cesso una tregua ai pescatori. Le donne remarono in direzione di
Vulcano, non volevano allontanarsi troppo dall'isola. Una volta al
largo della Fossa da Za' Ina, gettarono 'a minaita e si misero in attesa.

«Ho sentito dire che il maestro Bonanno si pigliò l'influenza.»

È a casa da diversi giorni» esordì Maruzza che era quella delle novità.

«Mischino, è troppo un bravo cristiano iddu» fece Giuseppina.

«È stato maestro mio, l'ho visto l'ultima volta quando è venuta la regina» disse Agata.

«Tu non le hai finite le scuole, Agatù, me lo ricordo, però imparasti a leggere e scrivere, no come me ca sugnu vecchia e nuddu mi insegnò nulla» commentò Giuseppina con una nota di rammarico nella voce.

«Fino alla quarta sono arrivata» spiegò Agata. «Finché c'è stato mio padre. Poi partì e a scuola non ci sono andata più.» Fece una pausa, poi riprese: «Il maestro vinni a casa mia, ci parlò con mia madre, glielo disse che ero troppo brava e dovevo fare almeno gli esami. Ma mia madre niente, dura, gli rispose pure male, che dovevo lavorare e che lei un marito non lo aveva più in casa».

«Che ci vuoi fare, Agatù? Anzi devi dire grazie che alla quarta ci sei arrivata, mia sorella qui e io appresso a lei due anni siamo durate, poi ci hanno messo a travagghiare» raccontò Maruzza. «Solo questo sappiamo fare, faticare da matina a sira, anzi tu fortunata sei stata.»

Solo in quel momento Agata realizzò che era stata davvero molto fortunata: suo padre ci teneva allo studio e ci teneva che, anche se lei era fimminedda, imparasse il più possibile dalla scuola. Il maestro Bonanno poi era severo ma bravo, aveva a cuore i suoi alunni, li andava a prendere a casa quando non li vedeva arrivare in classe e aveva fatto così pure con lei. Se non fosse stato per Cettina, la licenza se la sarebbe presa, come i suoi fratelli.

«Me figghia femmina è, non ci serve la scuola» aveva risposto al maestro. «Havi a diri grazie ca ci vinni fino a ieri che suo padre era fissato. Se era per me si stava dentro, caro il mio signor maestro.» Aveva sottolineato le ultime parole con stizza e aria quasi di sfida. A quel punto Agata lo aveva visto andare via dispiaciuto, ma ricordò che lui le aveva sorriso.

La rete diede uno strattone improvviso.

«Cu fu?» chiese Assunta.

«Ma chinni sacciu? Qualche tonnetto sicuro» rispose Giuseppina.

Agata mise una mano sulla rete. La piccola voglia che aveva sul petto cominciò a pulsare, il cuore a battere all'impazzata e la vista ad annebbiarsi. La testa le girava, chiuse gli occhi e a un tratto ebbe la visione di un piccolo delfino rimasto impigliato sotto la loro barca. Di colpo l'immagine, come era arrivata, svanì. Agata riaprì gli occhi e si guardò le mani che impugnavano le corde bagnate e ruvide.

«Tiriamo su e vediamo» disse Agata.

«E da quando decidi tu le cose? Che è, un vizio?» la rimbeccò Assunta in tono stizzito. Era da un po' che Agata era strana e le pareva che ormai stesse passando il limite. La più anziana era Giuseppina e i comandi li dava lei.

«Non serve, non sarà nulla, se tiriamo su ora ci perdiamo il lavoro» disse la donna, convinta.

«Vi dico che dobbiamo tirare su» insisté Agata.

«Picchì fai così, Agata?» si insospettì Giuseppina.

«Va tirata su e basta» ripeté la ragazza.

«Ma vedi che c'è da morire» aggiunse Assunta, sempre più sconcertata.

«E tiriamola, forza e vidimu» ordinò Giuseppina.

La rete sembrava pesante, anche se a occhio si vedeva che non era piena. Le donne fecero forza, si aggrapparono alle corde bagnate e tirarono finché non videro un guizzo argenteo.

«Matri santissima, è un delfino!» esclamò Maruzza. «Lo dobbiamo liberare subito o muore.»

L'animale si dibatteva, ma era ormai allo stremo delle forze.

Giuseppina si sporse e delicatamente provò a disincagliare la pinna dell'animale dalle maglie. Un lavoro per nulla semplice al buio e con l'acqua congelata. Agata provò ad aiutarla e, per quanto incredibile considerando la differenza di età e di esperienza tra le due, le sue mani sembravano volare, seguendo un disegno tutto loro, come se sapessero esattamente cosa fare. Dopo che la ragazza ebbe sciolto le corde, l'animale riuscì a sgusciare via, libero, e alla luce della lampara lo videro fare un balzo e poi scomparire nel nero del mare.

«Cose di pazzi» commentò Giuseppina. «Calamu 'sta rizza ora o non portiamo niente a casa.»

Le donne gettarono nuovamente la minaita e si misero ad aspettare. Nessuna parlava, Agata sapeva perché non volava una mosca. Non era la prima volta che la riprova dei fatti le dava ragione e forse preferivano far finta di niente. Lei, d'altra parte, non sapeva come le venivano le visioni e neppure come controllarle, ma fino a quel momento erano servite per evitare camurrie e forse anche per questo le sue compagne se le accollavano e stavano zitte.

Faceva freddo, assà, il mare buttava un'umidità che trapassava le vesti come un coltello e spaccava la pelle delle labbra e delle mani. Non c'era modo di darsi aiuto se non coprendosi con i pesanti scialli, ma l'aria sgarbata schiaffeggiava i volti delle donne e faceva lacrimare gli occhi. Le nuvole avevano spento parte del cielo, ma un pugno di stelle brillava sopra di loro.

«Stiamo un altro poco e rientriamo, c'è da penare stanotti» borbottò Giuseppina sfregandosi le mani intirizzite.

Poi, di colpo, come se avesse attinto a caso fra i ricordi, le tornò in mente che quello stesso cielo coperto aveva preceduto una delle eruzioni più violente del cratere dell'isola di Vulcano.

Erano passati vent'anni, ma Giuseppina se lo ricordava bene.

«Cominciò col mare che ribolliva e buttava pietre di pomice. Poi venne la lava e pioveva cenere, ma cussì tanta che la dovevano spalare dai tetti delle case, sennò sporcava l'acqua che raccoglievano. E i botti! Il vulcano sparava fuoco e sassi, grandi così» raccontò la donna allargando le braccia. «Li faceva volare che parevano pietruzze, e tutto abbruciò: case, vigne... Ci incendiò la casa puru a 'u padruni dell'isola, chiddu inglese, comu si chiamava? Narria... Narlian, mi pari. Un masso gli cadde dentro casa, sfondando il tetto e i muri. Iddu scappò via e venne a Lipari per lo scantu che si pigghiò.»

Ad Agata pareva di vederlo il magma infuocato che traboccava dalla sommità del vulcano e che si riversava lungo i pendii inghiottendo ogni cosa. Immaginava la cenere addensarsi e coprire il cielo e poi cadere come pioggia ovunque nella vicina Lipari, sulle strade e sulle case e pure sulle piante, rischiando di bruciarle senza il fuoco. Da allora non si era vista più un'eruzione così forte. «Ora pare mortu» aggiunse Giuseppina. «Mortu come 'stu mari stanotti.»

In lontananza, il tremulo riflesso di Lipari riempiva il mare di ombre. Quella delle donne non era stanchezza né rassegnazione, il loro silenzio era un tutt'uno con ciò che le circondava; buio, notte, freddo. Nulla pareva muoversi, manco i pesci.

Stavano ritirando la rete vuota come l'avevano calata e afferrando i remi quando una luce distante attirò la loro curiosità. Veniva da una barca sicuro. Le donne fecero il segnale che erano solite scambiarsi con le imbarcazioni di Lipari usando la lampara, ma non ottennero risposta.

«Non è dei nostri.»

«Allora sono i pescatori di corallo, ma mi pare presto, di solito arrivano a fine febbraio, primi di marzo» disse Giuseppina.

«Secondo me non sono quelli di Napoli, capace che arrivano dalla Spagna. Se ti ricordi sono venuti pure l'anno passato ed erano arrivati prima dei napoletani» fece Maruzza.

Il corallo si trovava principalmente nelle secche a est di Vulcano, ma popolava tutti i dintorni. Partivano da Ischia barche con le lunghe vele latine appuntite, rimanevano per mesi, dalla primavera fino a fine estate. Il 7 ottobre, festa della Madonna del Rosario, i pescatori di corallo forestieri tornavano a casa. Le chiatte locali pure pescavano corallo, ma i guaglioni napoletani erano i più 'sperti di tutti. Li pagavano a stagione, così si diceva, e restavano tutto il tempo lì, facendo il giro delle isole. Ogni tanto portavano il carico a Milazzo dove altri marinai napoletani lo imbarcavano e lo portavano a destinazione.

I coralli li pescavano con l'ordegno, una croce di legno, alle cui punte accomodavano le reti, con delle stellette di ferro e nel mezzo un gran sasso. Calavano questa macchina con argani e corde in fondo al mare e, mentre il gran sasso incastrato nella croce spezzava i rami della pianta del corallo, le reti li catturavano.

«A me questa cosa che strappano tutti i coralli non è che mi cala tanto. Se continuano così non resta più niente qui» fece Maruzza. Poi, un poco piccata, aggiunse: «Gioielli ne fanno, cose per signore vere... Noi non ne vedremo mai, poco ma sicuro».

«Hai raggiuni» commentò Giuseppina con un sospiro. «Comunque tra domani e dopodomani lo scopriamo chi sono questi. Mastro Beppe ci avvisa sicuro quando arrivano i corallari, lo fa sempre.»

19

Mastro Beppe quella mattina era passato da tutti al porto per dire che, in anticipo di quasi un mese, una barca di corallari era arrivata a Lipari. Non erano spagnoli come avevano pensato le donne, ma ischitani.

«Li abbiamo visti già di notte» rispose Giuseppina.

«Perché così presto?» chiesero le altre donne.

«Uno di loro combinò danno.» Il mastro aveva intercettato i corallari, aveva buttato una voce e quelli avevano risposto. «Dissero che vennero prima con la scusa di aggiustare questa situazione della ragazza, invece secondo me vogliono futtiri i spagnoli, mi sbaglierò...»

«Se la sbriganu fra loro... A mia un mi interessa e manco a voi, che facciano il loro e non portino rogne» mormorò Giuseppina.

«Non ne hanno portate mai, lo sai. Stanno qualche mese, fanno il loro, a noi non ci disturbano e a ottobre se ne vanno» fece mastro Beppe in tono conciliante, che in tanti anni non aveva mai avuto nulla da dire sui pescatori del prezioso albero del mare color del fuoco.

Dopo aver salutato le compagne, Agata passò da Za' Teresa. Aprì la porta che la donna teneva solo ribattuta ed entrò in casa, dicendo: «Za', mi capitò di nuovo, ho visto una cosa».

La majara era china su una ragazza piegata in due dai dolori e che si lamentava assà.

Agata non si accorse subito che era Lucia, la giovane che di lì a due settimane si doveva sposare con suo fratello Salvatore.

Avrebbero fatto solo la messa e poi un brindisi con le famiglie. Nessuna festa, erano due ragazzi semplici e senza troppe pretese, e poi picciuli non ce n'erano. Era stato lo zio Emanuele a combinare la cosa e Salvatore aveva accettato, poi aveva cominciato subito a sistemare le due stanze in cui aveva abitato la nonna Minica, proprio accanto alla casa dove aveva sempre vissuto.

«Agata, vieni qua, è il momento che inizi a usare i 'raziuni. Ti ho insegnato quella dei vermi, ma lo sai che io non la uso perché mi scantu.»

«Ma Za', se ti scanti tu la devo fare io che mai ho messo mano su qualcuno?» chiese Agata allarmata.

Nel frattempo, Lucia continuava a lamentarsi tenendosi la pancia. Sua madre stava in un angolo, con un'espressione terrorizzata.

«Sì, proprio per questo l'hai a fare tu.»

Agata, intimorita, si avvicinò alla futura cognata. Non aveva ancora mai usato le formule che aveva imparato e adesso che vedeva la sofferenza così da vicino temeva di non riuscire a dare aiuto. Le posò le mani sulla pancia e avvertì un forte pizzicore. Di nuovo, come poche ore prima, il cuore cominciò a batterle all'impazzata, la vista si annebbiò, la testa sembrava impazzita. Non riusciva a tenere gli occhi aperti, li chiuse ed ebbe la visione nitida di un chiodo conficcato nell'addome di quella poveretta. Non era un chiodo vero, ma un malocchio che dava però gli stessi sintomi di un pezzo di ferro arrugginito piantato nelle carni. Riaprì gli occhi.

La Za' la stava guardando con aria interrogativa.

«Za', Lucia non ha i vermi, io ho visto un chiodo» sussurrò.

«Un chiovu? Ma sta male come per i vermi... Non ci pensai proprio al malocchio, aspetta.»

La donna si alzò, afferrò un piatto e ci versò dell'acqua, poi prese l'olio, mise il piatto sulla testa della ragazza e ci vide tutto come succedeva sempre quando interrogava quello strano miscuglio: la cugina con cui Lucia era cresciuta aveva gli occhi di fuori e un chiodo arrugginito in mano.

«Sua cugina fu, ci fece qualcosa di grosso» sentenziò la Za'.

«Levacillo tu.»

La madre di Lucia si sedette con la testa fra le mani. «Me niputi sangue del mio sangue, a me figghia voleva ammazzare» piagnucolò sconsolata.

Agata cercò nella memoria la formula contro il malocchio e con le mani continuò a massaggiare la pancia di Lucia. Non sapeva bene cosa fare, era tesa e preoccupata, provò a respirare a fondo e a lasciarsi andare. La Za' la osservava senza dire nulla. Agata teneva gli occhi chiusi, eppure il chiodo lo vedeva bene e vedeva bene pure tutta la sofferenza che provocava: le sembrava quasi di sentire il dolore che dilaniava Lucia, la sua angoscia. Cominciò a pregare con le parole che Teresa le aveva insegnato, avvicinò le mani al punto in cui vedeva la testa del chiodo e immaginò di estrarlo delicatamente dalla pancia della giovane. Dentro di lei sentiva fluire una forza che non sapeva spiegarsi ma che ormai aveva imparato a conoscere: la stessa forza che sentiva ribollire sottopelle dalla notte del suo quindicesimo compleanno. Una forza che gorgogliava come acqua di fonte dal suo cuore per irradiarsi in tutto il suo essere.

Il chiodo cominciò a sollevarsi. Lei strinse le palpebre e ruotò le dita, estraendolo del tutto. La ferita pulsava e suppurava, ma lei sapeva perfettamente cosa fare, come se ogni singolo passo della sua vita fosse stato destinato a portarla in quella stanza per salvare la futura cognata. Recitò con devozione i 'raziuni, passò la mano sopra la piaga e la vide rimarginarsi all'istante. Lucia gridò, sua madre e la Za' le presero le mani e le sentirono calde, pulsanti. A poco a poco la ragazza riprese colore.

Agata terminò con le preghiere di ringraziamento senza smettere di massaggiarle l'addome. Lucia, intanto, si era lasciata scivolare a terra sul pavimento. Era stremata.

«Lasciamola riposare un poco» disse la Za'. «Per ora non toccarla» ordinò alla madre.

Agata si sentiva il fuoco nelle mani, quello stesso fuoco aveva dapprima avvolto il chiodo e poi lo aveva fatto fondere in una moneta. Questo aveva visto. Quando aveva riaperto gli occhi si era accorta che la Za' la osservava con uno sguardo fra lo stupito e l'incredulo.

Erano passati appena pochi secondi e Lucia si tirò a sedere. «Non ho più niente!» esclamò. «Nessun dolore!»

«Piano piano alzati e tornate a casa» disse Za' Teresa, aiutando la giovane a mettersi in piedi.

«Grazie, Agata» fece Lucia, sorridendo con una luce nuova negli occhi.

«Mi raccomando, non dite a nuddu che fu Agata o la mettete nei guai, mi sono spiegata?» disse la Za' con un tono così minaccioso che madre e figlia soffocarono un brivido.

Le due annuirono e si allontanarono.

«Non ho mai visto nulla del genere, Agata, mai. Quel malocchio era troppu tintu.» La Za' ancora non poteva credere a ciò che era appena successo. In anni e anni di esperienza ne aveva viste di malattie e ne aveva curate di persone, ma quello che aveva fatto Agata, e soprattutto il modo in cui lo aveva fatto, non somigliava a nulla di ciò che lei conosceva.

«Io non lo so cosa ti pigghiò a tia, né cosa hai. Ma prima o poi dobbiamo scoprirlo.»

Agata non sapeva se essere più spaventata o contenta per aver fatto una cosa buona. Nonostante lo scantu, non si era tirata indietro e guarire le era venuto naturale. Era come se una parte di lei sapesse con esattezza cosa fare e come, lo stesso che era accaduto poche ore prima in barca quando aveva liberato il delfino.

«Ero venuta a cuntariti che è successo stanotte, ma ora devo andare, Za', o chi la sente mia madre? Del delfino te ne parlo la prossima volta. Vado, che si è fatto tardi» disse chinando il capo in segno di saluto.

«Va' va', sbrigati, domani me la dici 'sta cosa» aggiunse la donna, e la accompagnò sulla soglia.

20

Febbraio 1903

Agata prese l'abitudine di passare da Za' Teresa dopo la pesca, prima di rientrare a casa. Gente che aveva di bisogno ce n'era sempre, e la ragazza si dava da fare come poteva. Levava scanti e massaggiava i petti spossati dalle bronchiti, perfino 'a 'raziune dei vermi aveva provato e non capiva perché la Za' non ne voleva sapere di usarla.

A tutti dicevano di non fare parola che Agata dava una mano e per fortuna la gente si stava muta. D'altra parte il bisogno cuce le bocche più di qualsiasi cosa e a quelli che non avevano manco il pane da mettere sotto i denti conveniva starsene zitti, che se non ci stanno i picciuli è bene che ci sia almeno la salute.

Fu proprio una di quelle mattine che accadde la cosa del limune coi chiodi.

Una barca che pescava con la sciabica si trovò nelle reti uno strano fagotto di pezza. Lo aprirono e ci trovarono dentro un limone fradicio pieno di spilli e con una ciocca di lunghi capelli castani avvolta tutta intorno. I pescatori di Marina Lunga non ci pensarono un minuto e appena sbarcati lo portarono subito dalla Za'. Era una fattura di quelle brutte e la povera malcapitata cui era stata fatta andava subito liberata o erano guai.

«Avete fatto buono, ci avete salvato la vita a 'sta cristiana, 'u Signuri vi tenga la sua mano in testa.» La Za' mise il limone ormai spappolato in un piatto e si ritirò in un'altra stanza con un vaso in mano. «Agata, vieni con me, questa cosa la devi vedere solo tu» disse.

La ragazza la vide armeggiare con delle polveri e con una candela e recitare una 'raziune che non aveva mai sentito ma che non era difficile, una cantilena lenta e solenne. Dopo qualche minuto si sentì un odore come di carne bruciata e la candela si spense di colpo.

«La liberavo» disse la Za'. «Era assà che non ne vedevo di limuni fatti daccussì... Per fortuna che me lo hanno portato o per questa donna erano guai.»

Agata era frastornata, non capiva, ma non osò chiedere perché la Za' già aveva messo uno strato di cenere sopra un piatto, coprendo limone e candela, e aveva lasciato lo stanzino con aria grave, dicendo che, mischina, quella cristiana poteva morire vero.

Le donne rientrarono in cucina. La Za' ravvivò le braci del fuoco, poi prese Agata da parte e disse: «Cattiveria ce n'è tanta, Agatù, e le donne sono più brave di tutti a fare queste cose. Sunnu invidiuse e se una è più bella, se viene guardata dai masculi, le fanno i limuni, i malocchi, le mandano làstimie... Lo sai quante ne ho levate in tutti questi anni?».

Agata la ascoltava incredula, lei che non appena poteva cercava di guarire, di dare sollievo alla sofferenza degli altri, non capiva come si potesse decidere di fare del male di proposito.

«Ora va', che si è fatto tardi» la salutò la Za', indicando la porta con un movimento della testa.

Agata non se lo fece ripetere, restare in quella stanza piena di dolore le stava togliendo il fiato, così si sistemò leggermente la gonna con le mani e si avviò.

Da qualche tempo, Cettina se n'era accorta, Agata rincasava un po' più tardi del solito. La donna però era convinta che avesse qualche simpatia, o che qualche sfaccendato si fosse messo a stuzzicarla. E pensava pure che la figlia, ingenua com'era, sicuro ci sarebbe cascata. Cettina si ficcò dunque in testa di spiare la ragazza per sorprenderla con qualche masculo, perciò una mattina scese al porticciolo e si nascose dietro la chiesa, ma quando vide arrivare la barca delle donne si accorse che, a parte i soliti pescatori, non c'era nuddu.

Una cosa però Cettina la vide: dopo aver salutato le compagne Agata non puntava dritta a casa, prendeva a destra, e a destra c'erano solo la casa di Pietro e quella della Za'. Ma Pietro era al porto con mastro Beppe: lo aveva visto accanto alla barca adagiata sul fianco che dava secchiate di acqua sul fondo per levare la puzza di pesce.

Cettina aspettò un poco e poi si incamminò. Quando fu vicina a casa di Teresa si accorse che c'erano due persone fuori dalla porta, in attesa di essere ricevute.

Era mattina presto e faceva freddo assà, così si strinse nel pesante scialle e aspettò. Stava per andare via quando vide la figlia spuntare dall'uscio della Za', seguita da una donna che le stringeva le mani e la ringraziava.

Altro che maschi! Sua figlia si era messa a fare la majara come la Za', come sua madre, e sì che lei glielo aveva proibito! A lei e a Teresa pure. Come aveva potuto fidarsi della parola di una strega?

Furiosa, girò sui tacchi e si avviò verso casa. Preparò un poco di pancotto per i ragazzi che stavano uscendo per i campi e poi si sedette su una seggiola, in attesa del ritorno della figlia.

Quando Agata fece capolino dall'uscio, Cettina scattò in piedi. «Belle novità porti sempre tu» urlò con le mani sui fianchi.

Agata, colta alla sprovvista, quasi inciampò sulla soglia.

«Ti ho vista questa mattina che uscivi da casa della Za', non ti avevo detto che dovevi startene buona e fare finta di niente? Che queste cose sono solo majarie che non portano nulla di buono?» gridò.

Agata dapprima rimase in silenzio, intimorita dalle urla della madre, ma poi di colpo si sentì ribollire il sangue. «Non posso fare finta di niente, qualcosa mi è successo e io posso aiutare le persone. Non perdo tempo e non tolgo nulla al lavoro in barca e nemmeno a quello a casa» rispose ferma.

«E questa insolenza chi te l'ha imparata? La Za' insieme alle sue diavolerie? E dire che ci sono andata, che le dissi di non portarti a mala strada! Questo è il rispetto che mi porta!»

«Lei non voleva dirmi neanche i 'raziuni, non voleva insegnarmi niente. Io sono stata» confessò Agata.

Cettina non credeva alle proprie orecchie: non solo sua figlia le aveva disubbidito, ma aveva pure agito alle sue spalle e solo Dio sapeva da quanto tempo andava avanti quella storia. Afferrò una mappina e iniziò a colpire la ragazza. «Sdisonorata sei! Hai il sangue marcio, tu! Mi farai morire uno di questi giorni!»

Agata cercava di parare i colpi con le braccia.

«Guai a te se ti metti a fare cose qui in questa casa! Mi bastò mia madre, vedi che ti ammazzo, io te lo dico!»

Quando finalmente Cettina si stancò di batterla, Agata si ricompose. Si aggiustò la veste e la treccia e uscì di casa senza degnare sua madre di uno sguardo. Con il cuore che ancora le martellava nel petto si avviò ai campi. Dopo qualche minuto, quando si fu un po' calmata, si fermò e guardò verso il cielo. Un gregge di nubi vaporose sembrava correre verso la cima di Vulcano. In cuor suo sapeva che niente e nessuno avrebbe potuto impedirle di fare quello che sentiva. Non aveva ancora capito nulla di quello che le era capitato quella notte nel campo a Portinenti e della forza che le ribolliva sottopelle, ma era convinta che se si fosse affidata al suo istinto non avrebbe sbagliato.

L'aria umida e fredda del mattino le pizzicava il viso e di punto in bianco sentì i crampi azzannarle la pancia, mentre qualcosa di caldo le bagnava le cosce. *Che camurria*, pensò, *solo questa ci mancava oggi. Puru chisto ci tocca a noi femmine, come se non ne avessimo già abbastanza.*

Così tornò sui suoi passi e si diresse verso casa, non poteva stare nei campi senza una pezza che la proteggesse. Per un attimo la prospettiva di incontrare sua madre le fece storcere il naso, ma poi pensò che di certo Cettina era uscita subito dopo di lei per andare da Anna. Da qualche settimana, infatti, ogni mattina le dava una mano con la lana: lo zio di Pietro, non si sapeva bene come, gliene aveva fatta avere assà e andava filata e raccolta in matasse. In cambio, Anna le dava qualcosa con cui sferruzzare calzettoni belli pesanti per i suoi figli.

Non appena si fu sistemata, Agata uscì di nuovo al freddo e, anche se un po' dolorante, riprese la via del campo. Si strinse più forte nello scialle e un grumo di ricordi le tornò alla mente: si ricordò di quando da piccola andava a scuola e di come le piacesse stare con le altre bambine, di quanto amava l'odore della carta e ascoltare la voce del maestro che raccontava delle storie bellissime. Era felice, ma non sapeva di esserlo. Anzi, era ansiosa di diventare grande, di diventare donna e fare quello che faceva sua madre. Ora, invece, avrebbe pagato per poter tornare indietro e rivivere quei momenti di spensieratezza, quando ancora Pino era a casa con loro e la accoglieva con un sorriso ogni volta che rincasava. Un sorriso che giorno dopo giorno sbiadiva sempre di più nella sua memoria.

21

Marzo 1903

«Questa sera ci spostiamo verso la Cala dei Du Frati e poi costeggiamo la riva che pare che qui ci sono assà ope e sauri. Ieri tuo zio si arricampò con la rete piena» disse Giuseppina ad Agata.

Mentre il gozzo scivolava sul nero mare nel cuore della notte, risalendo la costa orientale dell'isola, in lontananza si sentiva l'eco dei lavori che stavano per cominciare alla cava di pomice, degli operai addetti al carico dei bastimenti alla fonda a Canneto.

«Mischini, travagghiano fin dal mattino presto ddi cristiani, e pensa a quanta polvere respirano...» sospirò Maruzza. «Un nostro zio ci sta là dentro, si spezza la schiena per una miseria e i picciuli li fanno i tedeschi, gli americani e i francesi.»

«Vero è, fanno i signori ma intanto sono iddi che accattano sempre il pesce e che spendono assai cca. Pure a me mi sconcerta ca fanno i padruni a casa nostra, ma noi poveracci che dobbiamo fare?» aggiunse Giuseppina. «Noi senza sorte siamo nati, e ci tocca travagghiare come le bestie.»

Il rumore cadenzato degli attrezzi non diminuiva, sembrava che l'aria lo portasse con sé verso il mare e lo rovesciasse sulla barca delle donne.

Tutto quel bianco, la bellezza del fondale del mare sotto la cava era stata deturpata dalla miniera, dal molo arrugginito in mezzo alla spiaggia candida dai riflessi argentei. La cava di pomice era una ferita purulenta che aveva infettato Lipari, la sua bellezza selvaggia, il suo profilo nitido e pulito. Ma faceva campare le famiglie e davanti al travagghio non c'è bellezza che tenga, davanti alla possibilità di sfamare picciriddi si chiudono gli occhi su tutto.

«Pescare è faticoso assà e pericoloso pure, ma se penso a chiddi ddà, mi posso baciare i gomiti» disse Giuseppina.

Agata della cava sapeva che ci lavoravano sia uomini sia donne e qualche coatto di buona volontà che si era guadagnato la fiducia dei responsabili. In paese se ne parlava spesso e le donne si passavano di bocca in bocca le sparute notizie che ricevevano, ma la cava era lontana da casa sua e pareva che appartenesse a un mondo differente, un mondo che non aveva nulla a che spartire con il resto dell'isola. In molti a Marina Corta avevano un parente là dentro, ma guarda caso era sempre il parente di cui parlavano meno volentieri, quello che ricordavano per ultimo e di cui certe volte si scordavano a bella posta. Quasi che la cava fosse un'enorme buca in cui buttare tutto ciò che non si voleva avere sotto gli occhi nella speranza magari di dimenticarlo. Un mondo straniero che però di tanto in tanto tornava con prepotenza a spezzare la quotidianità sempre uguale di quel paese di pescatori. A sentire il dottor De Mauro o don Girolamo, che curavano il corpo e l'anima di quei poveracci, i cavatori avevano mali e paure tutti loro, diversi da quelli degli altri cristiani. E quelle parole, quei racconti, passati e distorti di bocca in bocca, facevano dire alle donne del paese che la cava si svuotava di pomice ma si vendicava rubando forza alle braccia e ai polmoni di chi ci lavorava. «Vu ricordate che mala fine chi fici me cuginu Giovanni?»

Le ragazze annuirono. A Giuseppina si inumidirono gli occhi.

«Quattru picciriddi lassò, e me cugnata Antonia i guai passò.» La donna raccontò di come la cognata Antonia Portelli, dopo la morte tragica del marito, vittima del sudato lavoro, dovette chiedere il condono del pagamento del diritto di percezione sull'estrazione della pomice, perché lei non aveva come saldare l'obolo che spettava al comune. «Quasi 140 lire ci doveva al comune, e idda non li aveva. Per fortuna un ci li ficiru pagare mai... Il consiglio comunale votò per cancellare il debito.» Giuseppina si fece il segno della croce, ricordando l'uomo scomparso, e poi si chiuse in un silenzio pesante, forse stava ricordando o forse pregava per la sua anima.

Tante donne e tanti uomini si ammazzavano la vita ogni giorno nelle cave, come bestie, per poche lire. L'antico cratere spento di Lipari era diventato una miniera su cui più di un padrone voleva allungare le mani, e tutti stranieri erano i proprietari degli stabilimenti: gli piaceva fare i padroni in casa degli altri, fare picciuli in capo alla povera gente che ci rimetteva i polmoni con la polvere bianca.

Sulla pomice, la pietra che da bambina Agata lanciava in acqua e che non affondava mai, si raccontavano tante storie.

Più di tutte, la ragazza ne amava una, che aveva sentito mille volte dalla nonna: quella dell'omone che abitava su uno scoglio vicino allo Stromboli. Un gigante muto che a volte veniva avvistato dagli isolani che navigavano nella zona e che comunicava con loro a gesti: segnalava, per esempio, di evitare di procedere in una certa direzione quando le condizioni del tempo erano ostili... Di tanto in tanto qualche intrepido ignorava il monito e ne pagava le conseguenze, perché il gigante era un mago capace anche di placare con un cenno il mare in tempesta.

L'omone si spostava con una barca in pietra pomice, leggerissima, ma da un giorno all'altro nessuno lo aveva più visto: forse era diventato troppo vecchio per remare, ma secondo Minica si era ritirato sull'isola di fuoco e lava ad aspettare che arrivasse il suo momento di lasciare la terra e a cercare un sostituto. A quel punto del racconto, Agata chiedeva alla nonna se la poteva accompagnare da lui perché voleva proporsi di prendere il suo posto, ma Minica la liquidava con una risata, rispondendole che il gigante non aveva mai trovato nessuno di suo gradimento e che certo una bambina l'avrebbe rispedita indietro a male parole.

Agata si era fatta grande, però, quando era a pesca da quelle parti, a volte si scopriva a scrutare il largo come a cercare con lo sguardo la barchetta di pietra. Non era certa che esistesse davvero, ma la rassicurava pensare che là fuori qualcuno si preoccupava di salvare le vite della gente di mare.

22

Maggio 1903

Pietro era scocciato da morire. La corrente non girava nel verso giusto, la rete si era tutta spostata di lato contro lo scafo del gozzo, erano due giorni che non pescavano bene, uscivano vuoti e vuoti tornavano, guardandosi le mani.

«Za' Bartulidda ci vardò nesciri. Quella strega male porta, appena ci guarda storto noi non peschiamo più nulla. Ti pare che è la prima volta che ci manda làstimie? Se nei prossimi giorni torniamo di nuovo vuoti da Za' Teresa possiamo andare, a farci fare la benedizione.» Mastro Beppe era convinto che quella vecchia arpia della Za' Bartulidda c'entrasse sempre con le loro sfortune. Quella di solito dormiva quando loro uscivano in mare, ma capace che si era svegliata e li aveva visti passare.

«Lassala ire la Za', non ci pensare, io mi butto qui, 'nto scogghiu a Sicca» disse il ragazzo a mastro Beppe. «Quando ero nico, ci trovavo i polpi.»

«A che non ne vedo qua» rispose diffidente l'uomo, «scansati 'sto bagno e conserva le energie per la zita.»

«Ma quale zita? Io non ce l'ho la fidanzata» replicò Pietro imbarazzato e con un balzo fulmineo si tuffò, sparendo nel blu. Mastro Beppe osservava la superficie dell'acqua per capire dove sarebbe riemerso, poi lo vide nuotare sicuro verso un pugno nero di scogli frastagliati. Una volta lì Pietro si immerse più volte, restando a lungo sott'acqua. Quando riemergeva scrollava la testa e

111

prendeva un respiro profondo, rimanendo qualche istante a galleggiare sulla schiena.

«Iamuninni, arricogghiti che non ne abbiamo tempo da perdere» gli gridò il mastro.

Quella notte erano usciti solo in due, il mare era piatto e il caldo si faceva già sentire prepotente, il cielo era così pieno di stelle e pulito che ti potevi riempire gli occhi di luce. L'acqua rifletteva tremula quegli ultimi bagliori e la brezza leggera portava gli odori della terra ben più in là della costa, finocchi e origano spandevano il loro profumo nell'aria tiepida, quasi a riempire un silenzio sacro. Il sole faceva capolino all'orizzonte e una pennellata di arancione colorava la superficie del mare.

Pietro si immerse ancora, ma quella volta al mastro l'attesa parve durare un'eternità. Stirò il collo, strabuzzò gli occhi, poi afferrò i remi e cominciò ad avvicinarsi al punto in cui si era inabissato il ragazzo, anche se era pericoloso andare con la barca in quella zona così piena di rocce: bastava uno spuntone affiorante per sfasciare lo scafo e lui con quella barca ci campava la famigghia.

Di colpo vide l'acqua ribollire, un rivugghio di capelli neri e braccia e poi sentì Pietro ridere e gridare: «'U pigghiaiu». Il ragazzo alzò il braccio tutto avviluppato da una creatura bianca e molliccia.

Con un colpo secco Pietro sbatté la testa dell'animale contro la roccia più vicina, una volta, poi un'altra, più forte, e un'altra ancora. I tonfi sordi spezzavano il silenzio dell'alba.

Quando risalì a bordo, il ragazzo sorrideva trionfante. «Io anche oggi a mani vuote non ci volevo tornare» disse.

Mastro Beppe annuì, voleva bene a quel ragazzo, ma lo giudicava troppo ingenuo, troppo di buon cuore, un minchione insomma, e il mare di minchioni non sa davvero che farsene, il mare ha bisogno di gente pratica che tiene gli occhi bene aperti e travagghia come si deve.

«Iamuninni, rientriamo che la innata ancora lunga è» disse l'uomo guardando il polpo morto adagiato sul fondo della barca, i lunghi tentacoli costellati di ventose tonde così perfette da sembrare disegnate.

Pietro era più alto di mastro Beppe, si era irrobustito. Anche se di viso non era particolarmente bello, il suo fisico statuario non passava inosservato. Ogni tanto però gli capitava di sentirsi poco bene, qualche capogiro e un po' di stanchezza, sicuro non mangiava abbastanza per la sua età e per tutti i lavori che faceva.

Il giovane imbracciò i remi e con pochi colpi diresse il gozzo verso l'isola, i muscoli delle braccia ancora bagnate rilucevano sotto i timidi raggi di un sole appena accennato.

«Mi sa che oggi picchia assà» commentò mastro Beppe. «Statti accura nei campi.»

Quando all'imbrunire si avviò verso casa, di ritorno dall'appezzamento in cui lavorava, Pietro passò dal campo di Agata. Non gli veniva di strada, ma era sua abitudine fermarsi ogni sera a scambiare due parole con Salvatore e Rosario. Era loro amico da sempre, nei suoi ricordi erano sempre stati insieme: loro tre e Agata. Erano stati belli quegli anni, ma via via che crescevano tutto era diventato più complicato: per esempio, lui e Agata non potevano stare più da soli come prima o la gente chissà che avrebbe pensato. Senza contare che pian piano, quasi senza rendersene conto, Pietro aveva cominciato a nutrire per lei qualcosa di diverso dall'affetto e dalla simpatia che si ha per la sorella di un amico. Era da un anno che non faceva che pensare a lei: da quando avevano visto insieme la regina e lui le aveva dato quel bacio sulla guancia. Desiderava toccarla e, quando i suoi occhi si posavano su di lei, il cuore cominciava a correre più veloce.

«Qua sei!» esclamò la ragazza vedendolo arrivare.

«Cca sugnu» rispose lui con un sorriso, mostrando una schiera di denti bianchi che spiccavano sul volto abbronzato. Si passò la mano fra i capelli scuri per scostarli dalla fronte sudata. «Ho preso un polpo stamattina» disse fiero.

«E chi ni facisti?» chiese Agata, pragmatica.

«Mastro Beppe...» rispose il ragazzo abbassando lo sguardo.

«Certo, buono facisti. Però tu troppo di cuore sei, al solito tuo» replicò la ragazza, facendo segno con la testa ai fratelli di incamminarsi verso casa.

La innata era quasi finita e già, a momenti, era ora di ricominciarne una nuova.

I quattro ragazzi imboccarono il sentiero che scendeva verso il paese. Ridevano e nonostante la fatica avevano voglia di scherzare. Rosario fischiettava, perso come sempre nei suoi pensieri. Agata badava bene a dove metteva i piedi perché il giorno prima era scivolata, per fortuna senza farsi nulla, ma se si fosse struppiata chi l'avrebbe sentita sua madre? Salvatore la osservava diffidente: da qualche mese aveva l'impressione che Pietro la guardasse un po' troppo spesso per i suoi gusti, ma per quanto si sforzasse non aveva trovato nulla di sconveniente nel comportamento della sorella. In effetti, e in tutta sincerità, la cosa che più lo preoccupava di Agata erano le discussioni continue tra lei e la madre. Loro forse manco immaginavano che se ne fosse accorto, perché appena lui e Rosario spuntavano smettevano di parlare per fingersi impegnate in una qualunque attività, ma Salvatore le aveva notate le occhiate, il digrignar di denti, i commenti a mezza bocca. D'altra parte, però, finché non ne andava del buon nome della famiglia, meno lui ci entrava in quella faida di femmine e meglio era. Senza contare che ora doveva pensare pure a Lucia e al picciriddo che già cresceva nella sua pancia. Gliel'aveva detto a fine aprile: timorosa e tutta rossa in viso, raccomandandosi di stare muto perché era ancora troppo presto, e a lui era sembrato che un uomo non fosse fatto per sopportare tanta felicità tutta insieme.

Pietro, intanto, con la coda dell'occhio seguiva Agata e pensava confusamente al fatto che a giugno avrebbe compiuto sedici anni, il tempo giusto per una femmina per pensare a maritarsi. Lui sedici anni li aveva già compiuti e forse per un maschio erano troppo pochi per accasarsi, ma lui l'unica ragazza che voleva sposare era quella che gli camminava accanto svelta e con passo leggero. Pietro era sempre stato più impacciato: aveva le gambe un poco storte e da piccolo cadeva spesso. Crescendo si era fatto più robusto e meno sgraziato, ma preferiva il nuotare al camminare, questo era certo.

Pietro ci pensava a lui e Agata insieme, e lo sapeva che da sposini si dormiva poco e si travagghiava assà e sempre e solo per una ragione: cercare di riempirsi la pancia. Se poi arrivavano picciriddi, e ne arrivavano tanti, peggio che peggio, le bocche mai sazie andavano aumentando e le ore di riposo diminuendo, ma lui Agata la voleva lo stesso. Sognava di averla vicina per sempre.

23

La luna era cambiata, i venti giravano nel verso giusto e finalmente il mare aveva risposto con generosità alla penuria di pesce dei giorni precedenti.

Le donne erano uscite ogni sera al chiaro di luna e ogni volta erano tornate con le nasse o le reti gonfie a dismisura e le mani spaccate per lo sforzo di issare il pescato a bordo del gozzo.

«Tutto 'stu pisce a Milazzo lo dobbiamo portare, o ci va a male» decretò Giuseppina davanti a un bottino particolarmente abbondante. «Remeremo a turno e ci vorrà una nottata se tutto va bene, ma 'sto carico lo dobbiamo portare là da mio cugino Saro, lui poi ci pensa a tutte cose.»

A Milazzo le donne ci andavano solo quando il pesce era assà. Non era un posto bello come le isole, la cittadina era un poco spoglia e piena di gente. Il porto poi era sempre affollato a tutte le ore, vuoi per i pescatori, vuoi perché da lì partivano navi, vaporetti e barche per tutta la Sicilia. C'era una grande quantità di legname accatastato che serviva a costruire scafi, travi dei tetti e mobilio. Arrivava lì dall'entroterra e poi veniva smerciato. Una volta aveva perfino preso fuoco e, per salvare le barche, lo avevano dovuto buttare in mare.

A Milazzo Giuseppina poteva contare sull'aiuto di un cugino pescatore, un cristiano di buon cuore che tra lavoro e favori non si risparmiava mai con niente e nessuno.

Era l'alba quando Saro andò incontro alla cugina. Era da un po' che non la vedeva, ma pareva che se lo sentisse che Giuseppina sarebbe arrivata. Con lui c'era un ragazzo nuovo. «Iddu è Tanu, ormai io sono fatto vecchio, il pesce da oggi in poi a lui lo potete dare e sarà come averlo dato nelle mani mie» dichiarò, mostrando alle donne i palmi raggrinziti e callosi.

Ad Agata bastò uno sguardo e Tanu le si impresse a fuoco nell'anima prima ancora di averci parlato. Gli occhi chiari come il mare, il sorriso limpido appena celato dalla leggera barba castana con i riflessi ramati, il fisico imponente, asciutto, avevano un non so che di rassicurante e familiare. Agata vide Tanu e fu come essere immersa nella sciara di lava bollente di Stromboli, il sangue le si girò. Una parte di lei, la più istintiva, ne immaginò l'odore dolce e insieme deciso, un misto di legno e di sale. Chiuse gli occhi per un istante e inspirò profondamente.

«Agata, moviti, ti vuoi dare da fare? E che hai, ti sei rimbambita stamani?»

La giovane si scosse di colpo, afferrò le ceste cariche di saraghi e ombrine e cominciò a passarle agli uomini di Tanu, che nel frattempo si erano messi a disposizione.

«Tanu, mi sa che dobbiamo spostarci pure noi a pescare verso Vulcano, guarda qui che pesci!» esclamò uno dei ragazzi accorsi.

«Possiamo andarci domani che qui in zona nostra si fatica assai.»

Stava quasi per finire quando Agata si trovò a passare una cesta direttamente a Tanu. I loro occhi si incrociarono e fu subito fuoco, lava, onde. Si fissarono per un lungo istante, lui sembrava non riuscire a distogliere lo sguardo. Poi le loro dita si sfiorarono e Agata ebbe un'improvvisa vertigine, tanto forte da faticare a reggersi in piedi. Si sentì assalire dal formicolio e capì che stava per avere una visione, anche se quello era il momento più sbagliato di tutti. Dapprima fu tutto nero, poi vide Tanu che camminava, sorridendo, verso di lei. Sentì il tocco delle sue mani sulla sua pelle e avvampò.

Riuscì a mantenere l'equilibrio e, quando Tanu le sfilò la cesta, si raddrizzò e si passò una mano sulla fronte, come se avesse avuto un leggero capogiro dovuto alla stanchezza. Non sapeva cosa rappresentasse quella visione, ma ciò che aveva sentito non le era mai capitato ed era terribile e bellissimo allo stesso tempo.

Mentre remava verso casa, Agata non sentiva la fatica e nemmeno il legno dei remi bruciarle le mani. Non aveva parole e neppure pensieri, era svanito tutto, svaporato. In lei c'era spazio solo per il viso di Tanu: quell'incontro era quanto di più magico e potente le fosse capitato dopo il dono. Decise che per il momento non avrebbe condiviso con nessuno la bellezza di ciò che le si agitava dentro e che Tanu sarebbe stato un tesoro prezioso da custodire nel segreto del suo cuore. Lo avrebbe rivisto, ne era sicura, non sapeva bene dove né quando, ma la sua visione le dava una certezza incrollabile.

24

Giugno 1903

Non si aspettava notizie di suo padre, che scriveva sempre meno e sembrava essersi scordato di tutti loro.

La posta arrivò come sempre al mattino molto presto, quando lei e le compagne erano appena sbarcate ed erano impegnate a scaricare il pescato. La ragazza osservava la busta spiegazzata con un misto di delusione e rabbia. Pino non sarebbe più tornato, ormai era riuscita a strapparsi quella speranza dal cuore. Però non aveva smesso di amarlo e di sentire la sua mancanza, perché non è vero che il tempo lenisce il dolore, che guarisce le ferite. Quando una persona ti manca non la scordi nemmeno se è morta, figuriamoci se sai che è viva e vegeta dall'altra parte del mondo.

Non appena tutti se ne furono andati, si sedette sulla spiaggia scura. Strappò la busta e iniziò a leggere.

Buenos Aires, 2 aprile 1903

Cari Cettina, Agata, Salvatore e Rosario,
in questi ultimi mesi sono riuscito a mettere da parte un poco di soldi e ve li mando perché Agata cresce ed è ora che si sistemi.
Agata, ormai ti sei fatta grande e se tua madre e lo zio Emanuele trovano un bravo ragazzo che fa per te, bisogna che cominci a pensare al matrimonio.
Tuo fratello Salvatore oramai è sistemato, anche se resta sempre

il capofamiglia per voi. Rosario mi pare che non ce l'abbia in mente ma presto anche per lui verrà il tempo di mettere su famiglia. Cettina, a momenti, senza manco accorgerti, ti troverai sola a casa. Speriamo arrivi qualche picciriddo di Salvatore.

Qui la bottega va bene, si fanno buoni affari, la gente compra senza fare troppe storie e pian piano sto pagando quel poco di debito di quando ho aperto.

Scrivetemi presto. Spero di leggere belle novità.

Con affetto,
Pino

Le onde lambivano la mezzaluna di spiaggia a Marina Corta, il giorno era appena iniziato e Agata non aveva nessuna voglia di alzarsi da lì e tornare a casa. Un gatto randagio le passò davanti spavaldo, aveva la coda mozzata e gli occhi spiritati. Sembrava seguire un odore e infatti poco dopo lo vide accucciato a leccare quella che pareva la coda di un grosso pesce, forse un sarago. Tutt'attorno solo rumore e odore di mare, onde e sale a pizzicare naso e capelli.

La ragazza si sentiva le gambe pesanti, la testa ovattata. Alzò gli occhi verso il mare e se li strofinò per scacciare l'immagine tremula dell'orizzonte. Non voleva piangere, ma era l'unica cosa che le veniva di fare in quel momento. Strinse la lettera fino a stropicciarla e se la infilò in tasca senza preoccuparsi di ripiegarla. Pensò a sua cugina Marisa, che aveva passato i vent'anni e solo ora pensava a sposarsi perché prima aveva lavorato e si era fatta un gruzzoletto, mica come le altre che si maritavano da picciridde. Agata non lo voleva un marito, tanto più che l'avrebbero obbligata a sistemarsi con uno di Lipari e lei invece sognava di partire come aveva fatto suo padre. Era un desiderio che covava da un po', l'isola stava cominciando a starle stretta. E dopo che era stata a Milazzo, un pensiero nuovo si era insinuato in lei, un desiderio che non osava nemmeno provare ad accarezzare. Sapeva come la pensava Cettina. Isolani con isolani, e senza discussioni.

Era arrabbiata, suo padre non era più tornato a casa, scriveva sempre meno e ora se ne usciva con quella storia del matrimonio, non era da lui, per niente. Non gli avrebbe risposto questa volta, anzi non avrebbe detto a nessuno della lettera, che ci mancava solo che a Cettina venisse in mente di farla maritare. Non lo avrebbe manco più nominato: lontano o morto per lei era lo stesso, quello non era il padre che ricordava.

Si decise ad alzarsi e a prendere la strada in salita verso Portinenti. Tutt'intorno la gente cominciava la giornata, qualcuno era pronto ad alzare la serranda delle botteghe, qualcuno si attardava attorno alle barche, lei si incamminò maledicendo il fatto che crescere è una camurria. Non c'era nulla da guadagnarci a diventare grandi, ci mancava solo quella novità.

La sua mente corse a Tanu. L'aveva visto solo una volta, eppure era a lui che pensava sempre più spesso. D'altra parte era acutamente consapevole di non avere voce in capitolo: la scelta spettava alla sua famiglia e, conoscendo sua madre, Cettina le avrebbe affibbiato un marito tremendo. Il solo pensiero le fece stringere il cuore.

Tanu era un uomo fatto, non abitava sull'isola e di lui non sapeva nulla, ma ogni volta che il suo ricordo le attraversava la mente sentiva il centro del petto caldo e una sensazione di pace mai provata. Le veniva da sorridere e allo stesso tempo provava una sorta di nostalgia, un misto di desiderio e di mancanza che le lasciava un senso di incompiutezza da cui non riusciva a liberarsi. Sarebbe stato il suo segreto, un pezzo di felicità rubato e tutto suo. Dopotutto a sognare non si faceva peccato e lei, Tanu, lo sognava sempre, più di giorno a occhi aperti che di notte.

25

In un attimo si era fatto giugno, un giugno tiepido, dorato. Ancora era presto per dire estate.

La primavera era arrivata tardi quell'anno, annunciata da un vento sgarbato di tramontana. Era nell'aria da un po' il suo profumo, fatto di fiori e germogli e di un respiro placido dell'isola che pareva risvegliarsi dal sonno dei mesi freddi come un gatto che si stiracchiava piano piano.

Pietro sapeva dove trovare la sua amica se non era al campo, era sicuro che nessuno li avrebbe visti lì, quindi decise di raggiungerla.

Agata se ne stava sul suo scoglio nel tepore di un tardo pomeriggio senza vento, per andarci passava davanti alla chiesetta di San Bartolomeo a Marina Corta, che era uno dei suoi posti preferiti, e poi proseguiva un pezzetto a piedi mantenendosi a lato del mare. In quel punto la scogliera diventava alta, a picco sull'acqua, e proprio lì si stagliava uno scoglio dalla forma bizzarra, sembrava un canino spizzicato, e in quel pezzo mancante Agata si sedeva fin da bambina come in una poltrona, le gambe penzoloni nel vuoto e tutt'intorno solo blu, azzurro, odore di salsedine e strida di gabbiani.

«Cca si!» esclamò Pietro arrivandole alle spalle e facendola sussultare.

«Tu levi 'stu viziu di farmi saltare in aria?» rispose lei seccata.

«Ogni volta ti spaventi, ma non mi sentisti arrivare?» disse il ragazzo mortificato, avvicinandosi e facendole segno di spostarsi un poco per far spazio anche a lui. «Chi fu? Chi capitò? Perché non eri al campo?» le chiese.

«Avevo finito e poi avevo bisogno di pensare un poco» rispose Agata, dandogli una gomitata scherzosa. «Da sola!»

«Me ne vado?» le chiese Pietro di rimando, sorridendo malizioso. Era un ragazzo limpido e un po' ingenuo, di buon cuore, fin troppo magari.

«Macché te ne vai e te ne vai, ormai sei qui...»

In lontananza il sole si avvicinava sempre più al mare, a quella linea scura che divide cielo e acqua e che nelle ore della sera si colora di rosso.

«Dai, che succede? Ti conosco troppo bene, hai una faccia, Agatù...» Non usava spesso quel diminutivo affettuoso, ma lì, seduto vicino a lei, si sentiva pervaso da un sentimento forte, di affetto e di desiderio, misto a un senso di protezione che gli scaldava il cuore.

«Niente, Pietro, arrivò una lettera di mio padre, sta bene, travagghia buono ma...» Agata si interruppe e fissò il vuoto, incapace di proseguire.

«Ma?» la incalzò lui.

«Vuole che mi sposo che ormai è ora, solo che io non ci penso proprio a maritarmi, io voglio andare da lui, là in America... Se mi marito, da qui non mi muoverò mai più» esclamò tutto d'un fiato.

Pietro rimase di sasso. Matrimonio? Partenza? Ma che novità erano quelle? Che avevano tutti?

Agata a sistemarsi non ci aveva mai pensato, non aveva mai provato interesse per nessuno in verità, l'unico volto che le occupava la mente, da quando lo aveva visto, era quello di Tanu, così bello, dai lineamenti così particolari. E poi quel sorriso e gli occhi celesti che sembravano ridere insieme alle labbra, piene e carnose.

«E ora che pensi? Pare che hai visto la Madonna» fece Pietro, notando il suo sguardo trasognato. Uno sguardo nuovo, che non le aveva mai visto e che non sapeva contenesse un desiderio nascosto, una fiamma che aveva cominciato ad ardere e avrebbe allontanato Agata molto più del desiderio di partire per l'America e raggiungere suo padre.

«Me frati Salvatore diceva sempre che avrebbe aspettato papà per maritarsi» fece Agata cambiando discorso. «Ma questo prima, quando pensava ancora che sarebbe tornato... Ah, Lucia aspetta, ce l'hanno appena detto.»

«Non è che mi pari tanto contenta tu» disse Pietro preoccupato.

Un uccello in lontananza emise un cinguettio di richiamo e volò sopra le loro teste in direzione della montagna.

«Sono contenta per la creatura, ma appena nasce 'sto picciriddo Salvatore chi lo vede più? Era l'uomo di casa ormai ed ero abituata ad averlo sempre intorno, spero che a Lucia la tratti bene perché si è fatto troppo duro» spiegò Agata con la voce rotta. «Io voglio partire, Pietro, dico davvero... Voglio andare da mio padre, voglio vedere con i miei occhi se è vero che ha...» e si interruppe, realizzando solo in quel momento di aver parlato troppo. Sapeva che i pettegolezzi volavano, ma voleva aggrapparsi alla speranza che non tutta l'isola fosse al corrente delle loro disgrazie.

«Vedi che lo so cosa dicono, l'ho sentito. Mia madre dice che la gente dovrebbe farsi i fatti suoi invece di pensare a quelli degli altri. Per me sono tutte fissarie, la genti è troppu invidiusa» cercò di rassicurarla Pietro, e forse ci riuscì.

Agata aveva bisogno di sentirsi dire che non era così, che suo padre non si era fatto una nuova famiglia. «Moviti che è tardu» disse la ragazza. «Torniamo verso casa.»

Un vento dispettoso accompagnò i loro passi. Agata tentava invano di sistemarsi dietro le orecchie le ciocche sfuggite alla treccia.

«Lassa iri» fece Pietro con un sorriso. «Tu sei bella pure spettinata, sei la mia Agata del vento.» Si accorse di quello che aveva detto solo dopo, quando la ragazza assunse un'espressione fra lo stupito e l'incredulo.

Un velo di imbarazzo scese fra i due.

Per un attimo Agata non seppe cosa rispondere, poi con un filo di voce disse: «Pietro, non pensare a me così, noi siamo amici da una vita».

Lui allungò il passo. «Ti salutu che è tardi, meglio se vado avanti sennò qualcuno ci può vedere.» E si mise poi a correre in direzione di casa con il cuore pesante e un dolore nuovo in petto cui non voleva dare ascolto.

La ragazza rimase ferma dov'era, nelle sue orecchie riecheggiavano le parole dell'amico e un senso di disagio si fece largo in lei. Pietro non poteva aver detto quel che aveva detto, non con quel tono, non con quello sguardo così pieno di qualcosa che un tempo non c'era. Agata aveva la testa altrove, era più forte di lei: col pensiero tornava sempre a Milazzo, al momento in cui aveva sfiorato la mano dell'uomo che le aveva fatto provare per la prima volta la sensazione di voler essere una cosa sola con qualcuno.

Il rintocco della campana della chiesa la riscosse dai suoi pensieri, era tardi, aveva giusto il tempo di mangiare una cosa e andare a dormire le poche ore che la separavano dai remi e dalle reti.

26

«'Stu duluri mi tormenta, non se ne va, manco più a travagghiare posso andare» disse l'uomo che aveva bussato alla porta di Za' Teresa. «Ve ne prego... aiutatemi voi, me ne andai pure dal dutturi De Mauro, ma manco iddi ci riuscì a guarirmi.»

«Ma quale dutturi e dutturi» tagliò corto la Za'. «La sciatica si cura cui 'raziuni che è un male che veni dall'anima, no dalla schiena e neanche dal troppo travagghio. È quando l'anima si affatica troppo e vuole riposo che vengono i dulura forti.»

Sciatica malidditta,
che venisti a fari cca?
Vattinni 'nfunnu de lu mari perché sula ti nni hai a jiri.
A nome de lu Patri, de lu Figlio e de lu Spiritu Santu!

Agata pronunciò la formula tenendo la mano destra poggiata sulla schiena dell'uomo. Non appena le sue dita gli avevano toccato la carne, aveva sentito una grande stanchezza e lo aveva visto seduto con la testa fra le mani che pregava e chiedeva aiuto.

«Mi muriu 'u mulo, ci era affezionato assà. Era il mio aiuto nei campi e non posso prenderne un altro. La fatica ora la faccio tutta io» spiegò l'uomo con voce rotta.

«Se domani il dolore c'è ancora, venisse di nuovo» lo congedò Za' Teresa, certa che non si sarebbe più presentato. Agata lo aveva rimesso in sesto sicuro.

Tanti poveri cristi si presentavano alla porta della Za' e lei cercava di aiutarli tutti, ma quando non sapeva come curarli diceva loro di ripresentarsi l'indomani all'alba e li affidava alla ragazza prima che scappasse a casa.

Agata aveva continuato a passare ogni mattina a casa della Za': le persone si tenevano chiuse e la cercavano solo lì. D'altra parte la Za' era stata chiara: «Guai a chi fiata e la cerca fuori di qui. O così, o Agata non cura cchiù nuddu». Cettina sapeva di quelle visite e ogni scusa era buona per rimbeccare la figlia, ma il fatto che quelle majarie avvenissero lontano dai suoi occhi e che non ci fosse la fila di poveracci davanti alla porta di casa sua le consentiva di far finta di nulla con gli abitanti di Marina Corta.

Per quanto incredibile da credere, le persone rispettavano alla lettera gli ordini della Za', tuttavia, vuoi perché piove sempre sul bagnato, vuoi perché miseria e malanni van sempre di pari passo, nel buio delle cucine fumose e nella penombra dei capezzali si mormorava di quella ragazza che sembrava riuscire a fare miracoli. Agata guariva anche le cose che i dottori non riuscivano a curare. Alcuni lo dicevano con rispetto, se lo sussurravano per le strade e suggerivano il suo nome a chi aveva bisogno di aiuto; altri, invece, ma erano molti meno, parlavano del suo dono con una nota di sospetto nella voce. Non si fidavano perché era troppo giovane, e perché non capivano come mai una ragazza come lei si fosse messa a fare del bene così, di punto in bianco, senza nemmeno l'esperienza della Za'.

E la fama di Agata non si era fermata ai poveracci, ma doveva essere giunta pure ai francesi della cava, visto che una mattina di fine giugno si presentò alla porta di Za' Teresa una signora elegante e ben pettinata, accompagnata da due servi. La donna aveva un problema agli occhi che neanche il dottor Bonura, l'altro medico dell'isola, era riuscito a curarle.

Agata le fece 'a 'raziune di santa Lucia e subito dopo la donna si sentì meglio.

«Come mi posso sdebitare?» chiese, mentre uno dei servi lasciava una moneta nel palmo di Za' Teresa.

Agata scosse la testa, salutò e se ne tornò a casa. La signora, però, si accorse che era scalza e qualche giorno dopo le mandò a dire di andare dal calzolaio vicino a Marina Lunga che c'era una cosa per lei.

«Rosario, ci vieni con me in paese?» gli chiese Agata, mentre si ritiravano dal campo.

«E a fare che?» rispose quello.

«Una signora ha lasciato una cosa per me dal calzolaio che c'è a Marina Lunga, e già che ci siamo vorrei pure passare a salutare Marisa che tanto sarà al lavoro in bottega.»

«Una signora? E tu che c'entri?» Rosario era piuttosto diffidente.

«Ci feci una 'raziune e idda guarì» rispose con semplicità Agata.

«Aspetta un attimo, ma mamma non ti aveva proibito di fare quelle cose?»

«Lo sa, mi incocciò una mattina da Za' Teresa e mi rimproverò assà. Ma io ci vado lo stesso ogni giorno dalla Za', anche solo per una persona, ma qualche cosa la faccio.»

«Ora capisco tutti quei musi lunghi tra te e la mamma...» commentò Rosario con un sospiro. «Ma nulla mi hai detto... Da quando va avanti questa storia?»

«Sei mesi più o meno, pensa che la prima che ho guarito è stata Lucia, aveva un malocchio brutto. Ho chiesto io a Za' Teresa di insegnarmi i 'raziuni, ma le faccio di nascosto e solo a casa sua.»

Rosario camminava a passo deciso stringendo saldamente la zappa e non sapeva cosa dire. Troppe cose erano cambiate: Salvatore si era sposato e abitava accanto a loro con Lucia, sua madre era sempre più arrabbiata con il mondo, suo padre scriveva sempre meno, Agata era cresciuta e ci mancava solo la novità dei 'raziuni. «E sta bene, andiamo da questo calzolaio. Non ci devi scendere sola fino a là, altrimenti chi lo sente Salvatore?»

«Prima salutiamo Marisa che ci viene di strada» disse la ragazza.

Arrivati alla bottega delle sarte, Agata bussò timidamente sul vetro per attirare l'attenzione della cugina, china su un pezzo di tela con ago e filo in mano.

La giovane le sorrise, posò lo scampolo sul tavolo, raccolse la lunga gonna e corse fuori a salutarli. «Agata, Rosario, che sorpresa bellissima!» esclamò. «Che ci fate da queste parti?»

«Dobbiamo fare una commissione, ma eravamo di strada e volevamo salutarti. Come stai?»

«Bene, bene, Francesco e io abbiamo spostato la data del matrimonio di qualche mese... Sai, lui adesso parte spesso per lavoro e poi ci dobbiamo organizzare per andare a stare a Messina, non mi pare l'ora di spostarmi in città» rispose Marisa, che era una delle donne più belle dell'isola, alta, slanciata, scura di pelle, con un sorriso irresistibile e denti perfetti, bianchi come perle. Era impossibile non notarla: la sua era un'eleganza innata, una grazia che, unita alla semplicità e al suo buon cuore, faceva sì che fosse benvoluta da tutti. «Francesco ha avuto fortuna, sta diventando ricco e ha comprato una casa bellissima, che io ancora non ho visto... Dice che dal balcone si vede la Calabria nei giorni di sole» aggiunse con aria sognante. «Io al piano terra vorrei farci una stanza mia dove cucire, anche se lui non vuole che lavoro, già me lo disse.»

Agata la ascoltava rapita, pensando a quanto fossero diverse. Marisa sembrava davvero innamorata del fidanzato, mentre a lei non piaceva affatto, aveva qualcosa che non la convinceva.

Poco distanti da loro, ai tavolini di un caffè, delle signore eleganti stavano sorbendo una granita. Nei raffinati piattini di ceramica accanto alle coppe c'erano biscotti dorati, di varie forme. Chiacchieravano in una lingua strana.

Agata le guardò con curiosità.

Marisa la anticipò: «È americano... E quelle lì sono le mogli dei padroni degli stabilimenti della pomice a Canneto. Ci stanno i tedeschi e pure i francesi là».

Agata cercò di intercettare le loro parole veloci, quel chiacchericcio insolito, la cadenza esotica delle loro voci. *Quindi è così che si parla in America*, pensò affascinata.

Marisa aggiunse che molte di loro erano clienti della sartoria. «Ora torno dentro, ho del lavoro da finire, ma sono felice di avervi visti. Salutatemi tanto zia Cettina e Salvatore. Agata, tu preparati che al mio matrimonio ti voglio bellissima.»

Agata arrossì e abbassò lo sguardo, lisciandosi la gonna logora.

«Per il vestito non ti devi preoccupare, ci penso io a te» aggiunse subito, quasi leggendole nel pensiero. «Promesso!» Si chinò a dare un bacio sulla guancia ad Agata.

Non appena la cugina la sfiorò, Agata ebbe uno dei suoi capogiri fortissimi, vide tutto nero, vacillò e dovette poggiarsi al muro. Eccola di nuovo. Una delle sue visioni. La giovane tentò di respingerla, perché a un tratto provò una sensazione come di soffocamento, ma non ci riuscì. Vide delle fiamme in una stanza e una porta che non si apriva, un brivido le percorse la schiena, poi più nulla.

«Che succede? Ti senti bene?» chiese Marisa allarmata.

Agata annuì. «Sì, non ti preoccupare, per un momento mi girava la testa... ma mi è passato.»

Marisa, sollevata, rientrò al lavoro sorridendo.

Rosario, che non capiva come si potesse essere tanto eccitate per un matrimonio, si incamminò con la sorella pensando che le donne erano strane assà. Prima non vedono l'ora di maritarsi e poi passano il tempo a lamentarsi della vita che fanno.

L'insegna della piccola bottega del calzolaio era in parte arrugginita e scrostata, non ci erano stati mai lì, non era posto per loro. Agata entrò per prima e vide un uomo e un ragazzo poco dietro, forse il garzone.

«Bonasira.»

«Buonasera, come posso servirvi?» chiese l'uomo.

«Una signora straniera mi mandò a dire che c'è una cosa per me» rispose Agata imbarazzata.

L'uomo la studiò di sottecchi. «Antonio, prendi il pacco che ha fatto mettere da parte la signora Restuccia.»

Il ragazzo si alzò dal tavolino su cui era intento a risuolare una scarpa e andò nel retrobottega. Era alto e dai modi gentili, scuro di capelli e di carnagione, poteva avere diciott'anni, non di più. Aveva accennato un sorriso ai due ragazzi quando erano entrati e Rosario ne era rimasto colpito perché un sorriso così gentile e pulito non l'aveva mai visto.

«La signora non è straniera, ma ha sposato il signor Bacot, che è francese, e ha preso un poco l'accento straniero.»

Agata, a cui quel nome non diceva nulla, si strinse nelle spalle.

«Bacot è il proprietario dello stabilimento della pomice» spiegò allora il calzolaio.

Sempre sorridendo, Antonio riemerse dal retrobottega e porse al padrone un pacchetto. Poi tornò al suo posto, cogliendo però di nuovo l'occasione di posare lo sguardo su Rosario e subito dopo su Agata, notando la bellezza di entrambi.

Non era un ragazzo di Lipari, Rosario non lo aveva mai visto. Forse era un parente del calzolaio venuto da fuori.

L'uomo aprì la carta velina e mostrò ad Agata un paio di robuste scarpe di cuoio. «La signora ha voluto queste per lei, signorina, sono delle scarpe molto belle.»

«Ma io non posso accettare...» balbettò la ragazza in evidente difficoltà.

Rosario scosse la testa, i due si guardarono e si intesero: come potevano tornare da Cettina con quelle scarpe? Chissà cosa avrebbe pensato!

«Può lasciarle e io le posso dare in cambio qualche cosa in denaro» disse infine l'uomo, intuendo l'imbarazzo dei due ragazzi. Sapeva che un dono così avrebbe messo in difficoltà una picciotta di Marina Corta.

Agata annuì, sapendo già cosa ci avrebbe fatto con quei soldi.

«Antonio, queste mettile in vetrina» disse il calzolaio.

Il garzone si alzò ancora, prese delicatamente le scarpe e le piazzò in bella mostra nella vetrina che dava sulla strada che conduceva a Canneto.

«Ecco, signorina, la cosa resta fra noi» disse l'uomo anticipando le paure di Agata, che non voleva apparire scortese nei confronti di tanta generosità. I soldi le sarebbero serviti più avanti e, anche se non bastavano di sicuro, erano sempre qualcosa.

Il calzolaio sapeva chi era Agata, e sapeva che aveva guarito la signora Restuccia. Mentre gli commissionava quel paio di scarpe, la donna non aveva smesso un attimo di parlare di lei, diceva che era una santa dal cuore puro e dallo sguardo di fiamme, uno sguardo in cui lei stessa si era persa, come incantata.

«Rosario, direi che possiamo andare o mamma si preoccupa»

disse infine Agata avviandosi verso l'uscita. Rosario, che era quasi una spanna più alto della sorella, la anticipò e le aprì la porta. Quel gesto così delicato colpì Antonio ancor più della bellezza del ragazzo, che ora gli dava le spalle. I folti ricci e gli occhi neri, i lineamenti disegnati erano solo lo specchio di un animo buono e attento.

Quando i due stavano per chiudere la porta, Antonio li salutò con un sorriso. *Quindi sono fratello e sorella*, pensò quasi sollevato, *in effetti si somigliano*. «Arrivederci» disse poi con un accento strano, sempre meridionale ma non di quelle parti.

«Arrivederci e grazie» risposero Rosario e Agata e si incamminarono verso casa che già era quasi buio.

Il lastricato della strada principale luccicava sotto la fioca luce dei lampioni.

Agata corse con la mente a Tanu, chissà dov'era, chissà cosa faceva. Ripensò alla visione che aveva avuto quando le loro mani si erano sfiorate e si sentì avvampare.

Si era levato un vento caldo e dispettoso e nell'aria Agata avvertì un insolito sentore di bruciato.

«Lo senti anche tu, Saro, questo odore?» chiese.

Ma Rosario non sentiva nulla.

27

Il fuoco era nell'aria prima ancora che sulla terra, portato da un vento di scirocco che aveva iniziato a soffiare senza posa la notte, sbattendo imposte, piegando implacabile le chiome degli alberi, smuovendo le onde che andavano ad abbattersi violente sugli scogli formando una schiuma bianca, densa e vaporosa. Le prime fiamme avevano attecchito a Praia di Ferrante, sotto Capistello, dove le sterpaglie celavano lucertole e bisce innocue che, strisciando fra l'erba secca e il fogliame, sollevavano fruscii sinistri. Il fumo grigio e l'odore di bruciato, intenso e acre, avevano avvisato gli abitanti che, da qualche parte, era partito un incendio. I primi ad accorrere furono i pescatori che, dagli ormeggi, videro la scia rossa come un filo di sangue vivo risalire il fianco della montagna, emanando una nube di fumo che il vento dispettoso disperdeva verso l'alto. Provarono a spegnere il fuoco pescando l'acqua dal mare, facendo una catena, ma il vento era troppo forte, e dove gli uomini riuscivano a smorzare le fiamme, poco più avanti lo scirocco ne accendeva di altre. Gli uccelli volavano via, le piante e i cespugli si trasformarono in torce incandescenti, di un rosso rubino che crepitava rumorosamente, emanando un calore infernale. Quando si resero conto che non c'era più nulla da fare, gli uomini arretrarono, senza riuscire a distogliere lo sguardo da quello scempio maestoso e terrificante. A breve anche le donne e i bambini si radunarono nei pressi della spiaggia di Portinenti, per assistere impotenti a uno dei tanti incendi che, va' a sapere come, quando tirava vento, partivano d'improvviso e spelavano interi pezzi di montagna, lasciando solamente una scia di nero carbone al posto del verde e del giallo della vegetazione.

«Cca case un cinnè per fortuna, di lì poi c'è la sciara, solo pietre ci stanno. Vidi ca si ferma sulu 'stu fuocu» disse convinto uno dei pescatori che conosceva quei tratti di boscaglia come le sue tasche. «Da qui a dumani finisci tuttu se il vento si calma, questo scirocco assà assà può durare due giorni» continuò annuendo con piglio deciso. «Non abbiamo nulla che fare qui, oramai quello che è, è. Iamuninni a travagghiari.»

Lentamente tutti quelli che avevano gli occhi incollati alle pendici fumanti si allontanarono, chi mormorando qualche litania, chi imprecando fra i denti.

«Dobbiamo provare a salvare le viti» disse un uomo a Giacomino, il marito di Za' Teresa.

Ad Agata, di ritorno dalla pesca, tornò in mente la visione che aveva avuto un anno prima mentre legava una piantina di fagioli, e di colpo capì. Il fuoco non si sarebbe fermato. Avrebbe proseguito la sua corsa fino al loro campo, bruciando il poco che avevano coltivato. Poi, attraversando la montagna, sarebbe arrivato a sfiorare le case di Acquacalda, finendo per morire lungo la strada che costeggiava il mare che divideva Lipari da Salina.

Tornando verso casa dopo la notte in mare, Agata decise che avrebbe avvisato i suoi fratelli, che avrebbero provato a salvare almeno parte di quello che avevano piantato. Li raggiunse subito al campo, senza nemmeno passare da casa.

«L'incendio non si fermerà, arriverà fino qui» spiegò.

«E tu che ne sai? Non ci può arrivare né ora né mai, Agata, è troppu luntanu. Vedi di non dire fissarie» replicò Salvatore, sgarbato.

«Sa', ti dico che ci arriva, senti a me, dobbiamo salvare tutte cose» insisté lei.

«Le fave e il grano li abbiamo già raccolti. Per la vendemmia è presto e pure per le olive.»

Agata realizzò che in effetti suo fratello Salvo aveva ragione. Guardò le vigne che costeggiavano il campo, basse e nodose, le aveva piantate il padre di suo padre e con quell'uva dolce e zuccherina ogni anno, verso fine settembre, ci facevano un vino che era nettare, liquoroso e profumato. Gli ulivi erano poco distanti, maestosi e gonfi di palline verdi minuscole e acerbe che in autunno avrebbero regalato un olio prezioso e che pizzicava la lingua. Rosario non aveva smesso di rivoltare alcune zolle per far respirare un poco la terra.

La ragazza si strinse nelle spalle, si chinò e cominciò a levare le erbacce che spuntavano attorno alle piantine.

Vedere sua sorella così in ansia era una sofferenza per Rosario.

«Però una cosa la possiamo fare: possiamo levare le sterpaglie qui dietro e provare a ripulire per bene quel lato» disse il ragazzo posando per un attimo la zappa e indicando proprio la direzione da cui sarebbe potuto arrivare l'incendio.

Agata annuì. «Avanti, facciamolo.»

Salvatore smise di accatastare i bastoni dei fagioli che aveva levato e si spostò di malavoglia verso il limitare del campo, c'era un largo sentiero sterrato, delimitato da erbe secche e cespugli. I tre ragazzi iniziarono a ripulire coi falcetti e poco dopo arrivò pure Pietro che, senza nemmeno chiedere il perché, si unì a loro. In men che non si dica tutta la massa di sterpaglie era stata ammonticchiata più a valle, ben lontano dalle piante di ulivo e di vite.

Agata era grata ai tre ragazzi, li guardava muoversi con sicurezza, con gesti decisi e sapienti, sapevano esattamente dove estirpare e ripulivano tutto in fretta.

Pietro era il più alto e il più muscoloso dei tre, Agata non ci aveva mai fatto caso, notò le forti braccia scolpite dalle fatiche del mare, dal remare continuo, e il petto asciutto sotto la camicia sudata. Ripensò a Tanu, a quando si era chinato per prendere la cesta dalle sue mani, ai riflessi ramati dei capelli, alle mani grandi e forti che per un attimo l'avevano sfiorata.

«Che è, Agata, ti imbriacasti?» le chiese Salvatore vedendola persa nei suoi pensieri.

«No, no, a una cosa stavo pensando» farfugliò imbarazzata.

«Eh, 'u vitti... E chissà a cosa pensavi, avevi 'na faccia... Parevi una che sogna da sveglia!» la canzonò Rosario.

«Ma quale sogna e sogna, all'incendio pensavo!» rispose lei.

«Sì, sì, ma no a quello che arriva...» replicò sorridendo Rosario.

Salvatore lo fulminò con lo sguardo. Ci mancava solo lui a mettere cretinaggini in testa alla sorella, che si faceva sempre più donna e sempre più bella ogni giorno che passava. Doveva tenerla d'occhio e soprattutto tenerla lontana dai maschi, che a inguaiarsi prima del matrimonio era un attimo.

Pietro era confuso, non capiva cosa stesse succedendo, prima tutto quel daffare per sistemare cose come se dovesse arrivare l'incendio, che era ancora lontano assà, e poi quei discorsi. Parevano tutti impazziti quel giorno, pure Agata era strana, aveva un'espressione sognante che non le aveva mai visto e che la rendeva ancora più bella.

«Agata, un 'cci staiu capiennu nenti, chi voli diri to frati?» le chiese.

La ragazza non rispose, non aveva nemmeno ascoltato la domanda.

Pietro la guardò stupito e allo stesso tempo incredulo. Mai l'aveva percepita così distante.

28

All'imbrunire i ragazzi si riavviarono verso casa. Da lontano vedevano brillare il rosso del fuoco, una scia di sangue che colava sottile da una ferita, uno spettacolo spaventoso da cui non riuscivano a distogliere lo sguardo, ipnotizzati dalla furia delle fiamme. Anche Cettina stava sulla soglia, con gli occhi puntati verso quella devastazione e le braccia incrociate sul petto generoso. Cenarono in silenzio quella sera, in lontananza il crepitare delle fiamme spezzava il silenzio buio della notte.

Si erano coricati tutti da poco quando vennero svegliati dalle urla. Agata, Rosario e Cettina si vestirono in fretta e furia e corsero fuori. Poco dopo vennero raggiunti da Salvatore e Lucia.

La lingua rossa si era spinta fino a ridosso delle case del quartiere di Sant'Anna e crepitava minacciosa.

La gente correva impazzita lungo il sentiero alle spalle del paese. Le donne, confuse e spaventate, raccoglievano secchi e orci, tentando di non perdere d'occhio i bambini. Alcuni uomini si chiedevano se era il caso di cercare di salvare qualcosa dai campi, ma cosa?

Salvatore guardò Agata con aria interrogativa. «Come facevi a saperlo? Il vento tirava dall'altro lato!»

Agata si strinse nelle spalle.

Rosario non aveva detto una parola, era rapito e scioccato dal suono stridente e mortale delle fiamme.

«Saliamo dal lato del mare, dal sentiero dopo la chiesetta della Maddalena, così se il fuoco arriva ci spostiamo verso l'acqua.»

Rosario annuì. Salvatore baciò la moglie e, guardando Cettina, le disse: «Mamma, a Lucia pensaci tu». Alla donna non pareva una grande idea correre incontro alle fiamme, ma non le sembrò il caso di affrontare lo schieramento compatto dei suoi figli, quindi si limitò ad annuire e a guidare in casa la nuora.

In men che non si dica i ragazzi raggiunsero il loro campo. L'incendio era vicinissimo, la piccola linea tagliafuoco che avevano ripulito nel pomeriggio sarebbe servita a ben poco di fronte a quell'avanzare. Solo un improvviso cambio di vento avrebbe potuto salvare il loro fazzoletto di terra.

Agata lesse la paura e la disperazione negli occhi dei fratelli, loro lavoravano da scuru a scuru in quel campo: erano uomini di terra, non di mare, abituati al sacrificio e a spaccarsi la schiena sotto il sole d'estate e al freddo umido e tagliente dell'inverno.

Non sapendo cos'altro fare, Agata invocò la Madonna della Catena e sentì una forza indescrivibile sgorgarle da dentro, unita alla certezza che in qualche modo quel fuoco sarebbe morto prima di raggiungerli.

Udì una voce dentro di lei recitare formule che sapevano di antico, di magico e capì che, esattamente come si tagliano le trombe d'aria, si possono tagliare pure gli incendi. Lasciò fluire la voce, lasciò che le sue mani danzassero, che il suo corpo seguisse le parole. Si abbandonò totalmente a quell'onda di luce che le arrivava da dentro, fece quello che sentiva di fare, mossa da una conoscenza ancestrale che le sgorgava dal profondo.

La parte finale la pronunciò facendo tre volte il segno della croce verso le fiamme.

Tutti e tri appiccavano 'u fuocu
per abbruciari a nostro Signuri.
Nostro Signuri cu tri cruci
tuttu lo fuocu c'astutavu
Patri, Figghiu e Spiritu Santu.

Salvatore e Rosario guardavano lei e poi il fuoco e poi lei e poi di nuovo il fuoco, che parve dapprima gonfiarsi, sollevato dal libeccio che infuriava senza posa, e poi di colpo smorzarsi, come dominato da qualche forza invisibile.

Il vento improvvisamente cambiò direzione, soffiava ora verso la cima di Monte Guardia, raffiche fortissime spingevano le fiamme a nord, verso la roccia brulla coperta solo di cespugli e arbusti fitti.

E poi dal nulla il cielo si coprì di nuvole dense che si confondevano con le colonne di fumo e da tutto quel grigio sgorgò salvifico un temporale che si abbatté, violento, sulle fiamme. Le gocce scendevano fitte, taglienti come lame di coltello.

Nell'assistere a quell'acquazzone improvviso, inspiegabile, una sensazione di pace si fece largo negli animi della gente.

Il temporale si abbatté sull'intera isola: sulle piante, sui tetti delle case, sulle spiagge e sulle creste rocciose. Cielo e mare si fusero in un tutt'uno grigio e rombante. Acqua su acqua, per vincere la distruzione, acqua che placa e che salva.

La gente, col naso all'insù, guardava la pioggia scendere sempre più copiosa, sfrigolare a contatto con il fuoco e vincerlo.

Rosario fu il primo a riaversi. «Agata, che novità è questa? Pensavo tu sapessi solo i 'raziuni, come le majare!» disse poi d'un fiato, spaventato da quello cui aveva appena assistito.

«No, è da quando mi è successa quella cosa di notte che so di poter fare queste cose, ma nostra madre mi ha detto che non devo...» mormorò sommessamente la ragazza, chinando la testa.

«E che discorsi sono questi che non devi? Io ti ho vista, non si può tenere nascosto un dono simile, che senso ha? Forse sarebbe ora di cercarti un marito e andartene da casa. Ti pare che non lo vedo come ti tratta mamma?» disse allungando una mano e tentando maldestramente di accarezzarle i capelli. «Non mi sono mai impicciato di cose da femmine, ma non sono cieco e manco stupido. Tu hai il dono e non lo puoi tenere per te... Ti ho vista stanotte, tu non sei una majara, tu sei qualcosa di molto più potente.»

Agata colse il suo dispiacere, la sua apprensione e il tentativo di farle sentire la sua vicinanza.

Salvatore fino a quel momento era rimasto zitto, inebetito, ma poi sbottò: «Che diavoleria è mai questa, Agata? Ma chi ti insegnò a fare queste cose?».

«Nessuno mi insegnò, mi venne di farlo e l'ho fatto» si giustificò lei.

«Tu non me la racconti giusta a me, ti pare che puoi fare quello che vuoi? Ti pare che puoi andare in giro a fare la strega? Ha ragione mamma, la devi smettere subito con queste cose o finisce che passi i guai tu e noi appresso a te.» Era furioso. Non capiva chi fosse sua sorella, non la riconosceva più, così ribelle, così diversa da come era da bambina. Si chiedeva cosa fosse successo nei pochi mesi in cui non avevano diviso lo stesso tetto. Possibile che potesse domare un incendio solo con le mani e le parole? Se non l'avesse visto con i suoi occhi non ci avrebbe creduto. «Tu! Cosa sei diventata?» gridò Salvatore prendendola per un braccio e strattonandola.

La ragazza stava in piedi, nel vento, con la gonna e il grembiule che sventolavano rumorosamente, e guardava incredula suo fratello.

Rosario si sentì ribollire il sangue e senza pensarci due volte spintonò Salvatore e si frappose tra lui e la sorella. «Sei impazzito o cosa? Non t'azzardare mai più a metterle le mani addosso. Se non era per lei, il fuoco bruciava tutte cose» gridò.

«Pure tu ti ci metti ora? Fuoco o non fuoco, non voglio mai più vedere una cosa di quelle. E cercate di fare come dico io. A mamma non dico nulla, che di dispiaceri ne ha già a soverchieria, ci manca solo questo.» Poi afferrò la zappa bruscamente e si avviò a passi svelti verso casa, voltandosi di tanto in tanto torvo a guardare se i suoi fratelli lo stavano seguendo.

Quella notte Agata sognò di volare via come i colombi selvatici che sfiorano le pendici scoscese del monte Pelato, sognò di attraversare i mari e di arrivare da suo padre che le aveva sorriso con la bocca e lo sguardo celeste. Poi gli occhi di Tanu si sovrapposero a quelli di Pino. Agata sognò che lui le parlava, tenendole la mano e guardandola con un misto di tenerezza e desiderio. L'uomo le stava porgendo qualcosa di prezioso che lei non riusciva a vedere bene. «È per te questa, è bella comu attia.» Mentre le posava sul palmo una perla, però, questa cadde, rotolò ai suoi piedi e finì in mare, scivolando sul fondo. Entrambi rimasero a fissare la scena inebetiti.

Le immagini erano talmente vivide e reali che quando Agata si svegliò era convinta di essere davvero con Tanu. Non appena capì di essere a casa, pronta per uscire in mare a pesca, la tristezza la fece sprofondare per un attimo nel suo giaciglio scomodo.

Lipari, all'alba, si svegliò avvolta in un paesaggio nerastro e desolato. La puzza dell'incendio ristagnava ovunque, nelle narici, nelle case, si attaccava alla pelle e ai vestiti, sembrava che nei polmoni entrasse solo odore di legna annerita.

29

Agosto 1903

«Maestro Bonanno, che piacere vederla!» esclamò Rosario incrociando il maestro che con un involto sottobraccio camminava verso il centro.

«Saro, ma quanto sei cresciuto in pochi mesi? Che ti dà da mangiare tua madre?» scherzò il maestro. «Come stanno i tuoi fratelli? Agata che dice?» Poi, con una punta di amarezza, aggiunse: «Era così brava a scuola... una delle migliori, peccato che abbia smesso di studiare».

«Agata si è fatta grande, mentre Salvatore si è sposato e sta per diventare padre» rispose Rosario.

«E tu che ci fai qui in paese?» domandò il maestro.

«Mio fratello mi mandò a cercare una zappa nuova che ne abbiamo una sula e mala cumminata puru.»

«Allora fammi compagnia, che sto andando dal calzolaio. Mi si sono rotte queste» spiegò, sollevando l'involto, «così mi racconti un po' di cose.»

Udito che il maestro Bonanno stava andando a far aggiustare le scarpe, Rosario si affrettò ad annuire.

«Buonasera, maestro, come posso aiutarla?» lo accolse il calzolaio da dietro il bancone.

L'odore buono di cuoio e di mastice impregnava l'aria e Rosario lo respirò a pieni polmoni non appena mise piede dentro la bottega.

Antonio, che armeggiava con una forma, non si accorse subito di lui.

«Questo è Rosario» disse il maestro. «È stato un mio alunno e non lo vedevo da molto.»

A quel punto il ragazzo sollevò lo sguardo e incrociò gli occhi di Rosario. Dapprima rimase incredulo, poi sorrise e salutò.

«Anto', prendi le scarpe del maestro e assicurati che siano pronte per la settimana prossima, dobbiamo dare il tempo al mastice di asciugare bene. Mi raccomando, vedi di fare un buon lavoro, come ti ho insegnato io» disse il calzolaio.

«Bene, poi a settembre vi porto a risuolare il paio che indosso oggi» disse allegramente guardandosi le scarpe. «Un'ultima cortesia, me le potete far avere a casa?»

«Certamente, non si preoccupi, ci pensa Antonio.»

«Grazie, a presto allora» rispose il maestro Bonanno.

La statura imponente e la gentilezza nei modi del maestro, unite a un viso sempre sorridente, ricordarono a Rosario quanti momenti belli aveva trascorso a scuola e per un attimo si sentì sopraffare dalla nostalgia.

Appena usciti dalla bottega il giovane disse: «Maestro, le sono debitore, lo sa? È solo grazie a lei se oggi so leggere, scrivere e fare i conti».

«Ma quale grazie e grazie, io faccio il mio lavoro e il mio dovere, e vedervi crescere e diventare uomini e donne per bene è il mio regalo più grande» rispose lui, stringendogli la mano. Con l'altra si rimise il cappello che aveva tenuto sottobraccio, se lo calcò in testa e con un breve inchino si congedò.

Antonio, nel frattempo, non aveva smesso un attimo di sbirciare attraverso la vetrina.

«Quel Rosario io lo so chi è, sta a Marina Corta. Magari te lo ricordi, con sua sorella venne qui. Pare che quella ragazza sappia curare malattie che manco i dutturi ci possono, così si dice. Iddu invece zappa la terra. Suo padre partì insiemmula a tanti altri liparoti che non sono mai tornati» disse il calzolaio, che sapeva sempre tutto di tutti, era la cucchiara di tutte i pignatte: il mestolo che si infila in tutte le pentole a rimestare.

Rosario, dopo aver salutato il maestro, andò a prendere la zappa e si incamminò verso casa.

Era sempre stato un ragazzo timido e di poche parole e non era facile che qualcosa suscitasse in lui emozioni. Ciò che interessava ai suoi coetanei gli era del tutto indifferente, amava la solitudine, le camminate, il suo campo e poco altro.

Quella sera un sentimento tutto nuovo si fece largo in lui, ma non sapeva definirlo: era simpatia ma anche trasporto. Antonio, con il suo sguardo placido e delicato e con il suo sorriso disarmante, gli era rimasto dentro. Avrebbe voluto saperne di più di quel ragazzo alto e dai modi fini, dalla pelle scura come la sua, dal viso scolpito e dall'espressione accogliente.

I passi che separavano Rosario da casa non erano mai stati così leggeri, il mare gli sembrò di colpo più bello del solito, più luccicante. Respirò tutti i profumi portati dal vento. Lasciò correre lo sguardo fino alla linea dell'orizzonte, fino a perdersi in tutta quell'immensità di blu.

Il giorno di san Bartolomeo, il 24 agosto, arrivò come sempre accompagnato dall'euforia della gente. Lipari si vestiva a festa; i tappeti, le bandiere, i trofei di fronde e altri addobbi ornavano finestre, terrazze e muraglie in maniera così sfarzosa che le case erano irriconoscibili.

La processione solenne era accompagnata da scoppi di mortaretti e dal vociare concitato dei giovani. Agata, che da bambina aveva sempre atteso con ansia quel momento, ora invece si sentiva a disagio, sballottata da una parte all'altra, scrutata da occhi ammiccanti, sfiorata da mani sconosciute. Il viso incorniciato dal velo di pizzo nero si guardava attorno smarrito nella folla.

San Bartolo, colossale, tutto d'argento, svettava sopra una lunga barella, portata a spalle dagli uomini.

Dieci o quindici passi avanti alla statua del santo, un uomo incappucciato ogni tanto gridava: «Viva san Bartoluzzo! Viva san Bartoluzzo!». Poi: «E chi non grida come mia è uno schifiosu!».

Allora tutti rispondevano in coro con un urlo che scuoteva la città: «Viva san Bartoluzzo! Viva san Bartoluzzo!».

Le trombe suonavano, il tono dei canti aumentava e il santo d'argento, lustro come uno specchio, rifletteva i raggi solari che formavano attorno al corpo della statua come un'aureola. Sembrava sovrumana, mandata direttamente da Dio. Agata era sopraffatta.

Rosario, gli occhi accesi dall'eccitazione, non si era accorto del disagio della sorella, mentre, poco più avanti, Pietro stava con alcuni ragazzi della sua età ma si girava spesso per guardarla. Agata ripensò a quello che era successo quando era sbarcata la regina, e non voleva ritrovarsi di nuovo Pietro addosso. Finita la processione preferì rimanere vicino alla chiesa con le altre donne, e poi incamminarsi verso casa. Musiche e falò rallegravano le vie dell'isola, le tavole imbandite all'aperto raccoglievano le persone, il vino dolce allietava la festa. I venditori di ceci e fave caliate declamavano i pregi della loro merce. Tenevano i recipienti roventi sul fuoco, dove i legumi abbrustolivano, diventando friabili e saporiti.

Pietro ne prese un involto e rincorse Agata che si stava già allontanando. «È per te» le disse allungandole il cartoccio, il volto arrossato. Poi scappò via, ridendo, con gli amici che tenevano in mano un fiasco di vino ambrato.

Agata strinse nelle mani il cartoccio tiepido e profumato. Quando entrò in casa già si era mangiata tutte cose. Sulle dita le rimase il profumo di abbrustolito. Prima di levarsi il velo di pizzo, si pulì le mani nel grembiule appeso in cucina e salì a cambiarsi.

30

Settembre 1903

Le lenzuola bianche sventolavano nella brezza che sapeva di selvatico, tirava dalla montagna e a tratti portava con sé il profumo zuccherino di uva pronta a essere colta.

Settembre a Lipari era un mese estivo, ma con meno luce. Scurava prima, nel tardo pomeriggio la luce calava e intorno alle nove già faceva buio. Una strana contraddizione quel caldo che ancora si faceva sentire e la mancanza di chiaro che faceva scivolare i pensieri verso l'autunno.

Cettina e Agata avevano tolto la biancheria dai letti e l'avevano messa a bollire nella lisciva. Avevano accumulato la cenere del focolare della cucina per diversi giorni, l'avevano ripulita dai tizzoni anneriti e mescolata con l'acqua in un grande calderone posto su un treppiede, sotto avevano acceso il fuoco e quando la lisciva aveva iniziato a bollire ci avevano immerso le lenzuola. Aiutandosi con un lungo bastone di legno, Agata aveva mescolato in senso orario, con gesti forti e decisi. Poi, insieme alla madre, aveva steso ogni lenzuolo sulla lunga corda davanti a casa, un filo sottile sospeso fra cielo e mare, legato a due pali robusti che Pino aveva piantato anni prima così in profondità che manco lo scirocco più forte li aveva mai smossi. Non era un'operazione che facevano spesso, ogni due mesi in estate, anche ogni tre in inverno.

Il rumore della biancheria che sventolava ricordava quello delle vele gonfiate dal vento, quando si riempiono e si trasformano in spinta, risparmiando energie a chi deve remare, specie sulle lunghe distanze, e infatti se i pescatori dovevano muoversi verso Milazzo, Messina o Palermo, si davano aiuto con la vela latina e sceglievano di partire quando il vento era favorevole.

Madre e figlia lasciarono le lenzuola all'aria tutto il giorno e poi, di sera, le rimisero nei loro giacigli che per una notte, una sola, profumavano di mare, di aria fresca e di pulito. In verità Agata ci restò poco tra quelle lenzuola, perché alle tre dovette uscire: Giuseppina aveva detto che c'era il rischio di dover rientrare prima perché forse cambiava il mare.

Rimasero sotto costa quella notte, e buttarono le nasse.

Le ore volarono fra canti e qualche momento di dormiveglia in cui le donne si appisolavano, ma restando comunque attente alla barca e alle trappole di giunco che avevano gettato in acqua.

A un certo punto un'imbarcazione si avvicinò nell'oscurità, ad Agata non sembrava una barca liparota: era troppo grande e aveva solo uomini a bordo.

Poi sentì la sua voce.

«Fermiamoci qui» ordinò ai suoi. «Fate attenzione a quel gozzo.»

«Statevi accura!» urlò Giuseppina di rimando.

«Chi va là?» chiese Tanu, portando la sua barca a fianco di quella di Giuseppina.

Tanu si sporse, lampara alla mano, illuminando il volto di Agata.

I due si guardarono.

«Chi va là?» chiese di nuovo, fingendo di non aver riconosciuto l'equipaggio del gozzo.

«La cugina di Saro sugnu» rispose Giuseppina. E con una nota di disappunto aggiunse: «Non siete un poco fuori zona, voi milazzesi?».

«Pare che tutto il pesce sia da queste parti, così l'abbiamo seguito» rispose lui ridendo.

Agata lo guardava e si sentiva tremare come una foglia. La voce, il sorriso, qualunque cosa di Tanu le metteva un'agitazione addosso mai provata prima.

«Se non mi ricordo male tu sei Giuseppina, loro invece? La volta scorsa manco i nomi vi abbiamo chiesto.»

«Lei è Agata, lei Maruzza e lei Assunta.» Pronunciò i loro nomi indicandole a una a una.

Agata si chiama, quindi, pensò fra sé e sé Tanu. *Un nome bellissimo per una ragazza altrettanto bella.* «E come sta andando la pesca?» chiese.

«Con le nasse siamo, fra qualche ora lo vediamo» rispose Giuseppina.

«Pare che cambia il vento, tenetevi pronte a rientrare, noi già partiamo ora per Milazzo che se si alza il mare poi diventa troppo pericoloso, abbiamo buttato la sciabica e l'abbiamo tirata su bella piena, il nostro lo abbiamo fatto. Però veniamo di nuovo nei prossimi giorni e magari restiamo fino al mattino, ci mettiamo dalle parti di Marina Corta.»

Agata registrò subito quel particolare, se Tanu fosse venuto vicino a casa sua lei lo avrebbe cercato. L'uomo le sorrise e accennò un saluto con la mano. «Vi salutu. Dirò a Saro che sua cugina sta bene.»

«E fai buono, salutam'illo.»

Agata non aveva staccato gli occhi un attimo da Tanu. Era così deciso, sicuro di sé e poi quella voce, aveva un timbro così particolare: squillante e insieme calda, a tratti profonda. Sembrava una carezza.

Non appena la barca dei milazzesi si fu allontanata, Giuseppina disse che era ora di tirare su le nasse, e ringraziando Iddio erano cariche.

Agata sentì odore di vento anche se l'aria era ferma, sentì vibrare la barca anche se il mare era calmo. Giuseppina e Tanu avevano ragione: di lì a poche ore si sarebbe scatenato il finimondo, lo percepiva chiaramente. Aveva i brividi e una forte inquietudine non la faceva stare tranquilla. Mise le mani ai remi. «Ce ne dobbiamo andare, e dobbiamo dirlo pure agli altri se li incontriamo: non è tempo da stare fuori ancora troppu.»

«Certo che ti sei fatta esperta di mare, tu» la punzecchiò Maruzza. «Prima i pesci, poi il delfino e ora con questa storia.»

«Avanti, remiamo e statevi zitte, che il fiato ci serve per rientrare» intervenne Giuseppina a troncare il discorso.

Il piccolo gozzo sembrava un puntino scuro in mezzo al blu della notte.

31

Ottobre 1903

«Lucia sta male, venite!»

Salvatore corse a chiamare sua madre e Agata poco dopo l'alba di una limpida mattina di metà ottobre. Per lui era quasi l'ora di andare al campo con Rosario.

Le due si infilarono subito nella casa accanto e trovarono Lucia seduta su uno sgabello con il viso deformato dal dolore. Non si era ancora fatto il suo tempo, secondo Za' Teresa mancava più di un mese.

«Agata, va' a chiamare Za' Teresa, subito! E tu, Salvatore, aiutami a metterla a letto. Poi, appena arriva la Za', vattinni che non sono cose da maschi queste» ordinò perentoria Cettina.

Lucia si sdraiò, afferrò con i pugni le lenzuola e strinse forte, le nocche esangui tremavano.

«Devi farti forza, che non sei la prima chi parturisci. 'Sto picciriddo ave premura di nascere, farai presto» cercò di incoraggiarla Cettina.

«Voglio mia madre, mandatela a chiamare, ve ne prego...»

«Ora ci mandiamo Salvatore, non ci pensare» la rassicurò la donna. Poi si voltò verso il figlio: «Hai sentito? Ancora qui sei? Curri subito a chiamare to soggira!».

Salvatore non se lo fece ripetere due volte, felice di avere una scusa per uscire e non dover stare chiuso ad aspettare tra quelle quattro mura.

Il fuoco in cucina languiva lento sotto le braci con una pentola in capo.

Cettina sistemò uno scialle dietro la testa della nuora. Quel letto era stato di sua madre. Minica aveva perso il marito giovanissima, un male lo aveva mangiato tutto da dentro e lei non aveva potuto dargli aiuto. Allora aveva deciso di imparare i 'raziuni e di dedicarsi alla gente.

Qualche minuto dopo Agata e Za' Teresa entrarono col fiato corto.

La stanza spoglia aveva un poco di muffa negli angoli anneriti del soffitto e solo una piccola finestra che dava sulla strada cui era appesa una tendina bianca. Una cassapanca di legno stava ai piedi del letto e un quadretto sbiadito della Madonna era appeso alla parete.

La Za' tastò la pancia di Lucia a lungo e guardò per vedere se già era pronta, ma la sua espressione fece trasalire Cettina.

«Che è, Teresa?» chiese allarmata.

«'U picciriddu è storto, ha i piedi sotto, bisogna girarlo.»

Agata rimase di sasso, non aveva mai sentito di bambini che uscivano per i piedi.

Lucia scoppiò a piangere. «Oh Signore, che ha il picciriddu mio?» urlò.

«Non havi nenti, sta megghiu 'i tia, è sulu missu o cuntrariu» tagliò corto la majara, continuando a tastarle la pancia. L'espressione che aveva in volto, però, non era rassicurante quanto le sue parole: non era la prima volta che raddrizzava bambini nella pancia, ma quello era messo proprio di traverso.

Lucia urlava in preda alle contrazioni, Agata e Cettina le tenevano le mani e le accarezzavano la fronte.

«Dov'è la figlia mia?» esclamò la madre di Lucia entrando nella stanza insieme a Salvatore.

«Il picciriddu è messo assà male, solo con le mani non ce la faccio. Cettina, devi andare a casa mia e cercare un vaso di unguento di erbe che mi serve» disse Za' Teresa, che voleva levarsi la donna dai piedi. Usò un tono talmente perentorio che Cettina non se lo fece ripetere due volte, imboccò la porta della piccola casupola e sparì.

Poi si rivolse a Salvatore: «Salvo, senti a me, vattinni che queste non sono cose da maschi, va' con Rosario e levativi davanti».

«Tinissi la mano a so figghia» disse Agata, cedendo il posto alla madre di Lucia dopo che suo fratello se n'era andato. Qualcosa le diceva che doveva mettere lei le mani sulla pancia della cognata. Gettò uno sguardo alla Za', che comprese subito.

«Agata, vieni cca.»

La ragazza si avvicinò e posò una mano sopra e una sotto la pancia di Lucia. Di colpo vide un bimbo moro e dai capelli ricci e folti correre a perdifiato in un prato. Rideva e chiamava papà. Non appena si riebbe dalla visione, Agata guardò la Za' sorridendo e annuì.

«Fai tu» la incoraggiò la donna.

«Ma che vuole dire fai tu?» sbottò la madre di Lucia. «Za', a levatrici sei tu!»

«Ti scordasti quando Agata ci levò il malocchio a to figghia?» rispose la Za'. «Idda sape fare le cose megghio di me, statti zitta ora e pensa a Lucia.»

Agata muoveva le mani sapientemente, in piccoli tocchi decisi.

«È incastrato qui» disse tastando l'osso del bacino.

La Za' annuì, posando anche lei le mani in quel punto. «'U saccio.»

Lucia continuava a lamentarsi, i dolori erano diventati insopportabili, aveva l'addome duro come un sasso e faticava a respirare.

Agata a quel punto pregò, invocando la Madonna nera. «Mi affido a te» disse sottovoce e infilò le dita poco sotto la pancia, vicino alle ossa del bacino. Sentì un calore fortissimo attraversarle le mani e di colpo il bambino scivolò e ruotò.

«Ora è messo giusto» disse la Za' tastando di nuovo la pancia. «Lucia, adesso a te tocca, vedi di spingere.»

Quando Cettina tornò, il bambino stava già per uscire.

«Alla fine si mise a posto anche senza unguento» tagliò corto la Za', vedendo l'aria incredula della donna.

«Ringraziamo a Madonna» esclamò Cettina.

«Avissi a ringraziare to figghia, invece» si fece scappare la madre di Lucia.

La Za' la incenerì con lo sguardo. Erano mesi che non raccomandava altro che tenersi chiusi su Agata.

«Che c'entra me figghia?» chiese subito Cettina, insospettita.

«Idda ci fece coraggio a so cugnata assà» provò a rimediare la donna.

Lucia con un urlo poderoso mise fine a ogni discorso.

Di lì a pochi minuti venne alla luce Giuseppe, sano come un corallo e tantu beddo.

«Dico a Salvatore di entrare e poi passo in chiesa, deve ringraziare la Madonna che tutto è andato bene» fece Agata.

«Vengo con te» disse Za' Teresa, dopo aver tagliato il cordone. «Io qui ho finito.»

«Nico è 'sto picciriddu, è nato quasi due mesi prima» disse la madre di Lucia preoccupata.

La Za' non si scompose. «È sano, crescerà bene, se c'era qualcosa ve lo dicevo, fatelo mangiare e fate mangiare Lucia che si deve fare il latte.» Poi prese Agata sottobraccio. «Iamuninni.»

Le due si incamminarono.

Agata era sopraffatta dall'emozione.

«Era la prima volta che vedevi una donna partorire?» le chiese la Za'.

La ragazza annuì.

«Io a te ti ho vista nascere, e a tanti altri, ave che faccio la levatrice me lo sto scordando. Non è un mestiere facile, non sempre le cose vanno bene.»

Quando il piccolo era nato e lo aveva tenuto fra le braccia, Agata aveva provato una sensazione di pace assoluta. Per un attimo non si era sentita parte di questo mondo, ma era rimasta sospesa come quando aveva le visioni.

«Se ti chiamano per altre donne che devono partorire, voglio venire pure io» disse alla Za', con una sicurezza che mai aveva provato prima.

Dal canto suo, dopo averla vista con Lucia, Teresa aveva capito che la ragazza era tagliata per quel mestiere e che poteva fare pure la levatrice se voleva: lei oramai si stava facendo vecchia e i picciriddi continuavano a nascere sull'isola. Giunte davanti alla chiesa di San Giuseppe, la Za' tirò dritto verso casa. «Ora ti salutu, ma ti aspetto domani quando torni dalla pesca» disse alla giovane con un cenno stanco della mano.

Nella luce tremula delle candele, inginocchiata davanti alla Sacra Famiglia, Agata giunse le mani e provò a pregare a modo suo. L'odore della cera si mescolava a quello un poco rancido dei fiori ormai quasi appassiti che decoravano l'altare.

«Si chiama come a te, questo picciriddo, e come a mio padre» disse, rivolgendosi al san Giuseppe barbuto raffigurato nel quadro.

Poi recitò dieci *Ave Maria* in onore della Madonna nera cui era devota e la ringraziò.

Anche tu sei arrivata dal mare come il nostro santo Bartolomeo, il mare leva e il mare dà, pensò mentre si faceva il segno della croce con le mani ancora bollenti.

Si disse che, se avesse potuto studiare, avrebbe voluto far nascere i bambini, ma non sull'isola. In città, negli ospedali, insomma un lavoro sistemato. Invece pescava totani e aiutava di nascosto la Za'. Non ci aveva mai pensato prima a fare la levatrice, ma ora che aveva visto suo nipote venire alla luce le era sorto questo desiderio di aiutare le donne a partorire, di sollevare i loro dolori, di assistere incredula al miracolo della vita.

Da quel giorno, quel desiderio mise radici in lei e si annidò lì, al centro del suo cuore, a covare come le braci sotto la cenere.

32

Marisa arrivò a sorpresa quel giorno, era domenica e lei non lavorava, la sartoria era chiusa. In casa c'era solo Cettina.

«Zia, come stai?» le chiese sorridendole e sfiorandola con un bacio affettuoso.

«Come sto? Sempre a stissa» rispose quella senza smettere di impastare. «Un poco di pane sto preparando.»

«Ho portato una cosa per il picciriddo, gli ho fatto una vestina per il battesimo.»

Cettina per un attimo si fermò, non capiva se sua nipote fosse veramente generosa o se giocasse a fare la signora prima del tempo. In ogni caso questi slanci a lei non piacevano, come non le piaceva che sua nipote si fosse messa in testa di fare la fimmina moderna.

Agata in quel momento entrò dalla porta tenendo due dita infilate nelle branchie di un pesce. Non appena vide la cugina lo gettò nella tinozza accanto alla finestra, si pulì le mani nel grembiule e la abbracciò.

«Ma che sorpresa!» esclamò.

«Volevo portare un pensierino per il piccolo.»

«Vediamo, posso?» chiese Agata. «Aprilo tu che hai le mani pulite, le mie fanno puzza.»

Marisa mostrò ciò che aveva realizzato.

«È una meraviglia, grazie, a Lucia piacerà tantissimo» disse Agata.

Cettina rimase in silenzio, continuando a impastare.

«Allora, questo matrimonio?» chiese Agata.

«Abbiamo ancora da decidere la data, ma forse dobbiamo spostarlo ancora un po' più in là. Francesco ha in ballo un grosso affare a Napoli e poi c'è la casa da finire di sistemare a Messina, sta facendo fare dei lavori, ci sono tante cose da pensare, ma nessuno ci rincorre, io intanto lavoro che poi mi sa che devo smettere di cucire» aggiunse un po' risentita. «Francesco non ne vuole sapere che io continuo a lavorare, dice che devo badare alla casa e ai picciriddi, che ci pensa lui a me, che i picciuli li ha e devo fare la signora.»

«La signora! Ma sentila a me nipute» sbottò Cettina. «Tutti gli stessi sono, vogliono la serva dentro che li aspetta a casa con tutte cose fatte e il mangiare pronto, ti pare che il tuo fidanzato forse è diverso?» aggiunse con aria sprezzante.

«Zia, ma che dici? Francesco travagghia assà e guadagna bene, non mi farà mancare nulla.»

«Buono» rispose la donna tagliando corto. *C'ha a sbattere a faccia puru idda*, pensò, *accussì si insigna*.

«Ora vado, vi salutu.» Posò il pacchetto sulla madia e si avviò verso la porta.

«Ti accompagno» fece Agata.

Sulla soglia le due ragazze si abbracciarono a lungo.

«Grazie, Marisa.»

La giovane chinò il capo e annuì come a dire «di nulla».

«Lo sai com'è fatta» aggiunse Agata in un sussurro, allargando le mani.

«Lo so, lo so.» Marisa si allontanò a passi svelti con i lunghi capelli che le accarezzavano le spalle a ogni passo, elegante e bella come non mai. Agata la guardava con ammirazione, poi rientrò in casa.

«Ci vado io da Lucia, così vedo come sta.»

Cettina la guardò storto. «Poi però vedi di venire a fare qualche cosa, che stamattina mi pare che hai testa solo per andare a spasso.»

Agata si fece scivolare addosso le parole e lo sguardo severo della madre. Sgattaiolò fuori dalla porta e si infilò in quella della cognata.

«È permesso? Lucia?» chiese Agata bussando.

«Vieni, entra» rispose la cognata.

«Come sta Giuseppe?»

«Dorme.»

«Lucia, vedi che è passata Marisa e ha lasciato un regalo per il bambino. Gli ha cucito una vestina per il battesimo! Neanche a Messina si trovano cose così belle e raffinate! Guarda» esclamò Agata, porgendo un pacchetto alla cognata.

La ragazza aprì l'involto di carta e rimase a bocca aperta. Accarezzò il vestitino candido, ornato da un pizzo delicato. *Sembrerà un angelo il picciriddo mio*, pensò sorridendo. «Ringraziala da parte mia, ha le mani d'oro, Marisa, è davvero bellissimo. Ad avere i picciuli, il vestito da sposa da lei me lo facevo fare.»

Agata annuì. «Tu come ti senti?» le chiese.

«Un poco debole, ma mia madre oggi è venuta ad aiutarmi e a mettere su una cosa per Salvatore, così quando torna dal campo mangia subito.» Fece una pausa, poi le prese le mani e aggiunse: «Agata, io ti devo ringraziare... è la seconda volta che mi aiuti. Hanno ragione quelli che dicono che tu hai qualcosa, che le tue non sono majarie come quelle delle altre donne che fanno i 'raziuni».

«Non faccio nulla di speciale, e se tu o il picciriddo avete bisogno devi solo chiamarmi che io corro» rispose Agata, abbassando lo sguardo. Ancora non sapeva bene come gestire le conseguenze del suo dono, e la gratitudine degli altri la metteva in imbarazzo, tanto che arrossiva e si schermiva cambiando discorso.

«E se c'è Salvatore? Lo sai com'è fatto...» sussurrò Lucia con aria rassegnata. Suo marito non vedeva di buon occhio quello che faceva la sorella e più volte lo aveva ribadito, tanto che Lucia evitava ogni discorso quando lui era presente.

«Salvatore ha un malu carattiri, ma non è sempre stato così... Quando c'era nostro padre...» Si interruppe, per un attimo sopraffatta dai ricordi. «Comunque puoi sempre chiamarmi quando lui non c'è. A proposito, a momenti arriverà.»

«Potresti rimanere ancora un po'? Magari gli versi la minestra tu, a me gira la testa e il picciriddo fa fatica ad attaccarsi per adesso. Il latte ancora non viene e io mi sento un poco confusa» la pregò la ragazza in lacrime.

«Sta' tranquilla, non me ne vado. Ma Salvatore lo dovrebbe capire che hai appena partorito e per una volta la minestra se la può versare pure da solo. Che discorsi sono questi?»

«No, no, che poi si arrabbia e io non voglio. A mio marito tutte cose faccio io, ma oggi non mi reggo all'impiedi» disse lei.

«E ci mancasse! Ti devi rifare il sangue... Siediti, ora.»

«'U saccio, fiacca assà mi sento» aggiunse Lucia mettendosi di nuovo a letto.

«Comunque adesso tu devi pensare a te e rimetterti in forze. Spero che almeno di te lui abbia rispetto, perché con me...»

«Tuo fratello è mio marito e io devo rispettarlo, così deve essere» la interruppe asciutta e rassegnata Lucia, che forse non era pronta ad affrontare quel discorso. «Mi sto zitta e faccio quello che dice lui, così mi ha insegnato mia madre e così faccio.» La questione, per lei, sembrava finire lì.

«Sì, capisco... però non gliele devi dare tutte vinte, o quello ti metterà sempre i piedi in testa... A me mi pare che la gente si sposa e finisce che sono i fimmine chidde che travagghiano per tutti. I maschi dovrebbero capire che le mogli non sono le loro serve, e mio fratello è meglio se per qualche giorno se la sbriga da solo. Così tu ti riprendi un poco.»

Proprio in quel momento, Salvatore entrò dalla porta e salutò le due donne scuro in volto. Aveva sentito le parole di Agata e quella confidenza che la sorella si era presa con sua moglie non gli piaceva per niente. Guardò Lucia con aria di rimprovero e lei abbassò gli occhi, mortificata. L'istante dopo, invitò Agata a uscire e a tornarsene a casa sua. Lo fece in tono perentorio, ma lei non si mosse.

Lucia nel frattempo si spostò lentamente verso la culla dove il piccolo Giuseppe dormiva beatamente, la avvicinò al letto e si coricò di nuovo, ripromettendosi di stare più attenta a non fare nulla che potesse infastidire il marito. In cuor suo sapeva che Agata aveva ragione, ma sapeva anche di non essere come sua cognata: lei si spaventava di ogni cosa e si contentava di quel poco che Salvatore le dava, le bastava avere un uomo accanto.

«La minestra me la verso solo, Luci', stattene pure a letto, ma a mia sorella confidenza non ne devi dare più. Non te lo voglio dire una seconda volta... Non hai niente da imparare da lei, proprio niente.»

Agata, che stava per andarsene, alle parole malevole del fratello sbottò: «Che significa che tua moglie non ha nulla da imparare da me?».

«Quello che ho detto: solo camurrie hai portato, a *tutti*» replicò lui, tagliente.

Agata rimase di sasso, ma poi ribatté: «Quella che porta solo camurrie ha salvato la vita a tua moglie e a tuo figlio che era messo di traverso».

«Tu ti credi una maga, vero? Ti credi onnipotente! E invece sei solo una sciocca, questo sei!»

Lucia trasalì: che voleva dire suo marito?

«La vedi?» chiese alla moglie. «Non fa che disubbidire a nostra madre, quella povera donna le ha detto che non deve fare majarie e lei continua. La farà morire di crepacuore, questa disgraziata. Forse si crede furba, si crede speciale, e invece è nuddu immiscatu cu nenti.»

Quelle parole colpirono Agata come schiaffi. E d'un tratto capì: non c'entrava niente il dono, le majarie, quello era solo il pretesto per prendersela con lei. Cettina non l'avrebbe mai accettata e nemmeno Salvatore. Madre e fratello volevano una ragazza docile, pronta a chinare il capo e a subire le loro imposizioni, non una che ragionava con la sua testa. Agata decise che anche in quell'occasione avrebbe seguito l'istinto, e l'istinto le diceva di infischiarsene di tutti e continuare a curare le persone; avrebbe tirato dritto per la sua strada, anche se il petto le doleva come se Salvatore le avesse strappato la carne a vivo.

33

Il mare era mosso e arrabbiato e i pesci erano spariti di colpo. Si usciva poco e si pescava ancor meno, ogni volta le barche tornavano vuote come erano partite, le reti piangevano solo acqua salata e poco altro.

I pescatori non si spiegavano una simile penuria e la fame si faceva sentire più del solito. Al porto, il malumore serpeggiava fra le imbarcazioni e qualcuno cominciò a dire che qualche maledizione era caduta sull'isola, che serviva una 'raziune.

Don Girolamo durante la messa pregò Sammartulu di mandare un po' di pesce, parlò di gettare le reti a destra come Gesù aveva suggerito agli apostoli, invocò san Pietro, ma i giorni passavano e il mare sembrava essersi svuotato. Giuseppina non ricordava un momento di magra come quello, Agata andava toccando cose ma non le arrivava nessuna visione, nulla proprio.

«Dalla Za' dobbiamo andare» dissero gli uomini. «Lei ci ha aiutati sempre quando la mala sorte ci toccava.»

Za' Teresa fece cose col piatto e l'olio e niente vide, disse che non era cosa di malocchio. Era convinta, e tutti le credettero perché su queste cose lei non sbagliava mai. Poi però chiamò Agata in disparte. «Tu niente hai visto o sentito? Niente ti viene di fare?»

Agata scosse la testa.

«È strana 'sta cosa, io mi ricordo che anni fa c'era una che faceva delle cose per il pesce e per calmare il mare, dalle parti di Canneto, ma muriu. Sicuro Zu' Bastianu saprebbe cosa fare» aggiunse la Za' pensierosa.

Agata salutò la Za' e trovò Rosario ad aspettarla. In quei giorni suo fratello le andava incontro ogni mattina prima di salire al campo con Salvatore. Si incamminarono insieme verso casa.

Le raffiche pareva non volessero cessare, montavano e fischiavano e il boato in sottofondo non prometteva nulla di buono per chi voleva uscire, il mare agitato prendeva vita sotto la corrente che infuriava, era tutto un accavallarsi di onde scure. Un vento insolito mozzava il respiro e scombinava perfino i pensieri, la sua voce cupa vibrava a fior di pelle.

«Agata, ho pensato una cosa» le disse Rosario prendendola per mano. «Io ti ho vista fare quella cosa col fuoco, quando c'era l'incendio, non me lo scordo. Solo tu ci puoi riuscire, più ci penso e più mi faccio persuaso che devi provare a risolvere il problema.»

«Saro, ma che vai dicendo? Non so manco da che parte si comincia!»

«E tu prova, va' da qualche parte, sola, e vedi se ti viene di fare qualcosa.»

Poco distante da loro, un ragazzo con un involto sottobraccio camminava a passi svelti tenendosi il cappello con la mano e sembrava cercare qualcosa. Rosario lo riconobbe subito e si avviò nella sua direzione. «Ti sei perso per caso?»

Il ragazzo sorrise. «Rosario, giusto?»

«E tu sei Antonio.»

Agata, che li aveva raggiunti, lo salutò. «Sei il garzone del calzolaio, vero?»

«Sì, devo fare una consegna ma forse ho sbagliato strada.» Poi, sollevando il pacchetto di carta sgualcita, aggiunse: «Devo riportare queste al maestro».

«Ma il maestro non sta qui a Marina Corta, ora ti ci accompagno io a casa sua, tanto con questo tempaccio pure che tardo un poco ad andare al campo non succede nulla» si propose Rosario. «Agata, tu vai e di' a Salvatore di non aspettarmi.»

La ragazza avvertì una sensazione strana, un brivido che le corse fra le scapole, ma annuì e salutò i due, seguendoli per un po' con lo sguardo, prima di imboccare la salita verso casa.

Passando accanto alla chiesa buttò un occhio dentro. «Madonnuzza mia, se c'è qualcosa che posso fare per la mia gente, io qui sono» mormorò segnandosi.

I due si misero in cammino, passando davanti a uno stuolo di donne indaffarate a chiacchierare, messe tutte in fila, come se aspettassero il loro turno per qualcosa.

Antonio le osservò con aria stupita.

«Hanno i pidocchi» gli confidò Rosario ridendo.

Il ragazzo strabuzzò gli occhi e d'istinto fece un balzo di lato.

«Sono in fila dalle pettinatrici che glieli devono levare.»

In quel raduno di femmine, le ciarle, i pettegolezzi, e le calunnie passavano di bocca in bocca, come il bisbiglio di uno stormo di passeri. Erano sempre le assenti o gli assenti che venivano presi di mira da quel fuoco di parole. Una pioggia di «cornuto», «malafemmena», «carogna» cadeva in capo a quelli che avevano la disgrazia, o meglio la fortuna, di non essere presenti ad attendere il loro turno di venire spidocchiati.

Quel cicaleccio fitto fitto divertì Antonio.

L'abbondanza di parole con cui quelle donne manifestavano il proprio stato d'animo dava vita a un frasario così colorito, così bene espresso, che era meraviglioso da ascoltare; ma per lui, che non era nato in Sicilia, era difficile comprenderlo fino in fondo.

«Tu non sei di Lipari, vero? Non ti ho mai visto» gli disse Rosario, intuendo che il ragazzo non fosse originario di quella terra.

«No, no, sono di Napoli, un anno fa sono arrivato, ma non sono un delinquente» precisò subito.

«Un coatto di quelli buoni sei, allora» esclamò Rosario ridendo. «Sento solo storie brutte che arrivano dal castello.»

«Lo so, ma non siamo tutti così, ci stanno brave persone, molti faticano.»

«E quindi come ci sei finito qui? Così giovane? Che hai combinato?» chiese Rosario incuriosito.

«Facevo politica» rispose Antonio arrossendo e abbassando gli occhi.

Rosario ne fu subito affascinato. Mentre camminava accanto a lui si sentiva leggero e avrebbe voluto che il tempo si fermasse.

Antonio, da parte sua, aveva rallentato il passo, pensando a come rivedere il suo nuovo amico.

«Quindi tu non conosci bene l'isola» fece Rosario.

«No...»

«Vorrà dire che un giorno di questi ti porto in un posto da dove si vedono Vulcano e Vulcanello, al Capparo, in cima alla montagna qui dietro casa mia, sopra Punta della Crapazza, però si deve camminare un poco.»

«Camminare non mi spaventa, sto sempre fermo alla bottega. Non conosco questi posti ma saranno belli, posso venire domenica che il negozio è chiuso e non sono obbligato a restare al castello. Da quando lavoro, mi danno il permesso di uscire per una passeggiata la domenica.»

«La casa del maestro è questa, io ora devo proprio andare» disse, indicando un'abitazione chiara e sobria, dalla massiccia porta di legno scuro a un solo battente. «Ti aspetto al porto dove sei venuto stamattina, allora.»

«Grazie, Rosario, a domenica» lo salutò Antonio con un sorriso che gli illuminò perfino gli occhi.

Si somigliavano, tutti e due mori, alti, muscolosi, beddi come solo i giovani un poco selvatici sanno essere, quelli cresciuti a pane, travagghio e solitudine.

34

Domenica mattina, prima della messa, Agata scese a Marina Corta. Voleva passare dalla Za' per vedere se serviva qualcosa. Avvolta nello scialle camminava con la mente affollata di pensieri. Anche se ogni giorno aiutava qualcuno, aveva sempre un formicolio alle mani e tanta confusione in testa, faceva sogni strani: il mare, i pesci, Tanu... E nel sonno sentiva voci parlare in altre lingue. Al risveglio cercava di non pensarci perché non sapeva che nome dare a ciò che le accadeva.

Mentre percorreva la discesa verso Marina Corta, dietro una delle barche vide due persone che si abbracciavano e di colpo la sua mente volò a Tanu, quanto avrebbe voluto poterlo stringere allo stesso modo.

I due si sciolsero dall'abbraccio e Agata notò una carezza, un gesto intimo e delicato, e sorrise pensando a un ragazzo e una ragazza che stavano rubando un momento di tenerezza in mezzo al silenzio della mattina.

Continuò a camminare senza smettere di guardare quei due, ma avvicinandosi realizzò che erano due maschi. Quando fu abbastanza vicina da distinguerne i tratti realizzò che erano Antonio e Rosario. Si stavano salutando e ridevano felici, ma a quel punto la ragazza non poté fare a meno di ripensare a una delle sue prime visioni, quando aveva visto suo fratello con un ragazzo e poi quello stesso ragazzo dietro le sbarre di una prigione. Rosario non era uno di quelli a cui piacciono i maschi, era stato Antonio a toccarlo, lo aveva visto quel gesto. Solo guai portavano quelli che venivano da fuori. Doveva metterlo in guardia a suo fratello, che quell'Antonio non le piaceva per niente.

I due si allontanarono parlando, e lei accelerò per non essere vista. Deviò verso casa di Za' Teresa col cuore in gola.

Quel giorno c'era una calma insolita nella cucina della donna.

«Za', ma la 'raziune per il malocchio dei pesci tu la sai?»

«Certo, non è molto che l'ho usata, ogni tanto Za' Bartulidda gliela lancia qualche làstimia ai pescatori, chidda porta male assà si ti varda nel modo sbagliatu.»

«Insegnamela, allora» fece la ragazza.

«Non è cosa di malocchio questa del pesce, già ho guardato io... Però provare non costa niente, in bocca a te può essere che ha un altro effetto.»

«Tu dimmela, allora, che la voglio sapere, poi si vede.»

Za' Teresa si chinò e le sussurrò un ritornello all'orecchio.

«Non è difficile da ricordare.»

La Za' aveva capito che Agata stava imparando a usare il suo dono, che a poco a poco ci prendeva confidenza, e sapeva anche che avrebbe provato a risolvere il momento di magra che stavano affrontando tutti i pescatori. Lei ci aveva provato, ma con le sue 'raziuni non poteva farci nulla, non era cosa che poteva risolvere. Qualcosa si era messo di traverso e andava sbloccato, e per farlo serviva qualcuno che sapeva dialogare con gli elementi: Agata aveva quel potere, ne era certa, anche se ancora non era in grado di padroneggiarlo.

Uscita dalla Za', Agata assisté alla messa nella chiesa di San Giuseppe, pregando con addirittura maggiore devozione del solito. Dopo pranzo, uscì come se volesse salire al campo e puntò dritta al centro della radura dove aveva visto le pietre girare, e dove si diceva ci fosse la tomba di Eolo. Lì era iniziato tutto e lì sarebbe andata a recitare la sua preghiera. Voleva provarci, l'idea le era venuta di notte mentre pregava.

Quattru pani e quattru pisci
A to casa si 'bbuonisci...

Mentre recitava quelle parole, cominciò a girare su se stessa e sentì di nuovo il vortice risucchiarla con forza. Di colpo non vide più nulla, non sentì più alcun rumore provenire da fuori, né il vento, né il freddo. Lo scialle che indossava volò a terra dopo aver volteggiato come una foglia d'autunno. Era sospesa in una sorta di spazio buio fuori dal tempo, dove avvertiva palpitare la terra e il mare all'unisono col suo cuore. Si sentiva leggera e allo stesso tempo forte.

D'un tratto le parve di vedere a poca distanza dalla costa un muro invisibile che isolava i fondali e le secche, svuotandoli.

Quattru pani e quattru pisci
A to casa si 'bbuonisci...

Continuò a ripetere la formula finché una luce abbagliante non si abbatté contro quel muro, mandandolo in frantumi. A quel punto si accasciò esausta.

La terra scura sotto di lei odorava di buono, annusò quel profumo e vi si abbandonò. Quando cominciò a sentire freddo tentò di rialzarsi, cercando di ignorare il capogiro. Non sapeva quanto tempo fosse passato. Sopra di lei le nuvole si erano radunate in un cerchio scuro e minaccioso.

Pian piano si avviò verso casa. Madre e fratello avevano già cenato. Il fuoco ardeva rosso e caldo sotto un tegame che odorava di fave e finocchietto. Le parve di non aver mai sentito un odore più invitante, aveva fame, da diversi giorni mangiavano solo zuppe di legumi o verdure senza una manciata di pesci a dare sapore e forza.

Cettina si rigirava nel letto, finse di dormire quando Agata salì e si coricò. Da giorni la donna aveva addosso un'inquietudine che non riusciva a ignorare.

Fuori si sentiva montare il vento, anche quella notte la bufera avrebbe gonfiato il mare e tenuto le barche a secco.

L'indomani, appena sveglia, Agata controllò il vento e le onde: pareva che tutto fosse tornato calmo. Nell'aria si sentiva profumo di buono, di erba e terra e pesce. Pesce, finalmente.

«Saro, vieni, esci un attimo!» gridò.

Rosario la raggiunse ancora mezzo addormentato.

«Lo senti pure tu questo odore così forte?» chiese lei.

Il ragazzo si stropicciò gli occhi, soffocò uno sbadiglio e annusò l'aria. «Io non sento niente, ti sei fissata con questi odori...»

«Comunque mi pare un momento buono per uscire a pesca, questa notte mi tengo pronta.» Osservò cielo e mare, strofinandosi le braccia. «Saro, una cosa ti devo dire» aggiunse poi con aria seria.

«Dimmi, che ci fu?»

«Ieri mattina ti vitti con Antonio, quando vi siete salutati» e sottolineò il *salutati* con un tono grave.

Rosario trasalì, la guardò con aria colpevole perché nemmeno lui si aspettava che Antonio lo abbracciasse e gli accarezzasse il viso e i capelli. Era imbarazzato, non immaginava di essere stato visto. «E che sarà mai...» provò a tagliare corto.

«Devi stare attento, per te e per iddu puru. Ho visto qualcosa che non mi è piaciuto» sentenziò lei.

«Sei esagerata, però. Io non lo so cosa gli è preso, ma io stavo bene e non mi pareva che facevamo qualcosa di male...»

«Non parlo di chiddu che ho visto al porto, parlo di una cosa che vitti tempo fa, quando ti stavo dando la minestra. Ogni tanto lo sai che ho queste visioni. C'eri tu con un ragazzo di spalle, non so chi, e poi vidi una prigione. Mi scantaiu assà. Queste cose non vanno bene, Saro, tu non devi più dargli confidenza a quel ragazzo che manco sappiamo chi è. Non è di qui, iddu sta coi coatti, capisci?»

Rosario era spaventato: Antonio era un bravo ragazzo, avevano fatto una bellissima passeggiata, si erano detti tante cose e lui era stato bene come con nessuno in vita sua, ma se Agata aveva avuto quella visione, voleva dire che poteva succedere davvero qualcosa di brutto. E questo lo spaventava non poco.

«Agata, sei sicura che non ti sei sbagliata? Antonio è sistemato, lavora, non ha niente a che spartire coi coatti, coi malacarne... Lui lo hanno mandato via per la politica da Napoli» disse Rosario, che non era poi nemmeno così certo di avere capito di che cosa si trattasse.

«Ma dici vero? Ma manco tu ci credi a questa cosa della politica... Per me lo hanno mandato perché gli piacciono i maschi. Ad ogni modo, tu sta' accura, sempre.»

«Non pensarci più, io so badare a me. Ora mangiamo qualcosa, che tra poco passa Salvatore per andare al campo» la liquidò il ragazzo in tono protettivo.

La notte successiva i pescatori di Lipari pescarono il pesce che non avevano preso in settimane e quella dopo pure. Tutti gridavano al miracolo. Solo la Za' non credeva a un cambio così repentino della sorte. A senso suo c'entrava Agata con quella storia, ma tenne i suoi pensieri per sé, anzi ai pescatori che incontrava diceva: «Vu dissi chi nun ce n'erano làstimie né malocchi, il mare si doveva aggiustare solo».

Agata non sapeva se quanto aveva fatto c'entrava con quell'abbondanza, ma era doppiamente felice perché tutto quel bendidio per lei significava solo una cosa: riempire le ceste e spostarsi a Milazzo, significava rivedere Tanu.

Ringraziò la Madonnuzza sua, si segnò tre volte e sperò che al porto della cittadina ci fosse lui ad accoglierle.

35

Il gozzo di Giuseppina arrivò a Milazzo carico come poche volte, uno degli uomini di Tanu accorse loro incontro. «Talè che c'è qua» esclamò a voce alta.

Tanu pure si avvicinò poco dopo fingendo interesse per il pesce, ma in realtà il suo sguardo cercava Agata. Non riusciva a smettere di pensare a lei, quella picciotta isolana gli faceva ribollire il sangue: aveva gli occhi limpidi e pieni di una forza che non aveva mai visto in nessuna.

«Donna Giuseppina, assabinidica, vedo che nelle isole ve la passate bene quanto a pesce!» esclamò. La camicia un poco sgualcita si era bagnata sul davanti e aderiva al petto. Agata afferrò le ceste cariche e iniziò a porgerle agli uomini, far andare le mani era un modo per non pensare al cuore che le rimbombava nelle orecchie.

«Permettete?» chiese Tanu porgendo la mano a Maruzza e Assunta. «Conviene che scendete dalla barca, che ci vuole un poco a scaricare e svuotare tutto il vostro carico... Perché nel frattempo non vi fate una passeggiata qui al porto? Giuseppina, sono certo che tuo cugino sarebbe felice di salutarti, lo trovi alla sua barca, all'inizio del molo.»

Mentre parlava Tanu porse la mano pure ad Agata, non appena le sfiorò la pelle desiderò non lasciarla più. «Agata, giusto?» le chiese, cercandole lo sguardo e sorridendo.

«Giusto» rispose lei abbassando il viso.

«Qualcuna di voi è meglio se resta qui, a dare un occhio alla barca» disse Tanu. Poi liquidò i suoi uomini in men che non si dica, impartendo loro ordini su dove e come vuotare le ceste delle donne, e quelli si allontanarono afferrandole per i manici.

«Pare che siamo rimasti soli» disse poi ad Agata che, intimorita, se ne stava impalata in mezzo alle barche ormeggiate. Tutt'intorno era il caos di pescatori e di sartiame e funi e gabbiani e voci che si rincorrevano. Poco più avanti una catasta enorme di legname dominava parte del molo.

«Vieni con me, non se ne accorgerà nessuno, ti mostro una cosa» le disse con gli occhi che ridevano.

La ragazza si guardò attorno per un attimo, non conosceva anima viva.

«Forza, seguimi.»

Tanu la portò accanto al legname. «Vieni, da qui dietro si vede il fondale.» Le afferrò la mano e aggirò la catasta di assi, in direzione del mare.

«Tanu, io...» balbettò lei.

«Non hai nulla da temere, qui non c'è nessuno, solo acqua e cielo.»

La ragazza lo seguì e si appoggiò con le spalle alla barriera di legna, guardando verso il mare e verso il fondale trasparente. Si vedevano dei piccoli pesci scuri nuotare velocemente. Ne rimase affascinata.

Tanu le accarezzò una guancia col dorso della mano. «Sei bella, Agata» sussurrò, avvicinandosi.

La ragazza ricordò che quando lo aveva fatto Pietro aveva provato un forte e inaspettato senso di disagio, mentre adesso desiderava con tutta se stessa continuare a sentire il suo tocco sulla pelle.

Poi le loro labbra si sfiorarono e fu come se entrambi avessero atteso tutta la vita quel momento. Tanu le teneva le mani sul viso e non si fermò. Un bacio lento che parve durare un'eternità, il primo che Agata avesse mai dato e che la fece avvampare di un piacere e un desiderio mai provati prima. La barba di Tanu era morbida e sapeva di buono, Agata gli accarezzò una guancia sorridendo.

«Quanto mi piaci, Agata... E quanto vorrei poter rimanere qui con te...» mormorò, guardandola dritto negli occhi. «Ora però si è fatto tardi. Esci da sola e torna alla barca, io esco tra poco così nessuno si accorge di niente» le sussurrò all'orecchio dopo averlo sfiorato con le labbra.

Agata annuì e si allontanò senza dire una parola, completamente sopraffatta da quello che era successo. Se l'avessero scoperta sarebbero stati guai. Pensò a Salvatore, a quello che le aveva detto, pensò a suo padre che voleva che si sposasse con un isolano scelto da sua madre e suo fratello. Pensò pure a sua cugina Marisa, che forse sarebbe stata l'unica a capire. Pensò a tutte queste cose e anche al fatto che non avrebbe permesso a nessuno di rubarle quella felicità che le scoppiava dentro.

E se il prezzo da pagare era portare il peso di un segreto così grande, lo avrebbe portato, perché niente e nessuno le avrebbe impedito di rivedere Tanu.

36

Novembre 1903

Era passato qualche giorno dalle notti di pesca miracolosa, novembre era appena cominciato e le barche erano approdate tutte insieme, tutte nello stesso posto. Un cambio improvviso del vento e della corrente aveva costretto chi era fuori a rientrare velocemente nella piccola insenatura dominata dalla chiesa di San Giuseppe e dalla sua scalinata in pietra: il porto più riparato e sicuro in cui rifugiarsi.

Non era ancora l'alba e una volta a terra i pescatori avevano raccolto le reti senza perdere tempo, incuranti di quel che contenevano, contenti solo di tornare sani e salvi alle loro case.

D'un tratto l'urlo disperato di mastro Beppe aveva straziato la notte. «Pietro! Pietro, che hai? Pietro, rispunnimi!» urlava angosciato.

Le donne stavano sistemando i remi quando sentirono le grida dell'uomo e accorsero subito, preoccupate, perché mastro Beppe raramente alzava la voce.

Pietro era riverso a terra, bocconi, sulla spiaggia di rena scura, privo di sensi.

Agata mollò ogni cosa e si inginocchiò accanto all'amico, lo prese di peso per le spalle e con l'aiuto di mastro Beppe lo girò.

Pietro sembrava morto, gli occhi rovesciati, le labbra violacee, il respiro impercettibile.

Attorno a loro si era formato un capannello che comprendeva Giuseppina, Assunta, Maruzza ed Emanuele, il cognato di Cettina. Assunta guardava Pietro, per lei il ragazzo migliore fra tutti quelli di Marina Corta, e non poteva credere ai suoi occhi. Il giovane garbato cui spesso sorrideva, quello che era sempre gentile con tutte loro, pareva più di là che di qua.

Senza pensarci due volte Agata gli posò una mano sulle costole. Il cuore dell'amico non batteva più, ma una scarica fortissima le attraversò il braccio per entrare nel petto di Pietro. Qualche istante dopo il cuore tornò a pulsare.

Le guance di Pietro tornarono rosee e a poco a poco riprese i sensi.

Giuseppina aveva piegato il suo grembiule e quello delle ragazze a formare un cuscino e glielo aveva messo delicatamente sotto la testa che era abbandonata e senza forza come quella di una bambola di pezza.

Pietro riaprì gli occhi e vide Agata con un'espressione terrorizzata: si teneva la mano ormai bollente, guardandola come si guarda qualcosa di sconosciuto, di incomprensibile. Il giovane sorrise e indicandosi le costole mormorò: «Agata, ho sentito qualcosa qui».

«Io, io... non ho fatto nulla» farfugliò lei, ma tutti avevano visto che Pietro era più morto che vivo e le era bastato toccarlo per farlo riprendere.

Giuseppina ormai aveva capito che Agata aveva il dono, ma si stette zitta con tutti.

«Che diavoleria è mai questa?» esclamò mastro Beppe. «Idda ci fici qualcosa! È 'na majara come sua nonna Minica, ma più assai di lei mi pari pratica, chidda non ni fici mai di 'sti cosi.»

«Beppe, zittute! Ma quale majara e majara? Non dire fissarie, Pietro ha avuto una congestione e ci passò» tagliò corto Giuseppina cercando di sviare l'attenzione da Agata.

Solo che mastro Beppe zitto non ci restò per niente e nel giro di pochi giorni si cominciò a parlare a voce alta e alla luce del sole di quello di cui prima si bisbigliava soltanto nel chiuso delle cucine: Agata era una che curava ma senza parole, le veniva tutto dalle mani. Suo zio Emanuele non ce la fece a tenersi chiuso, da un lato era pure contento che a quel muso lungo di sua cognata fosse capitata una figlia più potente assà di una majara, così forse la smetteva di starsi sempre sula; dall'altro lo rassicurava pensare che, se avesse avuto bisogno, sua nipote avrebbe potuto aiutarlo.

«Se è vero che fa queste cose, come mai fino a oggi non ne abbiamo saputo nulla?» si chiedevano piccate le poche donne che erano venute a conoscenza della cosa solo dopo la faccenda di Pietro.

«Conoscendo Cettina, voleva tenerlo nascosto, si siddia. Madre majara e figghia peggio, e idda nenti, quella non vuole impicci, se ne sta bene per i fatti suoi.»

«A mia mi pare strano che 'sta picciotta sa fare cose così e nessuno se n'è mai accorto...»

«Ma quale nessuno? Avi chi cura di mattina a casa di Za' Teresa. Dicono a tutti di starisi zitti e muti, ma è lei che fa i 'raziuni, di nascosto da sua madre...»

Le voci si rincorrevano e a poco a poco venne fuori che la ragazza aveva aiutato tanta gente senza volere manco un grazie. Agata cominciò a essere guardata in modo diverso, si sentiva gli occhi addosso quando camminava o quando era intenta a sistemare le cose della barca sulla spiaggia. Aveva la sensazione che la osservassero tutti, e che i tentativi di tenere il suo segreto per sé erano naufragati la mattina in cui aveva riportato Pietro a questo mondo. Lo avrebbe rifatto altre mille volte, Pietro era per lei un fratello, l'amico con cui era cresciuta, ma il prezzo per avergli salvato la vita era aver svelato cos'era diventata la sua.

Ci fu pure chi andò a parlare con Cettina, ma idda, a chi diceva che la figlia aveva sanato Pietro, rispondeva che la gente aveva troppa immaginazione. Tra quelli che andarono da lei ci fu pure suo cognato Emanuele. «La vitti io Agata, coi miei occhi, a Pietro lo ha fatto resuscitare proprio!» le disse.

«E tu ti sei scomodato a venire fino a qui per dirmi questa cosa? Io dopo che tuo fratello è partito di problemi ne ho avuti assà e nuddu se n'è mai impicciato, ora di colpo tutti quanti vi prendete la briga di pensare ad Agata. Mia figlia la dovete lasciare in pace, ora deve solo pensare a trovare marito e a sistemarsi, che se si sparge la voce che è una strana, nuddu se la pigghia, menza parola, cugnatu.»

Emanuele, che non era uomo di grandi discorsi, non aveva insistito oltre. Conosceva Cettina e sapeva anche che il suo modo di fare così brusco e spiccio era dovuto al fatto che Pino era partito e mai più tornato, e che forse anche lei aveva saputo che aveva un'altra donna e pure un picciriddo là in Argentina.

Lui a suo fratello pure non lo vedeva né lo sentiva da quando era partito, ma aveva la sua di famiglia a cui pensare e sua moglie di nuovo incinta, non poteva farsi carico anche di un'altra donna e dei nipoti, che a quanto vedeva se la cavavano bene pure da soli.

«Ti salutu, Cetta, se abbisogni sai dove trovarmi» le aveva detto toccandosi leggermente la visiera del cappello liso e ormai sfondato. E si era allontanato a passi malfermi, ondeggiando come se stesse sulla sua barca invece che sulla terraferma.

37

Non passò molto che il cuore di Pietro decise di rallentare la sua corsa. Il ragazzo faticava ad alzarsi dal letto e smise di uscire in barca. Era dimagrito, la voce prima squillante e forte si abbassò a un sussurro. Chiamarono il dottor De Mauro e quello, dopo averlo visitato, disse che aveva qualcosa al cuore, qualcosa di grave: bisognava portarlo in un ospedale in città. Mastro Beppe e sua madre non se lo fecero ripetere due volte e si adoperarono per portarlo a Messina.

Partirono tutti e tre una mattina che l'umidità era così intensa da bagnare i vestiti. Soldi per pagare il dottore non ne avevano, ma pesci sì. In una cesta di vimini, dentro un panno di stoffa bianca, Anna, che per suo figlio Pietro avrebbe fatto di tutto, aveva avvolto saraghi e una cernia, e dei calamari che ancora si muovevano. Avevano dato una mano tutti, pure le donne, ognuno aveva portato qualcosa dalle proprie reti, come si usava quando qualcuno aveva bisogno, il poco che c'era si spartiva. Anche lei aveva pescato da ragazza, con Cettina, Giuseppina e Domenica. C'era anche lei la notte in cui Cettina aveva partorito. Il suo Pietro era venuto al mondo pochi mesi prima: lo aveva chiamato così perché san Pietro era un pescatore e lei con la pesca ci campava da sola. Suo marito era morto in mare quando era incinta, e Anna per il dispiacere quasi aveva perso il bambino. Era stata Za' Teresa ad aiutarla, così come l'aveva aiutata a sgravarsi e poi era corsa a casa dopo aver tagliato il cordone e benedetto la criatura.

Non appena sbarcarono al porto di Messina, Anna, Pietro e

mastro Beppe si trovarono catapultati in un mondo caotico, che non conoscevano, pieno di gente, rumori, voci, una confusione mai vista. Le banchine erano affollate di merci e di persone, e perfino la luce sembrava più forte che sull'isola. Allora chiesero indicazioni ad alcuni marinai, e uno di loro, un bravo cristiano che aveva una cugina a Lipari, si offrì di accompagnarli col suo carretto fino in centro. Li avrebbe lasciati poco distante dall'Ospedale civico grande di santa Maria della pietà, uno degli edifici più imponenti della città, un casermone quadrato dove ogni lato era lungo più di cento metri. «Non vi potete sbagliare, perché è grande assà e pieno di gente che va e che viene» spiegò loro, indicando la direzione verso cui incamminarsi, dopodiché si congedò e proseguì per la sua strada fischiettando.

Mastro Beppe rimase in strada ad aspettarli. «Non mi muovo, mi ritrovate qui. Non ci entro dentro l'ospedale, mi sento accupari.»

Anna e Pietro annuirono e salirono le scale spaesati, in cerca del reparto giusto.

Dopo aver visitato Pietro, il dottor Faranda, un uomo alto e magro, dal cipiglio severo e dallo sguardo arcigno, aveva subito scosso la testa: il suo cuore era troppu malato. Così non poteva andare avanti: non poteva lavorare e doveva stare a riposo, ogni sforzo o emozione poteva essergli fatale. L'unica strada era l'operazione. Si sarebbe consultato con altri luminari perché l'intervento era rischioso, ma se fosse andato bene avrebbe avuto salva la vita. Spiegò la faccenda con parole che Anna e Pietro non compresero bene, ma i due, per timore di apparire troppo ignoranti, non chiesero spiegazioni e il dottore non si preoccupò certo di fornire chiarimenti alla loro portata.

Il medico incuteva soggezione, Anna e Pietro lo avevano capito subito da come rigavano dritte le infermiere attorno a lui: sembravano ubbidire alle sue richieste prima ancora che lui proferisse parola.

Da dietro la massiccia scrivania del suo studio, scarabocchiò qualcosa su un foglio. «Questo lo date al vostro dottore, c'è scritto quando dovete venire e cosa dovete portare per il ricovero» disse con sufficienza, poi chiese di far entrare il paziente successivo. Così, in pochi minuti, li congedò con una smorfia trattenuta a stento dal pizzetto severo e ben definito, opera di un barbiere di mestiere certamente.

A Pietro l'odore dell'ospedale faceva girare la testa, quel posto gli metteva i brividi. Attraversando i corridoi aveva intravisto dei letti bianchi con le sbarre e udito dei lamenti, come se qualcuno dolorasse e non riuscisse a trattenersi. Voleva andarsene al più presto da lì e tornare a casa sua, per scrollarsi di dosso la sensazione sgradevole di essere in una sorta di prigione senz'aria.

«Io non è che l'ho capito bene che avi me figghiu... Credo 'na specie di scantu, uno spavento forte che lo ha rovinato, ma lui dice che non ne ha presi mai di questi spaventi... solo il giorno dell'incendio un poco di paura ha avuto» spiegò Anna, al ritorno, a tutti quelli che chiedevano notizie.

«Dallo scantu se trovi una brava majara però si guarisce» le avevano risposto in diversi, tra cui una sua zia che abitava dalle parti di Canneto, accanto a una majara che se ne intendeva di queste cose.

«Pietro non può guarire, lo ha detto il dottore, non ce ne sono, si deve operare per forza» spiegò Anna a Giuseppina e Agata un pomeriggio che erano passate a far visita a Pietro.

La ragazza non poteva credere che il suo amico avesse una malattia così brutta: da dove gli era venuta? Il dottore aveva detto che o si operava, e nemmeno era certo che andasse bene, o non sarebbe mai più tornato quello di prima.

Del ragazzo sorridente e infaticabile era rimasto solo il ricordo, il nuovo Pietro era l'ombra di se stesso. Era pallido e aveva un'aria così disperata e spaventata che faceva pietà a guardarlo.

Le donne e pure il ragazzo puntavano gli occhi su di lei, come se sapesse o dovesse fare qualcosa.

Agata avrebbe tanto voluto aiutarlo, ma non sapeva come. La mattina in cui lo aveva soccorso aveva agito d'istinto, senza riflettere, e dalle sue mani era sgorgata una forza potente che aveva fatto quello che doveva. Ma lei ora non sapeva cosa fare e temeva di sbagliare, così chinò il capo e rimase in silenzio finché non fu l'ora di accomiatarsi.

Quando Agata e Giuseppina se ne andarono da casa di Pietro, nessuna delle due disse una parola.

«Agata, non ci pensare» cercò di consolarla poi Giuseppina. «Pietro è malato assà e non ci possono manco i dutturi.»

«Lo so, ma jo ci vogghiu troppu bene e non lo posso vedere così. Non capisco davvero perché sta così male, non aveva nulla, era sano come un pesce fino a poco tempo fa!»

«Va' a saperlo, un bravo picciotto così...» mormorò la donna scuotendo la testa.

Agata salutò Giuseppina e ognuna proseguì per la sua strada, si sarebbero riviste di lì a poche ore per uscire in mare. Finché non iniziava il malo tempo, ne avrebbero approfittato. Di solito se ne parlava dopo i morti, ma quell'anno il freddo non aveva troppa premura di manifestarsi.

Pietro in mare non uscì più, di giorno Anna lo faceva sedere un poco all'aria, ma non sotto il sole. Il ragazzo era talmente debole che lei doveva sorreggerlo.

38

Dicembre 1903

Qualche giorno dopo, vincendo la vergogna di supplicare una fimmina, Pietro mandò a chiamare Agata. Sapeva che cosa dicevano di lei, che era una majara potente. Le voci non gli interessavano, era la *sua* Agata, lui stava troppo male e un tentativo voleva farlo. D'altra parte, era il viso di Agata che aveva visto quando si era ripreso dallo svenimento giù al porto.

«Agata, solo tu mi puoi aiutare, ti prego, prova a fare qualcosa.»

«Pietro, ma tu non hai un malocchio o qualche altra cosa che io posso curare... Il dottore di Messina dice che il tuo cuore ha qualcosa che non va. Non so davvero che potrei fare» rispose la ragazza spaventata. «Questa malattia, Pietro, è una cosa seria.»

«Allora, morto per morto, meglio che mi levo il pensiero subito, questa non è vita» replicò lui, gli occhi scavati, le gambe di una magrezza preoccupante, le labbra esangui e il fiato debole. «Ti prego, Agata, in nome di Dio» e le prese le mani posandosele sul cuore.

Agata chiuse gli occhi e pregò, invocò la Madonna di Tindari e san Bartolomeo, i protettori del mare.

Quello che successe dopo, nemmeno a pensarci riuscì a ricordarlo.

Perse i sensi per qualche istante, e quando si riebbe Pietro dormiva sulla sedia, bianco che pareva più morto che vivo.

Non aveva funzionato.

Agata si sentiva strana, stanca e di malumore, non vedeva l'ora di uscire da lì. Si alzò e se ne andò con la testa che girava e le mani calde. Salutò Anna che filava accanto alla finestra mentre pregava.

«Sempre lo ha avuto un debole per te, Agata mia» sospirò la donna. «Un ragazzo così giovane e così forte... e ora devo dire grazie se mi arriva a Natale» mormorò con la voce rotta dal pianto. «Tu però ogni tanto vieni a trovarlo come hai fatto oggi, per pochi minuti, che iddu è contento.»

Agata sorrise e annuì.

«Salutami tua madre e torna a trovarci quando puoi» disse Anna senza alzare più gli occhi dall'arcolaio sgangherato su cui girava una matassa.

Andandosene, Agata ripensò ai sentimenti di Pietro, ma lei non poteva immaginare accanto a sé nessun uomo che non fosse Tanu. Anche se di lui non sapeva quasi nulla, anche se era il suo segreto, non voleva rinunciare a vederlo. Se lui la amava come sembrava avrebbe trovato un modo per averla e sposarla. Forte di questo pensiero, se ne tornò verso casa sorridendo.

Nel giro di qualche giorno Pietro cominciò a sentirsi meglio. Riprese colore e si rimise in piedi. Gli era tornato l'appetito e smaniava per uscire.

Anna non credeva ai propri occhi e non sapeva più che fare per tenerlo a letto. «'U capisti che ti ha detto 'u dutturi? Non ti devi muovere!» gli gridava ogni volta che lui si alzava.

«Ti dico che sto bene, non ho più niente! A stare chiuso mi sento morire...»

Più confusa che persuasa, Anna mandò a chiamare il dottor De Mauro. Il medico visitò Pietro e strabuzzò gli occhi. Gli auscultò il petto e la schiena, gli disse di tossire, di fare un respiro profondo e il ragazzo ubbidì. Incredulo, il dottore ripeté l'operazione da capo ma la diagnosi non cambiò. Il cuore era perfetto, nessuna aritmia, il battito era forte e regolare. Anche la cera del ragazzo era ottima, il pallore era scomparso e lui non dava segni di sofferenza.

«Fatelo mangiare e lasciategli fare qualche passeggiata, ché torno a visitarlo fra una settimana.»

«Ma è sicuro, dottore?» chiese la donna incredula.

«Di sicura c'è solo la morte! E mi pare che qualcuno la fece spaventare... Potete stare tranquilla, però vorrei capire come è successo.»

«Ma nenti capitò, dutturi: l'altra sera si coricò male e si svegliò bene.»

«E cosa era capitato quel giorno? Ha fatto qualcosa, qualcuno lo è venuto a trovare?»

«Solo Agata, ma poco è rimasta. Iddu si addormentò e lei se ne andò» rispose Anna.

Il medico aveva già sentito parlare di questa Agata, non l'aveva mai incontrata ma in paese ormai le voci giravano. Lui sapeva che le donne sull'isola curavano e praticavano dei riti antichissimi: lo facevano da sempre e non avevano mai fatto del male a nessuno, anzi, lo scansavano pure di tante rogne, perché lui a tutti non avrebbe potuto dare retta, anche se non era il solo medico di Lipari. Negli anni aveva capito che c'erano faccende che rimanevano inspiegabili, guarigioni misteriose, come se la scienza fosse insufficiente, la medicina incompleta. Sembrava che qualcosa di misterioso e intangibile agisse secondo regole che non avevano a che fare con la ragione. Non era stregoneria, non era magia, ma qualcosa di più profondo. Qualcuno sapeva padroneggiare gli elementi, le forze ancestrali che legavano uomo e natura, mente e corpo. Non avrebbe indagato oltre, Pietro era guarito e quella era la cosa più importante, se fosse stata Agata o il buon Dio, o entrambi, non era affare suo. La sua professione non aveva tutte le risposte e lui, ora che aveva una certa età, aveva imparato ad accettarlo.

Anna prese un involto con della lana e glielo mise fra le mani.

«Dottore, vi siamo debitori sempre! Questo è per la vostra signora, vi prego, accettate, è poca cosa...» disse a disagio, perché la povertà le impediva di sdebitarsi in altro modo.

La prima volta che sua madre gli permise di uscire, Pietro fece una passeggiata fino al porto.

Tutti lo accolsero festosamente.

«A che parevi morto, a che di nuovo perfetto sei?» gli dicevano, felici di vederlo stare bene.

«Qualche altro giorno e torno pure a travagghiari» ribatté.

Il mare gli mancava, il suo odore se lo sognava la notte, insieme al rumore delle onde, al sale e al pesce ancora vivo che si dimenava nelle reti.

«Io lo so che sei stata tu a guarirmi, Agata» le disse Pietro quando i pescatori furono tornati alle loro faccende. «Mi hai salvato la vita per ben due volte.»

«Non ho fatto nulla. Tu dormivi e io pure mi appisolai, tu scurdasti?» fece la ragazza.

«Io non mi ricordo nulla, ma dopo che tu sei andata via io ho iniziato a stare bene e ora sono guarito, ne sono sicuro» insisté lui.

«Ma quale sicuro e sicuro, devi tornare dal medico a Messina, tocca a lui dire se sei buono o no» suggerì Agata.

«Già mi visitò il dottor De Mauro e dice che il mio cuore è perfetto. Ora che sto bene tutto è diverso, io sono diverso, credevo di aver perso tutto e invece ora me lo riprendo» disse, fissandola con uno sguardo deciso. «E quando dico tutto, intendo tutto.»

Agata, accanto al gozzo, stava rimagliando una rete seduta sullo sgabello che usavano a turno per fare quel lavoro certosino. Le parole di Pietro le parvero più una minaccia che una promessa.

Lo guardò allontanarsi con l'andatura ancora un po' goffa, le gambe talmente magre da essere irriconoscibili. Pensò a Tanu, che camminava sicuro di sé e sempre elegante nonostante fosse anche lui un pescatore, e pensò che, pur stando nello stesso mare, i pesci sono tutti diversi, ci sono quelli belli e quelli un poco più struppiatelli. Magari erano buoni allo stesso modo, ma lei la testa l'aveva al pesce più bello di tutti.

Di tanto in tanto, quando il mare si mostrava particolarmente generoso, Giuseppina le faceva remare fino a Milazzo. E quelli erano i giorni più felici. Lei e Tanu non erano più riusciti a stare soli come quella volta vicino alla catasta di legname, ma lui andava sempre più spesso a Lipari e con una scusa o un'altra riusciva sempre a vederla, a sfiorarle la mano e, ogni tanto, a sussurrarle qualche parola dolce all'orecchio. L'ultima volta, appena il giorno prima, le aveva detto: «Nei prossimi giorni verrò con la barca qui vicino. Se quando torni dalla pesca la vedi sotto Marina Corta, vieni alla caletta dopo la chiesa». E in quelle parole lei aveva colto tutto il calore e la potenza del suo desiderio.

39

Pietro era rifiorito e il dottor De Mauro ne aveva confermato la guarigione, però sua madre continuava a insistere per tornare dal dottor Faranda.

Non si poteva spiegare questa cosa: lei pregava assà, ma quello le pareva un miracolo troppo strano, così da un giorno all'altro.

Tanto disse e tanto fece che alla fine lo convinse.

«È impossibile» esclamò il dottor Faranda dopo aver visitato Pietro per la seconda volta. «Non può essere! Una malattia come la sua non può guarire da sola... Lo ha curato qualche altro medico?» chiese ad Anna, impettito nel suo camice candido e senza una piega.

La luce del giorno filtrava attraverso l'ampia vetrata del suo studio e faceva brillare le punte delle scarpe di cuoio del dottore, che parevano perfino luccicare. Era talmente elegante e curato che la povertà della donna e di suo figlio sembrava spiccare ancor più. I loro abiti dimessi, i visi segnati dalla fatica e dal sole che scava la pelle, le mani ruvide e spaccate dal lavoro, le unghie sudicie.

«No, no, solo il dottor De Mauro lo visitò» assicurò la donna.

«Questo dottor De Mauro gli ha dato qualcosa da prendere? Che là sulle vostre isole so che si fanno cose strane, che ne so, con le erbe o altro.»

«No, dottore, nenti ci fece e nenti ci ha dato» rispose Anna, e Pietro annuiva.

«A questo dottore una lettera devo mandare, e vediamo se fa il medico come si deve o se combina cose che non deve fare. Questa malattia si poteva curare solo con un'operazione molto complessa e io già avevo allertato i miei colleghi...»

Pietro, spaventato da quelle parole, si sentì in dovere di difendere il dottore che era stato sempre gentile con lui. «Il dottore non ha fatto niente, mi ha visitato solo *dopo*.»

«Dopo cosa?» chiese il medico.

«Dopo che già stavo meglio, non ha fatto nulla lui.»

Il medico capì subito che c'era di mezzo qualcun altro, qualcuno che gli aveva levato da sotto le mani un caso raro che gli avrebbe permesso di mettersi in luce davanti a tutto l'ospedale e sul quale già si era sbilanciato.

«Se lui non ha fatto nulla, allora c'è qualcuno che fa miracoli» aggiunse il dottor Faranda con voce melliflua. Aveva capito che Pietro non era particolarmente scaltro. «Pietro, le persone che curano e fanno del bene agli altri vanno ringraziate, e io sono sicuro che chi ti ha aiutato merita un riconoscimento» aggiunse.

Pietro avrebbe voluto dire la verità, ma sapeva che Agata preferiva che non si parlasse di lei.

«Dottore, io ve lo dico, ma la mia amica non vuole essere ringraziata, anzi, non vuole proprio niente, a picca manco i miei regali.»

Anna allungò le orecchie. Ma che stava vaneggiando suo figlio? Amica? Che novità era quella?

«Sono sicuro che è anche bella...» fece il medico, con un sorriso saputo.

«Bellissima» rispose lui sognante. «Mi ha messo le mani qui e poi io non ricordo più nulla» aggiunse, indicandosi il petto.

«E poi che è successo?»

«Non ve lo so dire, perché io mi sono addormentato e non ne ho capito più nulla» confessò il ragazzo.

«Come si chiama questa tua amica così speciale?» lo incalzò il dottore.

«Si chiama Agata, ma io per scherzare la chiamo Agata del vento, perché non si ferma mai.»

«Allora uno di questi giorni dovrò venire a conoscerla, questa

Agata... Ora andate che il viaggio che avete da fare è lungo» aggiunse il medico.

«Quindi, dottore, me figghiu guarì del tutto?» chiese Anna mentre stringeva fra le mani il rosario. A lei interessava solo sentirsi dire che il suo Pietro era tornato sano e che non si doveva operare più.

«Guarì del tutto» confermò quello, ancora incredulo. In tanti anni di lavoro non aveva mai visto una cosa del genere. Mai.

La verità era che per il dottore non stava né in cielo né in terra che altri si prendessero i meriti di quella guarigione, men che meno una donna, una di quelle mezze streghe delle isole che a malapena sapevano scrivere il proprio nome.

Lui aveva studiato anni, finalmente si era ritrovato per le mani un caso che avrebbe potuto farlo finire sui libri di medicina e non aveva intenzione di permettere a una ragazzina di prendersi dei meriti che non aveva.

Senza contare che erano giorni che parlava a tutti di quell'operazione, e ora che figura ci avrebbe fatto?

L'indomani, di buon'ora, il dottor Faranda convocò l'ispettore sanitario e il suo assistente.

«Dobbiamo andare a Lipari, vorrei vederci più chiaro in questa faccenda. Quel ragazzo poteva salvarsi soltanto con un'operazione.»

«Dottore, ma lei è certo che l'operazione l'avrebbe salvato? Non sarebbe stato troppo rischioso tentare un intervento così complesso?» chiese l'ispettore.

«Lo sarebbe stato... Ma in fondo, se lo avessimo perso, sarebbe stato un incidente tutto sommato irrilevante se paragonato al progresso che avremmo portato nelle scienze mediche con un'operazione ben riuscita. Quel ragazzo è un sempliciotto, un pescatore delle isole, nemmeno un padre di famiglia... Se invece le cose fossero andate bene, il mio nome si sarebbe ricordato per molto tempo.»

L'ispettore, ammutolito davanti a tanto cinismo, si limitò a commentare a occhi bassi che di certo quella guarigione era sospetta.

186

Faranda annuì toccandosi il pizzetto severo. «Qui c'è sotto qualcosa d'altro, qualcosa che non posso e non voglio accettare. E noi dobbiamo scoprire cosa. Se qualcuno commette un abuso della professione, qualcuno senza il titolo per farlo, una donna addirittura, non possiamo permettere che la passi liscia.»

40

La barca di Tanu si spostò verso Lipari. Il capitano era lui, e aveva deciso che avrebbero battuto per un po' quelle acque. La verità era che voleva rivedere Agata, voleva parlarle di nuovo, voleva averla. Erano già passati un paio di mesi da quando l'aveva baciata, eppure non riusciva a togliersela dalla testa. Quella ragazza gli si era conficcata sottopelle come una scheggia, il pensiero di lei gli faceva quasi male. Mai si era sentito così. Con nessuna.

Ormeggiò la barca a Marina Corta. Ai suoi uomini, poco prima di scendere, disse che andava a parlare con una persona.

Agata, quella mattina, aveva avvistato l'imbarcazione di Tanu. Giunta a terra, mise il pesce nelle ceste smistandolo con l'aiuto delle compagne, sistemò la rete, la ripiegò con cura, poi le salutò velocemente e si allontanò. Non appena svoltò nella stradina, però, imboccò il sentiero che portava alla caletta. Camminò rapida fra le sterpaglie, sentì strisciarle via da sotto i piedi qualcosa, forse una biscia, e le vennero i brividi. Poi scese i pochi metri che la dividevano dalla piccola insenatura nascosta. Il cuore le batteva più veloce del solito, ma non sapeva dire se fosse per lo spavento o per l'emozione di vedere Tanu.

Era ancora presto, e la luce del sole che stava sorgendo illuminava a malapena le rocce e il pelo dell'acqua. Agata immerse i piedi sollevando la lunga gonna di cotone. L'acqua non era fredda per essere dicembre, del resto ancora faceva caldo di giorno. Si sedette su uno scoglio scuro incrostato di molluschi, un riccio di mare rotolava fra due rocce con gli aculei lucenti. Poco distante sulla spiaggia giacevano due legni bianchi intrecciati, levigati e lisci come un osso spolpato, lucidi come possono essere solo i legni che hanno avuto a che fare troppo a lungo col mare. Tutt'intorno il silenzio era interrotto solamente dalla risacca e dal canto degli uccelli in lontananza. Il profumo delle erbe selvatiche che scendeva dalle pendici della montagna si incontrava con l'odore del mare, salato e intenso, un misto di sale e pesce, di alghe e molluschi.

All'improvviso sentì un rumore di passi.

Tanu avanzava fra i cespugli.

Di colpo Agata ebbe contezza della sua visione, al porto di Milazzo, quando aveva sfiorato le mani dell'uomo mentre gli porgeva la cesta col pesce. Il cuore le batteva in petto come se avesse fatto una corsa, ma era immobile, fremente nell'attesa.

Lui le sorrise. «Eccoti qui, allora sei venuta!» le disse camminando verso di lei.

Agata annuì arrossendo, aveva sciolto i lunghi capelli che le cadevano sulle spalle accarezzandole.

Tanu le si avvicinò. «Non ho molto tempo, la mia barca è proprio qui dietro...»

Agata non sapeva cosa temeva di più, se quella voce placida come una carezza o la prossimità allarmante della bellezza. «Non importa» rispose timidamente. Non riusciva a muoversi, aveva le gambe rigide e immobili come due pezzi di legno.

L'uomo la prese fra le braccia e la strinse a sé, e lei si perse in quell'abbraccio che sapeva di sale, di buono, di tutto quello che le era mancato fino a quel giorno. Poi Tanu posò le labbra sulle sue e la baciò, delicatamente, quasi a sfiorarla. La pelle di Agata divenne vento immacolato che accese in lui il desiderio di salpare per mari lontani.

Agata tremava, ma si lasciò andare e il bacio divenne profondo, carnale. Le mani di Tanu fra i capelli le tenevano la testa, il collo, la stringevano. Si sentiva avvolta nelle sue braccia possenti, braccia abituate al lavoro e alla fatica.

La ragazza gli posò le sue sui fianchi, intrecciandogliele dietro la schiena.

I due si ritrovarono sdraiati sulla spiaggia di pietrisco scuro, le piccole onde lente a lambirli.

Tanu la accarezzava con una dolcezza tutta nuova, come si sfiora una cosa bellissima e preziosa, lentamente, delicatamente. Si appoggiò sopra di lei, sollevò la gonna, trovò la strada prima con le mani, poi scivolò dentro di lei. Quello che sembrava dolore divenne fuoco, sangue misto ad acqua di mare. Si persero l'uno nell'altra, al ritmo delle onde e per un lungo istante furono una cosa sola, legati in un unico, lunghissimo respiro, senza nessun altro pensiero, solo due corpi e due anime che finalmente si erano ritrovati.

Quando Tanu si scostò, Agata si alzò, avanzò nell'acqua sollevando la gonna ormai completamente fradicia, voleva divenire una cosa sola col rumore del mare e zittire tutte le voci che le affollavano la mente, le immagini che arrivavano come cavalli al galoppo. L'acqua le lambiva la vita, lavava via ogni traccia dell'impeto che li aveva assaliti.

Tanu la raggiunse e la abbracciò da dietro, le sollevò i capelli e le baciò il collo. «Devo andare» disse. «I miei uomini aspettano me per rientrare a Milazzo. Questo sarà il nostro posto, quando vedrai la mia barca rientrando dalla pesca potrai trovarmi qui.»

Agata annuì, si voltò verso di lui, lo guardò negli occhi e sorrise. L'uomo la prese di nuovo fra le braccia, avvicinò le labbra alle sue mormorando un arrivederci, le sfiorò con un bacio e si allontanò. Mentre camminava sugli scogli vide un polpo rintanato in un anfratto della roccia. Si fermò, lo agguantò con un movimento fulmineo. L'animale si avvinghiò al suo braccio e Tanu, come faceva sempre, gli assestò un morso feroce e deciso in mezzo agli occhi. Il polpo cedette, i lunghi tentacoli si sciolsero dal tenace abbraccio, cadendo molli. L'uomo lo prese per la testa, infilandoci le lunghe dita, e si diresse verso la sua barca.

«Chisto 'u trovai per strada» esclamò ridendo. I suoi uomini lo aiutarono a risalire a bordo, si misero ai remi, mentre Tanu posava il polpo in una cesta buttando di sottecchi lo sguardo verso l'isola che lo aveva stregato.

Agata si incamminò verso casa, con la gonna inzuppata e lo

sguardo ubriaco di un amore che mai avrebbe creduto si potesse provare e del quale nessuno le aveva mai parlato. Percorse i pochi metri che la separavano da casa con il cuore che scoppiava di emozioni e l'anima traboccante di sensazioni che rendevano i suoi passi leggeri. L'odore dell'origano selvatico la avvolgeva mentre percorreva la salita verso casa, e nessun aroma le era parso mai più buono di quello.

L'indomani Tanu e Agata si rividero nello stesso posto.

L'uomo le aveva portato un dono, una spilla di corallo lucido dai toni aranciati. «È bella, ma non come sei bella tu» disse appuntandogliela sul petto prima di indugiare sui bottoni della sua camicia, che aprì a uno a uno fino a scoprirle il seno.

La amò con tutta la dolcezza di cui era capace, divennero una cosa sola, inscindibile.

«Non so nulla di te» gli disse Agata mentre lo stringeva a sé.

«Non ti serve sapere nulla, io verrò da te ogni volta che potrò, te lo prometto» fece lui, baciandole le mani.

Si incontrarono di nuovo il giorno successivo e quello dopo ancora.

Lui le fece giurare di non dire mai ad anima viva, per nessuna ragione, quello che accadeva fra loro: doveva essere il loro segreto, il loro momento di felicità che niente doveva rovinare.

«Tornerò da te sempre, tu non smettere mai di aspettarmi.»

«Mio padre vuole che mi sposi» provò a dire lei.

Tanu sussultò. «Non ci pensare ora» la rassicurò, posandole le dita sulla bocca. «Pensiamo solo a noi.»

Si videro ogni giorno per più di una settimana, incontrandosi di nascosto con il desiderio e la complicità che solo gli amori proibiti sanno creare.

Agata aveva la testa solo per Tanu e smise di passare da Za' Teresa senza preoccuparsi di avvisarla.

«Cettina si sarà messa a fare la pazza, le avrà detto di non venire più» confidò la Za' al marito. «Se domani Agata non si arricogghi vado io a cercarla, quella picciotta magari ave bisogno, e capace che non si fa vedere perché è successo qualcosa» aggiunse la donna mentre lui si sedeva a tavola. Il piatto e il bicchiere erano al loro posto, posati sul piano di legno scuro del tavolo massiccio che lui stesso aveva costruito anni prima.

«Buono fai» mormorò Giacomino. «Mi scordai di travasare il vino, vedi se domani ci puoi pensare tu a tenermelo a mente.»

«Sì, sì, domani poi ci si pensa, io a quella picciotta haiu in testa.»

«Tere', senti a mia: Agata se la sa spicciare da sola, è scaltra e di sua madre si scanta il giusto, non ci pensare cchiù.»

Teresa allora servì la zuppa bollente, ma non era convinta, sentiva che ad Agata era successo qualcosa e quel pensiero le affollava la testa come i mosconi sugli scarti dei pesci vicino alle barche, molesti e troppo rumorosi.

41

«Cu fu?» chiese distrattamente Cettina alla figlia non appena la vide entrare in casa.

Agata saltò in aria. Che ci faceva sua madre lì? Doveva essere da Anna come ogni mattina.

La ragazza chinò la testa, ma non abbastanza velocemente da impedire alla madre di leggerle in faccia un'espressione nuova, inebriata e colpevole allo stesso tempo.

Cettina impallidì riconoscendo sul viso della figlia i segni di una passione che un tempo era stata la sua, quella che aveva dovuto nascondere e che le era costata una vita di rimpianti.

«Agata!» urlò. Poi si fermò, quasi a voler cercare le parole, prese un lungo respiro, il viso di pietra, la voce tagliente come un rasoio. «Stammi bene a sentire, qualunque cosa hai fatto e chiddu chi vidisti, non lo devi far succedere, mai più! Hai capito?»

Agata rimase di sasso, si sentì sbagliata, fuori posto. Corse via, stringendo la spilla di corallo che teneva nascosta nella tasca, il pegno d'amore che Tanu le aveva lasciato. Uscì dalla porta e imboccò la via dei campi, voleva solo fuggire, si sentiva sporca e messa a nudo crudelmente da una donna che non le aveva mai risparmiato un'umiliazione o un rimprovero. Di colpo le vennero alla mente tutti, tutti quanti.

Corse fino a farsi mancare il fiato, fino a cadere a faccia in giù nell'erba e scoppiare a piangere. Come potevano convivere dentro di lei tanta bellezza e tanta disperazione? Tanta felicità e tanto dolore?

Pianse così a lungo che si addormentò, nonostante l'umidità, nonostante l'erba bagnata, crollò senza rendersene conto.

Quando si risvegliò era buio. Aveva una pezza bagnata e fredda in fronte, la testa le faceva così male che le veniva da vomitare, provò ad aprire gli occhi ma non ce la faceva, non ne aveva la forza. Non riusciva a muoversi. Sentiva in sottofondo delle voci ovattate, poi crollò di nuovo in un sonno denso di immagini e suoni lontani, un sonno che somigliava a una pace assoluta, mai provata prima.

Cettina mandò a dire a Giuseppina che Agata aveva un febbrone da cavallo. L'avevano trovata i suoi fratelli svenuta in un prato. La donna fece chiamare subito Za' Teresa, e poiché sapeva bene cosa si faceva in quei casi, chiuse porte e finestre, prese uno strofinaccio rosso come si usava fare.

Non appena arrivò, Za' Teresa posò sulla testa della ragazza una ciotola d'argilla con dell'acqua e ci lasciò cadere qualche goccia d'olio recitando una 'raziuni.

Fora di 'st'ossa,
di 'sta carne battiata,
fai trimari?
Vattinni a lu profunnu de lu mari,
e pe 'na vita eterna là possa stari.
Virtus deie ibiti,
chi i setti sanabiti.

«Alzati, ora» le disse dolcemente, quando Agata aprì gli occhi, poco dopo. «Prova a fare qualche passo.»

La ragazza riuscì ad alzarsi, finalmente sfebbrata. Aveva smesso di andare ad aiutare Za' Teresa coi malati e ora lei era venuta a curarla. Guardò la Za' con aria colpevole. I suoi occhi erano diversi, erano occhi di donna e non più di ragazzina, avevano una luce diversa, di fuoco, e quella luce solo una cosa poteva darla: l'amore.

La donna capì. Ad Agata era successo qualcosa, qualcosa che

l'aveva turbata assai, non era scantu, non era febbre, non era l'umidità che si infila sottopelle fino nelle ossa: c'era un uomo nel mezzo, ne era certa, e quell'uomo avrebbe portato solo guai. Non aveva sbagliato a stare in pensiero per lei. Agata aveva qualcuno in testa di sicuro e quella era la majaria peggiore e più potente in cui poteva cadere, perfino peggio del malocchio. La ragazza era debole e la lasciò tranquilla. «Vi salutu» disse Za' Teresa. «Ho cose da sbrigare, assai ne ho.»

«È sufficiente dire grazie?» le chiese Cettina con poca creanza, al solito suo.

«Ci basta e avanza» rispose la Za' uscendo.

Nel vedere la figlia riprendersi, Cettina la prese subito a male parole. «Cosa ti è saltato in mente? Non ti trovavamo più! Io non ti riconosco più, prima le majarie, ora questo colpo di testa!»

Agata si portò una mano al viso. Non ricordava quasi nulla. Poi d'un tratto un dolore sordo le serrò il petto. Tanu, Tanu doveva essere il suo segreto. La cosa più bella e preziosa che le era capitata, e lei aveva rovinato tutto. Non era riuscita a nasconderlo a sua madre.

«Sei stata con un uomo! Dimmi la verità» la aggredì Cettina. «Mi è bastato guardarti in faccia per capirlo. Chi è? Dove lo hai incontrato?» la incalzò, decisa a scoprire il nome di quel lazzarone che si era visto con sua figlia. «Lo sai che questa cosa ora va sistemata, vero? Se ci fosse tuo padre almeno... Invece se n'è andato lui, e le camurrie tutte a mia i lassò, tutte.»

Salvatore e Rosario rientrarono in casa proprio in quel momento. «Che è?» chiese Salvatore con aria preoccupata. «Si svegliò?»

«Si svegliò, venne la Za' e ci fece una cosa» tagliò corto Cettina, e subito dopo vuotò il sacco davanti ai figli, aggiungendo che si doveva trovare subito un rimedio a quella situazione.

«Tutto mi aspettavo da te, ma non questo. Chi ti ha insegnato a comportarti così? Ma non ti vergogni? Ma come ti è saltato in mente?» urlò Salvatore fuori di sé, i grandi occhi scuri velati dalla rabbia.

Agata non lo aveva mai visto così furioso.

«Tu ora ci devi dire tutte cose o non sei più mia sorella.»

«Sa', ora vedi di non sbagliare a parlare» si intromise Rosario, cercando di placare gli animi.

«Tu statti zittu che a tua sorella, invece di tenerla d'occhio, la difendi pure» replicò Salvatore.

«Ci devi dire che hai fatto e ci devi dire con chi» intervenne Cettina.

Agata non lo avrebbe mai ammesso, non con sua madre e non davanti ai suoi fratelli, e di certo non avrebbe fatto alcun nome. Rimase in silenzio, limitandosi a fissare la donna con uno sguardo carico di odio.

«Vedo che non vuoi parlare, allora ti dirò una cosa che ti farà sciogliere la lingua. Tu, ora che ti sei vista con questo uomo, sei rovinata; perciò dimmi chi è, perché ora lui ti deve sposare!» fece Salvatore. «E spera solo che questo non fece danno nel frattempo o un'altra vergogna si aggiunge.»

La ragazza sussultò.

«Hai capito bene, lui ti deve sposare perché si è preso qualcosa che non è suo, ha peccato davanti a Dio, perciò ora deve rimediare o tu sei rovinata per sempre» ripeté Cettina.

Agata credeva che il matrimonio fosse una cosa combinata dai genitori con uno che quasi nemmeno conosci, ma davanti al pensiero di poter avere Tanu come marito cedette. «Tanu si chiama, l'ho conosciuto a Milazzo, lavora con il cugino di Giuseppina.»

«Allora niente ti ho detto quando fu di tua cugina? Ti ho detto che tu ti devi maritare con un uomo dell'isola... e tu? Con uno di Milazzo ti vai a inguaiare. Un malacarne di sicuro come quel Francesco che sta con Marisa, che ci guarda tutti dall'alto in basso solo perché viene dalla città.»

«Tanu non è come Francesco» provò a dire Agata.

«Ma che ne devi sapere tu, che sei una piscialletto? Cose da pazzi... Ora sistemati e vedi di preparare qualcosa ai tuoi fratelli, ché questa faccenda la risolvo io con tuo zio Emanuele. Ma fino a quel momento tu a questo Tanu non lo devi vedere più, ci siamo capite?»

Agata annuì, in cuor suo nutriva la speranza di avere Tanu tutto per sé, voleva sentire di nuovo l'odore della sua pelle, essere toccata e baciata e guardata da lui perché solo con lui si era sentita perfetta, tutta intera e al posto giusto. Per la prima volta ebbe fiducia cieca in sua madre e sperò con tutta se stessa che le facesse sposare l'unico uomo che avesse mai desiderato in vita sua.

42

Cettina trovò suo cognato al porto che stava riparando un'asse sul fondo della barca prima della nottata di pesca. Come sempre, canticchiava fra sé e sé un cantu d'amuri. Aveva una bella voce, intonata, calda e rassicurante. Cettina per un poco lo stette ad ascoltare, chiedendosi da quanti anni lei non cantasse. Aveva perso la voglia da parecchio. Ogni giorno un filo grigio si aggiungeva ai suoi ricci e anche la pelle si era fatta sciupata, come se la tristezza ci avesse steso una patina opaca.

Vinni a cantari 'nta 'sta cantunera
Tri parmi arrassu e di li to scaluna

E vitti 'na donna quantu 'na bannera
Chi cummigghiava lu suli e la luna

Avia li trizzi di 'na Maddalena
'N testa si miritava 'na curuna

'Nta la me casa nun ci sta lumera
Lu lustru lu fai tu stidda diana.

Non appena l'uomo finì, Cettina gli si avvicinò. «Manu', avi tantu ca non ci vediamo. Ho bisogno di sapere chi è un certo Tanu che sta a Milazzo, e che forse gira qui intorno con la barca.» Non aggiunse altro, non serviva.

«Buonasera a te, cugnata, mi pare di capire che stai bene» rispose l'uomo senza sollevare lo sguardo dalle assi. «Quando sai qualcosa, mandami a chiamare con una scusa da tua moglie. Ti salutu, cugnatu.» Detto questo, voltò le spalle all'uomo e tornò a casa.

Trovò Agata in cucina, vestita, che rassettava e stizzava il fuoco per mettere poi la pentola in capo con la zuppa per i suoi fratelli. Non le disse nulla, la guardava con biasimo, come si guarda un problema che ti tocca tenerti e che non sai come risolvere.

Lei al matrimonio con Pino ci era arrivata pura. Le loro famiglie avevano deciso per loro, si usava così, ci si metteva sotto lo stesso tetto e si cercava di imparare a stare insieme e a volersi bene. Lei però un altro uomo lo aveva desiderato con tutta se stessa e non era bastata una vita a cancellare quel ricordo.

L'indomani, tornando dalla pesca, il gozzo delle donne incrociò quello di Tanu, che era a poca distanza dalla barca dei corallari napoletani. Erano arrivati in grande anticipo rispetto al solito, e non per pescare, dato che non era ancora il tempo. Uno dei napoletani si doveva sposare con una ragazza che aveva inguaiato sul finire dell'estate, prima di tornarsene a casa. Lo sapevano tutti, la voce ormai si era sparsa.

All'improvviso, l'aria immobile venne spezzata da delle grida.

«Troppo vicini a noi siete arrivati! Non solo venite qui a prendervi il corallo e le nostre donne, ci mettete pure a rischio!» urlò uno degli uomini di Tanu.

I napoletani risposero in malo modo, nel loro dialetto stretto.

La cosa sembrò morire lì, ma dopo poco Giuseppina si accorse che entrambe le barche viravano verso Marina Corta. «Non mi aspetto nulla di buono...» commentò. «Muoviamoci a rientrare, ché questi finiscono a mali discursi.»

Agata era preoccupata, non aveva capito cosa stesse accadendo. Vedeva la barca di Tanu remare velocemente verso la terraferma, seguita da quella dei napoletani.

Quando il gozzo raggiunse il porticciolo, la discussione era talmente accesa che mastro Beppe ed Emanuele dovevano trattenere Tanu, che urlava rabbioso in direzione del capo dei corallari. «Le luci le dovete tenere accese quando state sotto costa o ci fate ammazzare, poco ci è mancato stanotte!»

Mastro Beppe, senza mollare Tanu, gli diede man forte. «Qui nessuno vi ha mai fatto storie, ma ci dovete rispettare, noi siamo a casa nostra!» ribadì diretto al napoletano che, circondato dai suoi, stava ai piedi della sua barca.

«Nui ccà ci venimm ogni anno, a vui nun v'amm vist mai» disse rivolto agli uomini di Milazzo. «Simm stati tutta a nott ngopp a barca, mica stiemm pescann. Nisciun c'ha ditt mai nient, ccà song tutt galantuomini.»

A quelle parole, Tanu diede di matto. «Che cosa volete dire, che qui non ci possiamo stare? Ripetetelo, se avete il coraggio!»

Emanuele, che aveva sentito i suoi uomini chiamarlo Tanu e aveva notato l'espressione preoccupata di Agata, capì che quell'uomo poteva essere lo stesso di cui gli aveva parlato la cognata, così lo strattonò in disparte. «Tu sei Tanu, di Milazzo?» gli chiese.

L'uomo annuì.

«E allora vedi di risalire sulla tua barca e di andartene subito, che i mali discursi qui non sono solo coi corallari, senti a me.»

Tanu lo guardò accigliato, e lo apostrofò con aria di sfida: «Che vulisse dire?».

«Sono lo zio di Agata» rispose lui, senza aggiungere altro.

A quel nome, l'uomo impallidì, non immaginando se e quanto l'anziano pescatore sapesse di loro due, ma avendo in cuor suo la consapevolezza di essere in difetto. Dovette ingoiare il rospo e dire ai suoi di tornare a bordo. «Amunì, rientriamo che si è fatto tardi» ordinò, guardando di traverso i corallari. «Con voi faremo i conti un'altra volta» minacciò. Non si mosse finché non li vide risalire a bordo.

I napoletani allora borbottarono fra loro e tornarono alla barca, pronti a rientrare in mare.

Emanuele si incamminò verso casa mugugnando con mastro Beppe accanto.

Giuseppina, non appena vide che la lite era scongiurata, si dedicò ai totani con Maruzza e Assunta.

Tanu a quel punto passò accanto ad Agata, rimasta impalata tutto il tempo a guardare gli uomini discutere fra loro, e le sussurrò: «Ora chiedo una cesta a Giuseppina, portamela tu». Fece qualche passo e poi disse con tono deciso e senza esitazione: «Giuseppina, mi serve una cesta delle vostre, ve la ridò fra poco. Me la potete mandare con una ragazza?».

Giuseppina annuì distratta e Agata si affrettò ad afferrare una cesta vuota e a seguire Tanu.

«Io non ne posso più di travagghiare così, quei napoletani ci hanno fatto rischiare assai stanotte. Loro non stavano lavorando ma noi sì» esclamò, ancora furioso per quanto era accaduto. «Io me ne voglio andare da qui, me ne voglio partire» aggiunse.

Agata ebbe un sussulto. «Mio padre se n'è andato nelle Americhe e non è più tornato» replicò con tono angosciato. Sentì le lacrime pungerle gli occhi.

«Ma mica parto solo, che hai capito? Se me ne vado io, tu vieni con me» fece lui convinto.

Agata allora si sentì rinascere: sperò ardentemente in una vita nuova, cominciò a credere davvero a quell'amore che l'aveva cambiata, rendendola diversa.

«Qualcuno sa?» le chiese poi.

Agata abbassò gli occhi. «Nessuno» mentì. Se lei e Tanu dovevano fuggire insieme, non aveva senso allarmarlo. Gli aveva promesso che non avrebbe parlato con nessuno di lui, e non voleva tradire la sua fiducia proprio adesso.

«Nemmeno quell'uomo lì sa nulla?» chiese lui.

«Chi? Mio zio? Non ci parlo mai! E che deve sapere lui? È solo un vecchio pescatore...» ribatté lei.

Tanu le credette, forse quell'uomo aveva solo insinuato di sapere qualcosa perché lo aveva visto spesso nei paraggi.

«Allora ti aspetto al solito posto dopo Natale» le disse prendendole la cesta dalle mani e fingendo di usarla per raccogliere delle cose. «Ringrazia Giuseppina per me» fece poi restituendola ad Agata, che tornò alla barca senza dire una parola per non dare nell'occhio.

La cesta tornò al suo posto. La ragazza sbrigò in fretta quel che doveva finire e si mise a pulire le reti. Il canto stridulo dei gabbiani accompagnava la musica placida delle onde. Nemmeno quella mattina sarebbe passata dalla Za'. In cuor suo si vergognava, perché per stare con Tanu aveva smesso di andare a darle una mano e non l'aveva nemmeno avvisata. Non ci aveva pensato, aveva la testa solo a lui e a perdersi fra le sue braccia in una danza di corpi e anime cui non voleva rinunciare.

Se sua madre l'avesse aiutata come aveva detto, e se lei e Tanu si fossero sposati in fretta, potevano pure decidere di partire insieme, fantasticò Agata. E forse, anzi quasi certamente, pure lui aveva fatto lo stesso pensiero.

Col cuore colmo di speranza, Agata lavorò di buona lena e poi rientrò a casa.

La linea dell'orizzonte si fondeva con il disegno dei suoi sogni, i riflessi ambrati del sole che nasceva danzavano con le onde, mentre l'odore salmastro portato dal vento si mescolava con il ricordo del profumo della pelle di Tanu.

Quel pomeriggio, subito dopo pranzo, la moglie di Emanuele bussò all'uscio di Cettina. «Mio marito ti manda a chiamare» disse la donna, curva sotto il peso di una gravidanza che era ormai giunta quasi a termine.

«Che si dice, Ro'? Quanto manca?» le chiese la cognata.

«Se Dio vuole, tra qualche giorno si fa la luna e dovrei partorire, già qualche dolore ce l'ho.»

«Dicci a to maritu che ci vado domani all'alba, quando torna dal mare.»

La donna annuì, salutò con una mano mentre con l'altra si sorreggeva la pancia.

43

Il giorno si era affacciato con una luce rosa come la polpa dei gamberi. Cettina a passi svelti uscì di casa che ancora non era spuntato del tutto il sole per raggiungere suo cognato.

«Cca sugnu, che novità mi porti?»

«'U vitti ieri questo Tanu, si sciarriò coi corallari, una testa tanticchia calda mi pare che è.» L'uomo scosse il capo, e senza nemmeno guardare la cognata aggiunse: «Maritato è, e so mugghiere aspetta. Già avanti è, fra poco accatta. 'Sto guaio, se è un guaio, tienitelo per te, Cetta, e lassa ire tutto».

«Nessun guaio» rispose la donna con aria impassibile.

«To figghia vedi di farla sistemare in fretta prima che salta fuori qualche sorpresa» aggiunse l'uomo con il tono di chi la sa lunga e non si fa mettere in tasca da nessuno, di certo non da una fimmina.

Cetta non rispose, incassò il colpo e si incamminò veloce come era arrivata. A passi decisi, tornò verso casa attraversando la spiaggia scura e la stretta viuzza del paese.

Agata era fuori, la sua barca non era ancora rientrata.

Pietro in quei giorni era più assillante del solito. Si era accorto che Agata era strana, sfuggente e lui voleva capire cosa fosse successo. Non appena sbarcò, le andò incontro. Era diventata, se possibile, ancora più bella, più femmina. La curva dei fianchi più accentuata, perfino il seno sembrava più pieno.

«Non ho nulla, cose di fimmine» rispose lei, ma poi, davanti alla sua insistenza, sbottò: «Pietro, la vuoi fare davvero una cosa per me?».

Quello non aspettava altro e annuì contento.

«Allura lassami queta per un po'.»

Pietro rimase di sasso, la fissò torvo e se ne andò senza manco salutarla. Non era mai stato permaloso né orgoglioso, ma quello era troppo pure per lui. *Vuole essere lasciata in pace? E lasciamola, poi vediamo se torna, perché torna sicuro*, si era detto imprecando a pugni stretti mentre ritornava alla barca adagiata sulla spiaggia come un osso di pesca spaccato in due.

Quando Agata rincasò, Cettina la fece entrare e poi le disse di sedersi. «Tuo zio mi mandò a chiamare» esordì. «Si informò su 'sto Tanu.»

Agata di colpo si sentì le gambe molli e sorrise, come si sorride quando si è in attesa di qualcosa di bello.

«Inutile che ridi... Tanu, il *tuo* Tanu, è sposato, e so mugghiere aspetta. È incinta, Agata, ti mettisti in un guaio più grande di te. Quel farabutto si è approfittato, ha solo fatto i suoi comodi e tu ci sei cascata in pieno! E ora rovinata sei... Devi solo sperare di trovare un fessacchiotto che non si accorge che ormai la frittata è fatta!»

Agata, paralizzata, non poteva credere a quelle parole. Era solo una bugia per tenerla lontana da lui, Tanu non era sposato, Tanu voleva lei e lei soltanto, il suo sguardo non poteva mentire, e in quello sguardo lei aveva visto per la prima volta in vita sua un desiderio bruciante e quello che a lei era sembrato amore.

«Non è vero!» gridò, prendendosi la testa fra le mani. Le lacrime le scendevano lungo le guance arrossate senza che potesse fermarle. «Non *può* essere sposato, mi ha detto che ha deciso di partire e che mi vuole con lui, che non parte solo...»

Cettina a quel punto sbottò. «E tu gli hai creduto, disgraziata? Che chianci a fari? I masculi tutti gli stessi sono, tutti bugiardi! E prima lo capisci e impari a difenderti, meglio è. Ma quale partire e partire? A momenti nasce suo figlio! Ora vattinni che i tuoi fratelli hanno bisogno.»

Agata corse verso i campi con la testa che pulsava, il cuore pestato. Un dolore sordo, al centro del petto, le spezzava il respiro. Decise che lo avrebbe aspettato a Tanu, una di quelle mattine, che lo avrebbe chiesto a lui se era vero che teneva una moglie a Milazzo, se era vero che c'era pure una creatura nel mezzo.

Fino a quel momento non voleva pensarci, non voleva credere che la cosa migliore che le era capitata nella vita in verità fosse solo un inganno. Come mai non aveva avuto nessuna premonizione, nessuna visione? A che serviva il suo dono se non la aiutava a proteggere se stessa dal dolore? Provò paura, era talmente vulnerabile in quel momento che sarebbe bastato un nonnulla per spezzarla. Si chiese se fossero solo cattiverie quelle che avevano detto su Tanu, magari avevano sbagliato persona. Una parte di lei sperava che fosse così, ma l'altra, quella autentica e istintiva, sentiva nel profondo che era tutto vero e che l'uomo che aveva conosciuto non solo non era libero, ma l'aveva ingannata prendendosi tutto di lei.

44

Quella notte Agata chiese alle altre di non andare a pesca sotto costa come sempre, disse loro che voleva spingersi in direzione di Stromboli: «Potremmo andare a totani per una volta. 'U saccio che è cosa da maschi, ma possiamo provarci anche noi».

Era una pesca più difficile, più faticosa, ma i totani loro poi li essiccavano, ne facevano scorte, si mantenevano, la carne bianca e compatta, quasi gommosa, si asciugava al sole e al vento e poi con un poco di acqua tornava come prima. Anche lei voleva tornare come prima, dopo essersi asciugata a forza di piangere quel giorno. Dopo il dolore era arrivata la rabbia, si era insinuata nel suo ventre come una serpe nella tana.

Le donne remavano seguendo la corrente in una notte insolitamente quieta di fine dicembre, lungo la costa tra Pollara e Malfa. Il mare fermo, i venti a riposo, tutto sembrava avvolto da una calma irreale, tutto tranne Agata, che ardeva e sentiva nel ventre, caldo e pulsante, il richiamo del vulcano. In lontananza scorsero la sagoma scura di Iddu, lo Stromboli, solcata dalla scia infuocata della lava che scendeva lungo il versante e che già conosceva la strada. Un filo rosso e arancione e giallo che sgorgava instancabile e che rendeva viva l'isola, tremante e in perenne attesa.

Remavano le donne, ipnotizzate da quella luce incandescente che segnava la notte, macchiandola di sangue, di fuoco, di luce. Una ferita che non si chiudeva mai, per questo Agata ne era attratta, anche lei come il vulcano aveva il fuoco dentro e una crepa aperta che rischiava di fare danno assai. Afferrò la spilla che le aveva regalato Tanu e la scagliò lontano. Avvertì solo il tonfo leggero che fece non appena toccò l'acqua.

Gli occhi fissi sulla sciara. Divenne un tutt'uno con lui, con quel monte cavo, purulento. Le parole uscirono dalla sua testa come lapilli scoppiettanti. *La pagherai*, pensò, il volto di Tanu davanti agli occhi. *Se mi hai mentito, la pagherai... Non resterò la sola a piangerti.* Le parole avevano il sapore di una maledizione e venivano da sole, come se dentro di lei ci fosse qualcuno, un'altra persona che parlava al posto suo. Poi la ragazza si riebbe di colpo, non voleva che il suo potere venisse fuori per fare del male, il dono doveva aiutare le persone, non nuocere. Si spaventò ma forse era troppo tardi, forse una parte di lei aveva riversato su Tanu un impulso così pieno di risentimento da fargli del male. Forse gli aveva gettato un malocchio mentre era fuori di sé, non se ne ricordava perché per un attimo era stato come se al suo posto una forza più grande di lei avesse dialogato con Iddu, una forza che condivideva la stessa rabbia e la stessa devastante potenza del vulcano. Agata continuava a remare al buio e in silenzio, nessuna delle sue compagne parve accorgersi di nulla. Tutto era accaduto dentro di lei, un'eruzione silenziosa ma sconvolgente che la scosse nel profondo. Non aveva mai avuto un'amica, una ragazza della sua età con cui confidarsi, e non ne aveva mai sentito la mancanza. Ora invece avrebbe tanto voluto poter aprire il suo cuore a qualcuno che la capisse veramente, che comprendesse quanto stava male, quanto profonde fossero le sue ferite, e che la consolasse. Invece era sola, sola come non mai, senza certezze. Si sentiva in gabbia. Aveva messo da parte i suoi sogni, per credere in un amore che non aveva alcun futuro. Adesso doveva cominciare a pensare solo a se stessa, per trovare il modo di tornare libera, nell'animo, nel cuore. Ripensò a quando era nato suo nipote, alla gioia che aveva provato nell'assistere al parto, ricordò di aver desiderato diventare una levatrice, ma questo desiderio lo aveva scordato e cancellato. Pensò a sua cugina Marisa, che ci stava provando a cercare un destino diverso e a scrivere di sé una storia migliore. Avrebbe fatto anche lei così, avrebbe seguito le sue orme, tentando di uscire dalla gabbia per uccelli che le stavano costruendo attorno. Non era abituata a essere imprigionata, e non avrebbe iniziato adesso.

Tornata a casa, si accorse del sangue, allora prese le pezze e si sistemò. In cuor suo ringraziò perché il suo corpo aveva pulito via tutto.

Cettina si sarebbe calmata e non avrebbe avuto più nessuna premura di farla sposare, tutta quella storia l'avrebbero sepolta come si seppelliscono le verità scomode.

45

La mattina successiva, la barca di Tanu era ferma nella secca. Erano gli ultimi giorni dell'anno. Agata si ricordò che l'ultima volta che l'aveva visto lui le aveva dato appuntamento alla loro spiaggetta. Era tentata di tirare dritto, ma aveva bisogno di sapere la verità e l'unico modo era parlare con lui. Salutò le altre e si incamminò a passi svelti verso casa, ma poi, superata la chiesetta della Maddalena, si diresse a sinistra verso il mare e scese i pochi metri che portavano alla caletta nascosta. Un dolore sordo al centro del petto le rallentava il respiro. Le girava la testa e una sensazione di nausea di colpo le risalì la gola. Il rumore dei passi di Tanu la destò dai suoi pensieri, erano passi mossi da un'urgenza fatta unicamente di desiderio.

Si trovarono l'uno di fronte all'altra. Agata pensò per un attimo che non aveva mai visto nulla di più bello di quell'uomo che le sorrideva con gli occhi e con le labbra e che aveva lasciato cadere le forti mani lungo i fianchi, osservandola con curiosità mista a malizia.

«Agata, vita mia, ero sicuro che ti avrei rivista» sussurrò con dolcezza.

La ragazza però era rimasta immobile e non aveva risposto al suo sorriso. Anzi, in volto aveva un'espressione cupa, preoccupata, che non gli pareva d'aver mai visto. In lei c'era una tensione strana che Tanu non riusciva a decifrare. Scrutò la giovane con aria interrogativa, come si guarda una nuvola scura in cielo che copre il sole, per capire se porta tempesta.

«Ciao, Tanu» rispose fredda lei, senza muoversi.

L'uomo aprì di nuovo la bocca. «Agata, cu fu? Che cosa hai?» Si toccò la barba perplesso.

Agata stava per esplodere, quasi sopraffatta dalla rabbia e dallo sconforto, ma cercò di trattenersi, doveva chiedere, voleva la verità. «Non so, forse puoi dirmelo tu che cosa ho, visto che sei bravo a inventare storie.»

«Quali storie?» chiese Tanu allarmato.

«Ho saputo che sei sposato e che tu e la moglie tua aspettate un picciriddo, ma io non ci credo, non ci voglio credere. Perciò lo chiedo a te se è vero» rispose gelida, guardandolo dritto negli occhi, che di colpo, da azzurri come pezzi di cielo, si fecero scuri.

Quelle parole colpirono Tanu come uno schiaffo ben assestato. Come poteva sapere? L'uomo per un attimo vacillò, distolse lo sguardo, spiazzato, ma sentiva gli occhi di Agata addosso come due spilli puntati. Il cuore accelerò, le parole gli morirono in gola, non gli riusciva di rispondere.

Abbassò il viso, le spalle incurvate, si mise le mani sulle ginocchia, piegandosi leggermente in avanti. Poi, non riuscendo a sostenere lo sguardo di Agata, si coprì il volto con i palmi. Un'ammissione.

«Come hai potuto farmi questo? Come?» urlò lei e la sua voce riecheggiò fra le rocce che facevano da cornice alla piccola insenatura.

Un uccello si levò in volo spaventato, il fruscio improvviso delle sue ali coprì un singhiozzo della ragazza. Le lacrime iniziarono a sgorgare da sole, senza che lei potesse controllarle.

«Agata, io...» sussurrò Tanu. «Io non volevo... Lei, mia moglie, io non la conoscevo. L'ha scelta mio padre per me, ho *dovuto* sposarla.»

«E io? Hai *dovuto* anche con me? Tu sei sposato, nemmeno mi dovevi guardare!» replicò lei.

«Io non ti ho mai promesso nulla, non ti ho presa con la forza. Anche tu ti sei lasciata andare, e senza tante storie, pensavo mi volessi quanto io volevo te. Tu mi hai fatto perdere la testa dal primo momento che ti ho vista.»

«La testa la dovevi usare, no perderla. In giro mi hai presa e basta, ti sei approfittato di me, io sono rovinata. Ti rendi conto di quello che hai fatto? Voi maschi fate tutto facile, a voi viene perdonato tutto, sempre. A noi resta la vergogna in capo» ribatté Agata. «Vattene, Tanu, vattene e non farti rivedere mai più» gli intimò infine a denti stretti e pugni serrati, fissandolo con un'espressione feroce che non ammetteva repliche.

Tanu non poteva credere alle sue orecchie. Una fimmina che gli diceva di andarsene.

«Agata, tu sei colpevole quanto me, non mi sono approfittato, lo abbiamo voluto entrambi, tu pure più di me, carne chiama carne, ora che fai, ti nascondi? Manco sapevi chi ero e ti sei coricata con me, e ora la colpa è la mia. Bedda virità» rispose furioso l'uomo. Doveva ancora nascere la femmina che alzava la cresta con lui. «Ti piacìo e ora non ti piace cchiù perché, come tutte, pensavi solo a sistemarti.»

«Vattinni ti dissi, per me tu sei morto.» Agata pronunciò quelle parole lapidarie voltandogli le spalle.

Si inerpicò con passo agile e deciso lungo un varco fra le rocce e in pochi attimi sparì dalla sua vista. I suoi piedi conoscevano a memoria ogni centimetro di quel luogo. Non era mai stata così piena di fascino e fiera come in quel momento, coi capelli arruffati e le gote arrossate per la rabbia, gli occhi come due tizzoni ardenti. Se n'era andata ma, esattamente come una stella cadente, aveva lasciato dietro di sé una traccia invisibile di bellezza.

Tanu rimase in piedi, con i pugni serrati. Tutto si sarebbe aspettato ma non quello che era appena accaduto. Si mise le mani fra i capelli. Le parole di Agata gli risuonavano in testa come colpi di martello. *Cagne, prima si fanno annusare e poi ti abbaiano.*

Sentì salire un groppo alla gola, un misto di rabbia e incredulità, ma gli avevano insegnato che un vero uomo non piange, non mostra le sue emozioni. Era furioso per quella debolezza, furioso perché quella ragazza gli aveva fatto ribollire il sangue come nessuna e ora si era girata male come una biscia quando gli pesti la coda.

Che c'era di mezzo una fimmina i suoi uomini lo avevano capito fin dalla prima volta, ma ne ebbero la conferma non appena Tanu risalì a bordo, il suo viso parlava per lui. Nessuno osò chiedere, lo lasciarono in pace e finsero un daffare che non c'era.

Tanu si mise a prua, controllò che tutto fosse in ordine, poi si spostò ai remi. «Amunì» disse incitando gli altri a muoversi.

Il mare è pieno di pesci, si disse guadagnando il largo, gli occhi celesti stretti come una fessura. L'ultima bugia la raccontò a se stesso.

46

Gennaio 1904

Alle altre lo disse con il tono di chi la decisione l'ha bell'e presa: «Noi da ora in poi pescheremo solo totani, andremo più lontane, verso Stromboli, verso Panarea. Pesca con le nasse non ne facciamo più».

I totani si pescavano durante le ore notturne, soprattutto quando il cielo non era rischiarato dalla luna piena. E più buia era la notte, più se ne catturavano.

Le donne stavano remando verso le Case di Donna Ina. Era buio pesto e il mare era un poco agitato. Nulla di preoccupante, solo un po' di vento che non avrebbe però fatto danno. Si sarebbero tenute comunque a poca distanza dalla costa.

Giuseppina guardò Agata con un'espressione stupita e incerta, come si guarda un gatto placidamente acciambellato che di colpo rizza il pelo e schizza via.

«Chi ci pigghiò?» chiese la donna a Maruzza e Assunta, che alzarono le spalle e non risposero. «Agata, e questa che novità è?» fece poi, accigliata. «Io sono troppo vecchia per questa cosa, vado a mare da prima che tu venivi al mondo. Ti pare ca pozzu fare più 'ste forzate?»

«La forzata più grande è il remare, e tu, Giuseppina, remi meglio di tutte e tre noi messe insieme, anche ora, sei quella che ha più forza e quella che conosce meglio di tutte questo posto» replicò la ragazza, indicando il mare con un ampio gesto delle braccia e cercando un cenno di approvazione sui volti delle compagne.

Maruzza annuì, ma chidda un si scantava di nenti, figuriamoci di uscire a totani che era una cosa che facevano solo i masculi. Loro qualche volta ci avevano provato e non era andata male. «Per me si può fare» ribatté secca guardando la sorella che pareva avesse finito le parole.

«Per me pure» rispose Assunta, che era meno convinta ma che mai sarebbe andata contro.

«Facciamo così» disse Agata, vedendo che Giuseppina era contrariata, «per questa settimana proviamo a uscire a totani tutte le notti, se ci pare buono e ce la facciamo andiamo avanti, sennò torniamo sotto costa con le reti e le nasse.»

Voleva provare un tipo di pesca che portasse qualche soldo, e poi voleva stare il più possibile lontana dalla terra, dalla gente e dai suoi pensieri, voleva scordarsi Tanu e il male che le aveva fatto, cancellando i ricordi per provare a ricomporre se stessa e smettere di sentirsi sporca e sbagliata.

Giuseppina era più confusa che persuasa. «Sentite a me: manco ci arriveremo a finirla una settimana, e gli uomini non saranno contenti, specie quelli di Acquacalda che pescano totani da sempre verso Salina.» Nel frattempo muoveva le braccia al ritmo che dettava lei per avanzare a suon di remi.

«Il mare è pieno di pesci. Di totani ce n'è per tutti, o forse si scantano che ne peschiamo più di loro?» replicò Maruzza ridendo senza però perdere il ritmo.

«È deciso, domani notte usciamo e proviamo, ma dobbiamo partire tanticchia prima e già voi fate fatica ad alzarvi la notte» sentenziò la più anziana, sempre poco convinta.

Agata, Maruzza e Assunta annuirono.

«Ora fermiamoci che qui abbiamo da calare le reti» ordinò Giuseppina dopo essersi posata in grembo l'estremità del lungo remo di legno.

La luna giocava a sparire dietro le nuvole grigie e pareva sorridere alle donne intente a calare in acqua la minaita. Il mare ondeggiava dispettoso sotto la chiglia del gozzo, aveva deciso che per quella notte avrebbe fatto fare su e giù alle pescatrici tutto il tempo.

Al ritorno, Agata passò dalla Za'.

«Lo so che è da un bel po' che non vengo al mattino» le disse. La donna, che era intenta a stizzare le braci mentre un paio di persone sostava fuori casa in attesa di parlarle, non rispose.

«Da domani andiamo a totani e rientriamo più tardi dal mare e appena arriviamo li puliamo e li mettiamo a seccare» si giustificò Agata.

«A mia mi pare che hai smesso di venire *prima* dei totani» puntualizzò la donna, che ancora non aveva ben capito che cosa fosse successo alla ragazza.

«Vero è...»

«Agata, ti pare ca scimunita sugnu? Non ti scordare che io ti ho vista nascere, ora se mi dici che è successo bene, sennò quella è la porta, di cretinaggini non ne voglio sentire.»

«Ho conosciuto uno, un pescatore di Milazzo, e ci cascavo come una scimunita, ci ho perso la testa proprio, ma lui era sposato» ammise. Tanto valeva essere oneste, Agata sapeva che la Za' non l'avrebbe tradita se fosse stata sincera.

«In tutti questi anni ho visto più danni fatti dall'amore che dalle malattie, figghia mia. Ma non tutti gli uomini sono cattivi, molti semplicemente combinano danno perché non ci pensano a quello che fanno. Non sono come noi, i maschi. Vanno dietro a cosa gli dice la loro testa per non dire di peggio, ma ci siamo capite.»

«Io so solo che non sono mai stata così bene e così male insieme» si sfogò Agata, che aveva bisogno di dire a qualcuno quanto stesse soffrendo, quanto si sentisse amareggiata e ingannata.

«Hai il tuo dono, presto ti scorderai tutte cose, ancora sei giovane» cercò di consolarla la Za'.

«E che me ne faccio ora? Mi guarisco da sola? A che serve questa cosa, se posso solo aiutare gli altri e non me?»

«Agata, dal tuo dono non si scappa e nemmeno dal dolore, fanno parte di te tutti e due, ce li hai dentro» disse la Za' mentre prendeva una manciata di foglie e petali da un vaso per gettarli in un pentolino con dell'acqua bollente.

La ragazza allora scoppiò a piangere. «Non voglio nessuno dei due!» esclamò in lacrime. Era esausta, ferita, si sentiva come se le mancasse un pezzo di sé. Si sedette sulla sedia con la testa fra le mani.

«Tieni, bevi questa.» La Za' si era avvicinata con una tazza fumante che profumava di lavanda, rosmarino, rosa e limone. La poggiò davanti ad Agata e le accarezzò la testa. Sapeva che la giovane stava soffrendo e che per ora aveva solo bisogno di tempo. «Bevila tutta» le ordinò. La bevanda aveva un sapore inebriante e dolce, sapeva di miele.

Agata a poco a poco la sorseggiò in silenzio, fissando il muro davanti a sé. Il peso che le opprimeva il petto si alleggerì un poco. Era tardi per lei. Si alzò, portò la tazza nella tinozza sotto la finestra e la sciacquò.

«Era buonissima, grazie. Ti salutu, Za', mi devo andare a sbrigare.»

«La gente che ha bisogno di essere guarita ti aspetterà, lo sai» aggiunse la donna indicando la fila che aveva davanti alla porta.

«E tu digli che per un poco non ci sono» rispose la giovane.

«Per un poco quanto?» chiese Teresa.

Agata la guardò, si strinse nelle spalle e rispose: «Per un poco assà».

Antonio non vedeva Rosario da mesi, da quella domenica in cui erano saliti lungo la montagna. Dall'alto aveva potuto ammirare tutta Vulcano e pure Vulcanello immerse nella distesa blu del mare. Non ricordava di aver visto nulla di più bello da quando viveva sull'isola.

«Nun o ddice a nisciun chi sì e pecché sì arrivato a Lipari» gli aveva raccomandato suo cugino, che faceva la guardia carceraria. «Quelli come te fanno 'na brutta fine» gli aveva detto abbassando gli occhi. «I coatti s'e pigliano come giocattoli e ce fanno 'e pegg cose. Devi dire che ti hanno mandato al confino per la politica, accussì non sbagli mai, tu nun sì nu delinquente.»

Antonio però a Rosario avrebbe voluto dire la verità, avrebbe voluto raccontargli di come gli riempiva i pensieri da quando lo aveva incontrato.

«Rosario, ma tu una fidanzata la tieni?» gli aveva chiesto.

«No» aveva risposto lui deciso. «Io penso a lavorare, alle fimmine non ci ho pensato mai.» E mentre lo diceva aveva realizzato per la prima volta che era davvero così, che a lui le ragazze non erano mai piaciute, che nessuna di quelle che aveva conosciuto gli aveva suscitato nulla, ma sapeva anche che lì si usava sposarsi senza essere innamorati. A suo fratello Salvatore, infatti, Lucia gliel'aveva trovata zio Emanuele.

Ad Antonio disse che il padre era partito diversi anni prima, che ormai aveva imparato a fare i conti con la sua assenza e così pure suo fratello, che si era fatto duro e spinoso come la scorza di un fico d'India. Per Agata era diverso: lei ancora ci soffriva, anche se diceva di aver smesso di sperarci di rivederlo a Pino, a Lipari.

Rosario raccontò tante cose ad Antonio, come se lo conoscesse da tempo.

Quando erano riscesi verso il paese si erano rincorsi e sfiorati e avevano riso e lui non era mai stato tanto felice di avere un amico che lo faceva stare così bene.

Il bacio era arrivato a sorpresa mentre rotolavano nel prato, sopra di loro solo un cielo carico di azzurro.

Si erano rialzati ed erano corsi via senza dire una parola. Rosario era poi entrato in casa salutando Antonio con la mano perché sua madre era fuori sulla porta.

«E quello chi è?» aveva chiesto Cettina.

«Un mio amico, viene da Napoli» aveva risposto lui.

«Ah, un coatto, bravo! Non ci basta tua sorella, puru tu ti ci metti...» aveva sospirato lei, già pronta a fargli la predica.

«Non è un malacarne, ma', ha avuto questioni per la politica» si era affrettato a precisare Rosario.

«A posto siamo, vedi di non ficcarti in qualche guaio. E comunque a sposarti dovresti pensare ora, non ad andare a zonzo coi politici...»

Rosario era confuso, ancora non aveva realizzato nulla di quello che era appena successo, sapeva solo che, se la felicità era quella che aveva provato poco prima, voleva essere felice per tutta la vita.

47

Gennaio è il mese più pericoloso per chi vive su un'isola, la mutevolezza del tempo e del mare non consente tranquillità a quelli che escono in barca e a chi va a pesca.

Luna curcàta, marinàru addritta; luna addritta, marinàru curcàtu: questo era quello che si diceva solitamente. E i pescatori e le pescatrici ci stavano sempre attenti alla luna, alle maree e ai venti. All'ingresso delle case alcune lanterne accese, grosse e chiare come meduse, con la loro luce stregavano gli insetti che danzavano nel calore. Attirati da quei voli scintillanti attorno alle finestre, alcuni pipistrelli scesero verso le abitazioni e poi scomparvero di nuovo nel buio.

Le donne quella notte, nonostante la luna curcàta, coricata, decisero di uscire, il mare era abbastanza calmo, non si scorgevano nuvole. Partirono presto e iniziarono a remare verso il largo con un buio così buio che pareva più nero del nero delle seppie, un cielo e un mare di inchiostro.

Remavano da quasi un'ora verso Stromboli quando di colpo le onde si fecero più alte e cominciò a tirare un vento che non prometteva nulla di buono.

«Iamuninni, rientriamo» esclamò Giuseppina con un'espressione grave in volto. «Non è cosa di stare in mare con 'sto tempo, pure i totani si scantano.» Le donne fecero una manovra rapida, girarono il gozzo verso Lipari e ripresero a remare di buona lena. Con tonfi regolari e cadenzati, i remi battevano l'acqua, si immergevano, facevano leva, spingevano e poi risalivano a prendere fiato e poi di nuovo giù per portarsi sempre più vicino a casa, alla salvezza.

Il vento ormai infuriava, si insinuava fra i capelli e i vestiti delle quattro pescatrici, alzava minuscole gocce d'acqua che piovevano loro addosso dispettose, in viso e sugli abiti che in poco tempo si bagnarono. Il freddo diventò insopportabile con gli scialli fradici. Dovevano muoversi, restare calde, vigili.

«Più veloci!» gridò Giuseppina.

Agata non riusciva quasi più a respirare per la fatica e pure per la paura di trovarsi nel mezzo di una mareggiata. La tramontana era montata di colpo, senza preavviso e ululava nelle loro orecchie, insistente come una minaccia.

«Aiuto, aiutateci!»

L'urlo disperato a più voci veniva da un punto non troppo lontano, ma il vento e il buio non aiutavano a capire di preciso da dove.

Le donne sapevano che chi chiede aiuto in mare va soccorso sempre e provarono a puntare il gozzo in direzione di quelle grida.

«Aiutooo!» Di nuovo quelle urla disperate.

Le donne potevano contare solo sulla luce fioca della lampara che miracolosamente non si era spenta, ma che rischiarava appena qualche palmo oltre il bordo del gozzo.

«Chi è là?» gridò Giuseppina.

«Bastianu sono! 'A varca si è ribaltata!»

La voce sembrava levarsi da un punto esattamente davanti alla loro prua. Le donne, spaventate, tentarono di avvicinarsi, remando ancora più forte.

Alla fine li videro e quasi li travolsero: erano in due, aggrappati allo scafo del gozzo con gli occhi neri. Le onde spingevano le due barche l'una verso l'altra. Maruzza e Assunta tennero i remi saldamente, provando a spostarsi per non piombare addosso ai due pescatori in difficoltà.

Giuseppina tese il remo a Bastianu. «Avanti, aggrappati» urlò.

L'uomo con le ultime forze afferrò l'appiglio. «Ignazio, dammi la mano!» gridò con tutto il fiato che aveva in gola e si lanciò verso il figlio, prendendolo per un braccio.

Agata e Giuseppina tirarono forte il remo verso di loro, cercando di far avvicinare i due uomini alla loro barca. Le onde violente li coprivano, facendoli sparire per lunghi istanti sott'acqua.

«Agata, aiutami a tirarli fuori, presto!» La donna sporse il forte braccio oltre lo scafo e cercò di intercettare la mano di Bastianu. Dopo un tempo che sembrò eterno, finalmente il pescatore riuscì ad afferrare la mano della donna, che lo strinse e lo fece avvicinare allo scafo.

Bastianu riuscì a toccarlo e con l'altra mano spinse il figlio, che sembrava ormai svenuto, verso Giuseppina. «Prima lui!» urlò.

Agata si sporse per aiutare la compagna. Maruzza e Assunta, senza mollare i remi, si spostarono entrambe sul lato opposto per bilanciare il peso e impedire alla barca di rovesciarsi. Le donne riuscirono a issare a bordo Ignazio, che scivolò sul fondo del gozzo privo di sensi, poi aiutarono Bastianu, ormai allo stremo delle forze.

Quando entrambi i pescatori furono al sicuro, le quattro donne si misero ai remi e senza risparmiarsi cercarono di scampare a quell'inferno di onde e vento e di avvicinarsi alla terraferma.

Tutta avvolta dal fiato opaco del mare, Lipari nemmeno si vedeva, la sommità solamente pareva un'ombra poco più scura del cielo. Tutto era confuso e privo di contorni. Le donne erano disorientate.

Quando furono a poche centinaia di metri dalla riva, finalmente scorsero delle luci e udirono delle grida. Mezzo paese era sceso in spiaggia e tutti urlavano e gesticolavano verso le barche in difficoltà per indicare dove si trovasse la riva in mezzo al buio della notte.

Dopo lunghi istanti di paura, finalmente il gozzo delle donne toccò terra. Accorsero tutti a tirarle fuori dall'acqua, a portarle al sicuro.

«Abbiamo recuperato due uomini in mare» urlò Giuseppina. «Tirateli fuori!»

I mariti di Maruzza e Giuseppina le portarono al sicuro a ridosso delle case. Agata venne presa sottobraccio dai suoi fratelli mentre Cettina reggeva il lume, pallida come un cencio. La giovane era stremata, infreddolita, spaventata. Si sedette a terra, poco lontano, assieme alle altre. Anna e Domenica avevano portato delle coperte e le misero sulle spalle delle donne. Domenica non si avvicinò ad Agata: dopo che Cettina l'aveva bandita da casa sua, si teneva al largo da tutta la famiglia, perché sapeva bene che quella donna non solo non l'avrebbe mai perdonata, ma sarebbe stata capacissima di fare qualche scenata davanti a mezzo paese.

Gli uomini presero di peso Ignazio e Bastianu e li fecero sdraiare sulla spiaggia. Erano svenuti, avevano bevuto troppa acqua, ma respiravano, erano vivi. Sapevano cosa dovevano fare, metterli sul fianco e farli vomitare, e così fecero. Ignazio buttò fuori tutto e cominciò a tossire e piangere insieme. Bastianu giaceva immobile circondato dagli uomini che davano ordine alle donne di prendere ancora coperte.

La burrasca infuriava e il rombo del mare in tempesta copriva perfino le voci delle persone assembrate intorno agli uomini scampati per miracolo alla furia delle onde.

48

Qualcuno aveva acceso un fuoco che ora crepitava caldo rischiarando la spiaggia, molti erano accorsi con le lampade e con delle coperte. Cettina, in tutto quel trambusto, non aveva capito chi fosse l'uomo disteso a terra, ma poi vide sua figlia avvicinarglisi attirata da qualcosa. Agata teneva lo sguardo fisso sull'uomo che, con la camicia mezza strappata, aveva il petto scoperto e in bella vista. Uno dei pescatori lo stava illuminando con la sua lampara.

La ragazza, inzuppata e tremante, gli arrivò così vicino che avrebbe potuto toccarlo. Fissò la piccola voglia sotto la clavicola dell'uomo e rimase inebetita qualche istante, i pensieri le si affollavano in testa in una tempesta più violenta di quella a cui era appena scampata. Quella macchiolina era identica alla sua. Istintivamente si portò la mano al petto, nel punto esatto in cui lei stessa aveva impresso sulla pelle quel marchio. Non credeva ai propri occhi. Lei e Zu' Bastianu avevano il medesimo, identico segno addosso, ma come poteva essere?

Cettina, che aveva assistito a tutta la scena, tornò per un attimo alla mattina in cui era nata Agata, proprio su quella stessa spiaggia. Allora, quando aveva visto la macchia, aveva capito tutto: quella minuscola voglia sarebbe stata per sempre il sigillo di un segreto inconfessabile che lei avrebbe voluto portarsi nella tomba. Il destino però aveva in serbo altro.

Dopo un momento che le sembrò eterno, Agata fu attraversata da una folgorazione improvvisa. Un sospetto assurdo che si impadronì di lei, insinuandosi come un'ombra nel suo cuore: lei e

Bastianu erano legati, li univa quella voglia e soprattutto il dono che fino ad allora lei aveva creduto solo suo.

Agata non riusciva a far ordine nella sfilza di pensieri che le attraversavano la mente, ma poi ricordò la mattina in cui Giuseppina l'aveva accompagnata ad Acquacalda e tutto le fu chiaro. Quando era andata da Bastianu, lui l'aveva guardata e le aveva detto di tornarsene da sua madre. La conosceva, quindi! In quel momento Agata capì che un filo invisibile legava lei, Cettina e il majaro più potente delle isole.

Lei aveva lo stesso dono di Zu' Bastianu: la notte del suo quindicesimo compleanno Eolo aveva preso anche lei. Lo capì solo allora, dopo più di un anno di dubbi, sofferenze e paure. E capì anche che sua madre lo sapeva, lo aveva sempre saputo.

Inebetita, si voltò verso Cettina e incrociò il suo sguardo colpevole e spaventato. E un'altra consapevolezza, ancora più potente e devastante, la colpì con la violenza di uno schiaffo, facendola bruciare di dolore e vergogna. Si avvicinò alla madre, la fissò con tutto l'odio di cui era capace e poi le sputò in faccia. Lasciò cadere a terra lo scialle bagnato, lanciò un'occhiata a Bastianu che giaceva inerme a terra e poi voltò le spalle alla spiaggia, puntando verso la strada. Salvatore e Rosario la seguirono sgomenti, senza aver compreso nulla di quanto era accaduto. Pietro, che era poco distante, capì subito che era successo qualcosa di grave, ma restò al suo posto. *Le tempeste arrivano e le tempeste passano*, pensò.

Il mare urlava ancora la propria furia, mentre Agata, sconvolta, si allontanava chiusa in un silenzio ostile e solitario. Anche Cettina si avviò verso casa con l'aria tesa, portando con sé il tumulto della notte tempestosa. Pietro, che non riusciva a distogliere lo sguardo da quella scena, rimase in silenzio, consapevole che certi segreti sono destinati a restare tali e a essere seppelliti più in profondità dei cadaveri. Nel frattempo, sulla spiaggia le donne continuarono ad assistere i pescatori stremati che man mano il mare sputava sulla spiaggia, cercando di scaldarne i corpi gelidi con le coperte.

La vera bufera si scatenò a casa poco dopo. Quella del mare a confronto non era nulla.

Non appena entrò in cucina Cettina si avventò sulla figlia, afferrandola per i capelli e torcendoglieli fino a costringerla a piegare la testa verso di lei.

«Ora te li insegno io un po' di educazione e di rispetto, che forse non te ne ho insegnati abbastanza.»

Rosario accorse subito. «Ma che stai facendo?» urlò rivolto alla madre, spingendola via da sua sorella. «Ma si può sapere che avete tutte e due? Io non ci sto capendo più nulla!»

«Chiedilo a lei, vediamo se ti risponde! Vediamo se te la dice la verità, quella che io ho scoperto ora, per caso!» rispose Agata furiosa.

«Tu, tu non sai un bel niente!» gridò Cettina di rimando. «Tu credi di sapere, ma sei solo una a cui puzza ancora la bocca di latte.»

«Intanto so che mio padre non è mio padre e che mi hai ingannata sempre!»

Salvatore e Rosario a quelle parole saltarono in aria. Che voleva dire Agata? Cosa stava insinuando?

«Tu ti devi stare zitta!» gridò Cettina. «Non sai niente di niente, zitta ti ho detto!»

«E perché dovrei? Ho capito più cose questa notte che in tutta la mia vita!» ribatté Agata, voltandosi verso i fratelli che la guardavano allibiti senza comprendere il senso delle sue parole. «Sapete di chi sono figlia io? Non di Pino, vostro padre, ma di Zu' Bastianu, quello che abbiamo tirato fuori dal mare stanotte con suo figlio!» annunciò la ragazza. «E sapete da cosa l'ho capito? Da questa!» Agata si scostò la camicia, scoprendo la voglia sul petto poco sotto la clavicola. «Quell'uomo ce l'ha identica. Quando sono andata a parlarci mi ha riconosciuta, ha detto che ero precisa a mia madre.»

Cettina indietreggiò, la faccia spiritata. «Quando sei andata da Bastianu? E perché? E senza dirmi nulla!»

«Ci sono stata dopo la visione delle tartarughe, dato che tu mi hai detto di non usarlo il mio dono, adesso capisco perché non volevi! Ti scantavi di avere in casa la figlia di suo padre, un majaro, uno strambo che fa cose strambe, che ha sempre gente piedi piedi.»

«Tu non sai quello che dici!» balbettò Cettina. Rosario, che era il più calmo e riflessivo dei tre fratelli, quello che non si intrometteva mai nelle discussioni, sbottò contro sua madre come le onde quando si infrangono pesanti e rumorose sugli scogli. «Ma allora è per questo che la tratti così!» urlò. «Perché Agata è la prova di quello che hai combinato di nascosto da tutti! Tu, proprio tu che l'hai col mondo, che non sei stata capace di tenerti tuo marito vicino, tu sei la prima munzignara!» Mentre parlava teneva l'indice rabbiosamente puntato verso la madre, che aveva sempre trattato lui e Salvatore in un modo e Agata in un altro. Rosario non aveva mai capito il motivo, e alla fine si era detto che essendo femmina la voleva educare più rigidamente. Invece Agata era il frutto di un peccato che la donna aveva commesso quando era già sposata, una svergognata era, ecco cosa era la loro madre.

Agata singhiozzava. Tutto il suo mondo, le sue certezze, il padre che aveva amato con tutta se stessa, erano solo un mucchio di bugie, un castello di sabbia pronto a sgretolarsi sotto il sole, ora che la verità era venuta fuori.

Salvatore, che era il più grande, il capofamiglia, stava immobile come una pertica di fagioli, incapace di proferire parola, gli sembrava che uno sciame d'api avesse cominciato a ronzargli intorno alla testa, non riusciva a pensare a nulla, vedeva tutto nero, un nero fatto di rabbia, di delusione, di dolore. L'unica cosa che gli riuscì di fare fu imboccare la porta e tornarsene a casa sua da Lucia e dal piccolo Giuseppe.

Agata si sentiva stremata: prima la tempesta, poi tutte quelle rivelazioni. Però per la prima volta da tanto tempo non si sentiva sbagliata. Ora capiva perché sapeva fare quelle cose: fermare il fuoco, curare la gente, avere le visioni. Pensò che quando l'aveva vista ad Acquacalda Zu' Bastianu aveva capito subito chi era e cosa voleva chiedergli. Di certo doveva aver immaginato quanto si sentisse sola e spaventata davanti a un potere così grande, eppure lo stesso non le aveva detto nulla, l'aveva lasciata sola e senza aiuto pur di non essere scoperto. Erano tutti uguali i maschi, buoni solamente a mentire e a scappare.

49

Settembre 1886

Quando cominciò a sentirsi male, Cettina aveva poco più di venticinque anni e due picciriddi maschi da crescere. Si alzava al mattino debole, le gambe non la reggevano, non riusciva a occuparsi dei bambini. Sua madre, Minica, si accorse subito che era malocchio, le mise il piatto con l'olio in testa e ci vide chiara la faccia di Iachino, il vicino di casa che rubava le uova alla figlia e che lei più volte aveva sorpreso.

«Ti fece una cosa e te la devo levare. E in fretta anche.»

Cettina, però, non credeva alle majarie che faceva sua madre, tutto il tempo a recitare 'raziuni, mezze in dialetto e mezze in latino. Lei non aveva tempo per quelle fesserie, che di cose da fare ne aveva troppe. Pino stava tutta la notte fuori a pesca e poi di giorno nei campi, si vedevano per poche ore, scambiavano qualche parola mentre lei dava da mangiare a Salvatore e allattava Rosario, che ancora era neonato.

Minica ci provò lo stesso a levarle la fattura e credeva pure di esserci riuscita, ma una mattina Cettina non riuscì ad alzarsi. Le gambe erano come di legno, non le sentiva più, cominciò a delirare per lo spavento, le salì la febbre, sembrava più morta che viva.

«Da Zu' Bastianu la dobbiamo portare o ci muore» disse Minica a Pino. «Iddu sta di là dall'altra parte dell'isola, ma ci dobbiamo andare in fretta o me figghia non sopravvivrà. Ave 'na legatura potente, troppo, che io non ho potuto levare.»

Pino, che era uomo abituato a faticare dallo scuro allo scuro, non ne capiva niente di malocchi e di rimedi. «Sta bene» disse. «Domani mattina gliela portiamo.»

Non appena la vide, Zu' Bastianu disse loro che non poteva risolvere la cosa in giornata. «Ci vogliono tre giorni per liberarla o vi muore sicuro. Avete qualcuno a cui lasciarla qua vicino? Io ci andrò ogni sera e passati tre giorni ve la venite a riprendere.»

Pino e Minica portarono la ragazza dalla madre di Giuseppina, che era compagna di pesca di Cettina e che dopo sposata era andata a vivere a Marina Corta, a due passi da loro.

«Una carità cristiana vi chiediamo, fate come se fosse figghia vostra, ve ne prego.»

La donna, che non era anziana ma che pareva portasse il peso del mondo sulle spalle curve, annuì. Ormai viveva sola da tempo e aveva le sue abitudini. Parlava poco e mai a sproposito, il viso severo, i capelli radi e grigi, tenuti insieme da un pettinino, era minuta e un poco storta, teneva sempre una mano sul fianco destro. «Lasciatela pure qui. Quel che c'è per me c'è per lei» disse mostrando un secchio ammaccato con un paio di uova e alcune verdure.

Rassicurati da quelle parole, Pino e Minica se ne tornarono a casa, visto che avevano da accudire due picciriddi.

Verso sera, Bastianu andò da Cettina che giaceva febbricitante. Poche volte aveva visto tanta bellezza e tanto dolore sul volto di una donna. Quella ragazza era presa da qualcosa di potente assai che se la stava mangiando viva.

Impastò erbe e con movimenti sapienti le frizionò il petto e le spalle, recitando i 'raziuni, bagnandola con l'acqua benedetta presa da sette chiese.

Nnesci mali supra di me e trasi beni.
Nnesci mali supra di me e trasi beni.

Zu' Bastianu ripeté le formule con solennità, più e più volte, poi se ne tornò a casa da sua moglie e da suo figlio nato da pochi mesi.

Cettina giaceva nel vecchio letto di Giuseppina, incapace di alzarsi. La prima notte sfebbrò e riuscì a bere e mangiare un poco di brodo di verdure.

La seconda sera, la madre di Giuseppina si allontanò per andare a chiudere le galline e dare loro tanticchia di acqua e semenze. «Sto via un'ora che passo da me zia» disse a Bastianu dopo averlo incrociato sulla soglia di casa. «La picciotta sta a letto come ieri, ma frevi non ne havi cchiù.»

«Sta bene, faccio la preghiera e me ne vado» fece l'uomo con aria solenne.

Era talmente imponente che metteva soggezione, tutti sapevano che dove passava lui la gente guariva e per questo nessuno metteva in dubbio la sua autorità e la sua parola.

Dopo che Zu' Bastianu ebbe finito con i 'raziuni, Cettina avvertì di colpo la sensazione di venire liberata da qualcosa, si sentì leggera, di nuovo in forze, lo sguardo tornò limpido.

L'uomo le stava passando le erbe sul collo.

Cettina intercettò il suo sguardo, era lava incandescente, ossidiana nera e tempesta. Si sentì avvampare, le mani di Zu' Bastianu continuavano a sfiorarla, i suoi occhi a fissarla.

Lui fece scivolare una mano sul seno scoperto di Cettina e da lì in poi fu solo una danza di due corpi che si fecero uno, in un impeto che nessuno dei due aveva previsto ma cui non seppero resistere. Nessuno dei due disse una parola, i loro sguardi dicevano già tutto, erano fuoco che il vento accarezzava, alimentando le fiamme.

Una volta a letto, Cettina si alzò e, quando la mamma di Giuseppina tornò, scese con lei per cena.

«Mi pare che stai bene... Hai cambiato cera, hai preso colore. Tieni, mangia» le disse la donna porgendole del pane, le uova e una zuppa di fagioli, cipolle e finocchietto che Cettina divorò. «Bastianu ti rimise in piedi. Iddu è il più potente di tutti.»

Quella sera, a letto, Cettina si sentiva completamente inebriata. Non aveva mai conosciuto nessuno come quell'uomo dalla pelle che sapeva di miele, terra e resina e dalle mani di fuoco.

La sera seguente Bastianu non tornò, mandò a dire che non serviva, che Cettina ormai era guarita e poteva rientrare a casa. La verità era che, se fosse tornato da lei, non avrebbe potuto resisterle. Gli occhi di Cettina gli erano entrati dentro come due spilli conficcati nella carne, così belli e così pericolosi da stare male. Lo aveva stregato: lui che levava mali e fatture, lui che vedeva persone di continuo, che non aveva mai ceduto a nessuna passione, era caduto fra le braccia di quella donna e non riusciva a levarsela dai pensieri. L'unico modo per liberarsene era evitarla, dimenticarla, provare a cancellarla e tornare alla sua vita, accanto alla moglie e al bambino che stava crescendo.

Cettina lo aspettava, sapeva che doveva passare un'ultima volta, ma quando non lo vide arrivare capì. Bastianu non era fatto per tornare, era fatto per stare per i fatti suoi e aveva la testa alla gente che curava. Lei era maritata e aveva due picciriddi a casa, che si aspettava? Però questa consapevolezza non le impedì di odiarlo. Lo odiò, odiò tutto quello che l'avrebbe costretta a tornare e odiò la vita che la attendeva, fatta solo di doveri e di fatiche. In quell'odio Cettina trovò un rifugio che non ebbe più il coraggio di abbandonare. Pianse, pianse tutta la notte, e la madre di Giuseppina si convinse che era il male che la stava lasciando, che le cure di Zu' Bastianu avevano avuto la meglio e che la giovane compagna di pesca di sua figlia fosse finalmente libera, guarita da ogni mala sorte.

L'indomani, come da accordi, Pino venne a riprendersela.

Cettina sembrava stare bene, ma aveva una tristezza negli occhi che aveva tutto il sapore della nostalgia e che, da quel giorno, non l'abbandonò mai più.

«Che dicono i picciriddi?» chiese al marito.

«Stanno con tua madre, a Rosario il latte glielo ha dato Agnese che ha avuto suo figlio da poco e ne ha pure per lui» rispose sbrigativamente l'uomo mentre armeggiava con le funi della vela. «Con questo vento, ci sbrighiamo subito, vedrai» le disse, convinto che la moglie non vedesse l'ora di rientrare a casa.

La barca veleggiava veloce in direzione di Marina Corta, gli spruzzi delle onde bagnavano il viso di Cettina confondendosi con le sue lacrime. Era guarita, dicevano, lei però si sentiva malata dentro, nel cuore suo, che si era sentito vivo solo quando aveva incontrato lo sguardo di Bastianu.

L'isola mutava colore, si erano lasciati Salina alle spalle con i suoi declivi verdeggianti puntellati di giallo e ocra, prime avvisaglie del cambio di stagione che di lì a poco avrebbe trasformato i colori delle montagne a picco sul mare.

50

Gennaio 1904

Nel delicato abbraccio dell'alba, Agata si ritrovò ad attraversare il labile confine fra notte e giorno. Sfumature calde tingevano il cielo. I suoi passi risuonarono nel quieto silenzio del mattino che iniziava a sprigionare i suoi profumi. Si era alzata presto ed era uscita mentre tutti ancora dormivano, nonostante il freddo. Aveva portato con sé il vecchio scialle di sua nonna Minica e ci si era avvolta, cercando di ricordarne il profumo. Ogni intreccio di lana le raccontava storie di abbracci e consolazioni.

Nonna, dove sei? aveva pensato alzando gli occhi verso il cielo. Per lei sua nonna abitava quello spazio di libertà, ne faceva parte.

Agata si avviò verso il campo, avrebbe atteso lì l'arrivo dei suoi fratelli. Aveva bisogno di mettere una distanza fra lei, sua madre e la vita cui aveva creduto di appartenere.

Dopo ciò che era accaduto la notte prima, Cettina aveva in mente un solo posto dove poter andare. Ma con quale coraggio si sarebbe presentata dalla donna che aveva scacciato in malo modo molto tempo prima? Lasciò passare l'ora del pranzo e pure quelle che venivano dopo, poi finalmente si avviò. Camminava decisa lungo la strada lastricata, le case sembravano guardarla con occhi muti. Il rumore dei suoi passi echeggiava contro i muri ruvidi e bianchi.

Era pomeriggio inoltrato, sentiva dalle finestre le donne che stavano preparando qualcosa da mangiare per chi tornava dal lavoro.

Domenica stava rigovernando ed era uscita fuori per buttare i rimasugli della pulizia dei rapuddi, che aveva raccolto in una mano pulendo la tavola. Guardò arrivare quella che un tempo era la sua più cara amica e si accorse che il suo sguardo era carico di sofferenza. Rimase ferma sull'uscio, in silenzio.

Una grossa nuvola offuscò per un momento il sole e le ombre si fecero di colpo più scure.

Cettina si avvicinò e chinò gli occhi. «Domenica, solo tu mi puoi aiutare» mormorò con la voce rotta, poi cadde in ginocchio, esausta.

La donna le corse incontro e la prese sottobraccio, aiutandola a sollevarsi. «Cettina, ma che è successo?» chiese allarmata. «Alzati, entriamo subito in casa.»

«Io, io ho sbagliato assai con te» sussurrò Cettina affranta.

«Non ci pensare più, un mi interessa, piuttosto, che ti capitò? Mi stai facendo scantare!» Domenica sorresse l'amica, guidandola fino alla sua cucina, poi la fece sedere accanto al fuoco.

«Ho fatto una cosa, tanti anni fa, che non dovevo fare... e ora...» Cettina non riusciva a parlare, scossa dai singhiozzi.

«Calmati, tieni, bevi un poco di acqua» le disse Domenica accarezzandole le spalle.

Cettina bevve un sorso e poi guardò l'amica negli occhi. «Ho un peso qui, ma tu non lo devi dire a nessuno.»

«Io non fiato» la rassicurò lei. «Con me puoi parlare.»

Cettina respirò a fondo, poi lo disse, e si stupì della sua stessa voce, di quelle parole che stava pronunciando e che non aveva mai confessato in più di sedici anni. «Agata non è figlia di Pino.»

Domenica rimase immobile, attonita di fronte a una rivelazione che non si sarebbe mai aspettata, non da Cettina, non dalla donna che conosceva da sempre, quella con cui aveva pescato tanti anni, quella che aveva partorito sua figlia sulla spiaggia mentre lei e le altre la assistevano. «Che stai dicendo?» riuscì a mormorare.

«Quello che ho detto, ho sbagliato, Dome', e ho sofferto le pene dell'inferno in tutti questi anni, ma adesso la verità è venuta fuori e io non ho il coraggio di guardare in faccia i miei figli.»

«Adesso calmati» disse Domenica. «Non può fare cchiù scuru

di mezzanotte, ora tu mi cunti tutte cose e poi a casa ti riaccompagno io.»

Cettina si abbandonò sulla sedia e cominciò a parlare, confidò all'amica tutto, anche il nome del vero padre di Agata, e le raccontò come lo aveva conosciuto.

Mentre l'amica parlava, Domenica capì il motivo della tristezza perenne di Cettina, ciò che si nascondeva dietro i suoi modi bruschi e scostanti, e ricordò quanto fosse cambiata dopo la nascita di Agata. Se ne erano accorti tutti, ma non avrebbe mai immaginato che il motivo fosse quello che le era appena stato raccontato. La donna ascoltò in silenzio, lasciò che l'amica si sfogasse, che buttasse fuori tutto quello che aveva da dire. «Come ti sei tenuta tutto dentro per tutto questo tempo?» chiese alla fine.

«È stato un po' come morire ogni giorno, e quando Pino se n'è andato ho pensato che il Signore mi voleva punire.»

«Ma che vai dicendo?» sbottò Domenica, lanciando un'occhiata alla finestra e accorgendosi di quanto si fosse fatto tardi. «A momenti tornano tutti, i miei figli e pure i tuoi, forza, iamuninni che ti accompagno io.»

Cettina annuì e si alzò. Non si era mai sentita tanto stanca, perfino le gambe le facevano male. Aveva portato per anni un peso più grande di lei e ora che se lo era finalmente levato dalle spalle si sentiva pure peggio.

Le due si incamminarono sottobraccio.

«Una cosa sola, Dome'» disse Cettina. «Quando sei venuta a dirmi di Pino, io lo so che era tutto vero, ma...»

«Non ne parliamo più, quello che è stato è stato» la interruppe l'amica, stringendole il braccio e guardandola dritto negli occhi. «Tu ora a quello che sta oltremare non ci devi pensare mai più.»

Al ritorno dal campo, Agata, Salvatore e Rosario videro Domenica fuori dalla porta e si allarmarono. Sapevano che lei e la loro madre non si parlavano più da molto tempo.

«Che è, Domenica? Che è successo ancora?» le chiese Salvatore, passandosi una mano fra i folti ricci scuri.

«Niente è successo, Cettina mi cuntò tutte cose e io, lo sapete, mi tengo zitta e muta con tutti, ma voi ve lo dico, a vostra madre la dovete rispettare. Ne ha passate tante, e non lo sapete una donna nella sua vita quanti sacrifici fa, soprattutto per i figli suoi» disse Domenica, poi indicò la porta. «Quella è vostra madre, vi ha cresciuti da sola e lo sa Iddio quanto male si porta addosso. Tutti sbagliamo. Voi ascoltate a me, fate finta di niente e lasciatela in pace. Quello che è stato è stato, non si può cambiare.»

Salvatore non disse nulla e raggiunse Lucia, uscita in quel momento ad accoglierlo con il piccolo Giuseppe in braccio. Lui sua madre l'aveva sempre difesa e protetta, ma ora non sapeva più che pensare. Aveva la sua famiglia cui badare adesso. Cettina non doveva essere più un suo problema, non dopo quello che aveva fatto. Le avrebbe portato rispetto, era pur sempre sua madre, ma in cuor suo la giudicava e la delusione era tanta che da quel giorno per lui tutto cambiava.

Agata e Rosario salutarono Domenica che se ne stava andando ed entrarono in casa.

Cettina stava rimestando la zuppa. «Sedetevi che è pronta» disse. Servì loro la cena e subito dopo, con la scusa che non aveva fame, chiese ad Agata di sistemare e andò a coricarsi senza toccare cibo.

51

Quella notte Agata uscì a pesca come sempre, nessuna ebbe il coraggio di chiedere, fecero finta di nulla. Nei suoi occhi, colmi di smarrimento e rabbia, era racchiuso il mistero di quanto accaduto la notte precedente, dopo il naufragio. Si trattava di discorsi fra madre e figlia, non era il caso di immischiarsi, non finché la cosa era ancora fresca. Fare finta di nulla era la soluzione più spiccia e indolore.

Non appena il gozzo toccò terra, sbrigate le incombenze solite, Agata andò via senza fermarsi a salutare nessuno. Era scossa, arrabbiata e ferita, aveva il cuore serrato. Avvolta nel silenzio si incamminò a passi sostenuti. Voleva stare sola e andare a sedersi lungo il sentiero che porta a Punta della Crapazza, da dove si vedono le isole e perfino la costa della Sicilia. In quel posto si respirava meglio che altrove perché era a metà fra la montagna e il mare.

Pietro, preoccupato per lei dal giorno prima, decise di seguirla.

Presa com'era dai suoi pensieri, Agata si accorse di lui solo a qualche centinaio di metri dal paese. Ci mancava pure quello, se Salvatore li avesse visti allontanarsi da soli, lei avrebbe passato i guai.

«Che vuoi, Pietro, perché mi segui?» gli chiese seccata.

«Perché ieri è successo qualcosa di grave, anche se non so cosa, e pure se non ti dovrei manco dare confidenza per come mi hai trattato l'ultima volta, mi preoccupo per te» rispose con la voce che gli si incrinava.

A quelle parole Agata sentì qualcosa sciogliersi dentro. Pietro era l'unica persona che si prendeva pena per lei. Si fermò, fece un respiro e per un attimo lo rivide bambino, rivide il compagno di giochi inseparabile con cui era cresciuta.

«Vieni, sediamoci qui» gli disse indicando una spianata d'erba a ridosso del sentiero.

Pietro, ancora risentito, si avvicinò ma non troppo: non voleva sentirsi dire di nuovo che le stava addosso. «Ora mi cunti chiddu chi capitò?» le chiese.

Agata scosse il capo mestamente, non sapeva da dove iniziare e quindi partì dalla notte del dono. Raccontò delle visioni, della gente curata, dei sogni strani per poi confidare all'amico che tutto questo lo aveva ereditato da suo padre, solo che quel padre non era Pino. «La notte del naufragio ho visto che Zu' Bastianu, l'uomo che abbiamo salvato, ha la mia stessa macchia sulla pelle, nello stesso punto, e di colpo ho capito tutto. Lo sai, lui è uno dei pochi che ha il dono di Eolo.»

Il ragazzo non sapeva davvero più che pensare, ma se Agata era figlia di Zu' Bastianu, questo spiegava come fosse riuscita a far ripartire il suo cuore, non una ma ben due volte. La giovane raccolse le ginocchia al petto e le circondò con le braccia, aveva l'aria confusa e triste. Lui avrebbe voluto abbracciarla, ma non voleva turbarla ancora di più.

«Secondo me ci devi parlare» le disse. «Parla con Zu' Bastianu, è ancora a Marina Corta. Mia mamma m'ha detto che si è fermato da sua sorella: suo figlio si è fatto male a una gamba e per ora non se ne possono andare.»

Agata lo guardò con aria interrogativa. «E cosa gli dovrei dire?»

«Non lo so, ma almeno gli puoi chiedere del dono e di come usarlo.»

La ragazza rimase in silenzio a fissare l'orizzonte.

Pietro si alzò e, dopo averla salutata, si incamminò verso il paese, la cosa migliore era lasciarla sola.

Agata, poco dopo, si lasciò scivolare nell'erba e si abbandonò a un pianto denso di amarezza, delusione e paura. Da un giorno all'altro tutto era cambiato. Non sapeva più che pensare, aveva trascorso gli ultimi anni a sperare in una lettera dall'America che portasse buone notizie, che parlasse di un ritorno. Il suo sogno di rivedere Pino, quello che aveva sempre creduto suo padre, era naufragato come naufragano le barche ghermite dalle onde e scaraventate sugli scogli come rami schiantati. Aveva atteso per anni l'uomo che l'aveva cresciuta quando il suo vero padre era a due passi da lei.

Quel giorno, tornando dal campo, Pietro passò davanti alla casa dove stava Zu' Bastianu. L'uomo era seduto fuori con lo sguardo perso nel vuoto e le mani posate sulle ginocchia. Sembrava più vecchio della sua età, il viso era solcato dai segni del tempo e del sole che impietoso gli aveva trasformato la pelle di cuoio.

A quel punto corse a casa di Agata, sperando di trovarla. Mentre si avvicinava, vide Cettina uscire col mangiare delle galline e allontanarsi col piccolo secchio in mano.

«Agata! Agata, ci sei?» chiese affacciandosi all'uscio.

«Qui sono» rispose lei, posando le ciotole di legno per la cena a tavola.

«Vieni, ho visto Zu' Bastianu, ti accompagno da lui.»

«Pietro, vuoi lasciarmi in pace? Io non ci vado, non ho proprio niente da dirgli.»

«Invece tu ora vieni con me e ci parli» le disse lui in tono perentorio. Poi la prese per il braccio e la invitò a uscire.

«Ti dissi di no! Già ci sono stata a chiedergli aiuto, e lui mi ha mandata via in malo modo. Lo aveva capito benissimo chi ero e cosa mi stava capitando, ma ha fatto finta di nulla. Indegno proprio» ribatté la ragazza, sprezzante.

«Indegno o no, ora ci andiamo e devi farti spiegare cos'è il dono, come usarlo e come controllarlo. O pensi di continuare a fare 'sta malavita?»

Agata sapeva che Pietro aveva ragione, ma lei con quell'uomo proprio non ci voleva parlare.

«No, te ne puoi andare. Non voglio averci niente a che fare con quello.»

Pietro non aveva mai conosciuto nessuno più testardo di Agata e se ne andò indispettito, ma con tutta l'intenzione di tornare alla carica il giorno dopo.

La ragazza quella sera pensò e ripensò alle parole dell'amico. Sapeva benissimo che Pietro aveva ragione su Zu' Bastianu, ma la verità era che non aveva il coraggio di affrontarlo: quell'uomo le faceva paura, con quello sguardo così penetrante che sembrava scavarti dentro.

Non appena si addormentò, però, le venne in sogno la Madonna di Tindari, nera come il carbone e bella come un corallo prezioso. Aveva in mano un gioiello per lei, lucente. Sorridendo glielo porse. Agata lo accettò, stringendolo fra le mani. «Il dono che hai appena ricevuto viene da tuo padre, il tuo *vero* padre. 'U sangu è sangu e 'u brodu si ietta, Agata. Lui ti aiuterà, abbi fede.»

Le parole che le arrivarono in sogno la rassicurarono, le diedero una speranza e una luce tutta nuova.

L'indomani, tornata dalla pesca, quando vide Pietro al porticciolo lo avvicinò.

«Ci ho pensato, forsi ha raggiuni. Con Zu' Bastianu ci devo parlare.»

«Mi sento preso dai turchi certe volte con te, Agatù... A che non volevi manco sentirlo nominare du cristiano, a che ci vuoi andare. Passo da te alla stessa ora di ieri, speriamo di trovarlo» le disse, sconcertato da quel repentino cambiamento ma felice.

Non appena Cettina si allontanò per andare a governare le galline e chiuderle per la sera, Agata uscì e trovò Pietro ad aspettarla.

I due si mossero a passi svelti e in pochi minuti arrivarono davanti a casa della sorella di Bastianu. Lui era lì, seduto fuori dalla porta nella stessa identica posizione in cui Pietro l'aveva visto il giorno prima.

I ragazzi gli si avvicinarono, e lui riconobbe subito Agata. La squadrò con un'espressione gelida. «Mi pare che ti avevo detto tempo fa di non cercarmi più» disse bruscamente.

«Forse non lo sapete o non ve lo ricordate, ma Agata era sulla barca che l'altra notte vi ha salvato la vita» puntualizzò Pietro.

Zu' Bastianu si alzò. Non ricordava molto della notte del naufragio. «Non qui» rispose, facendo cenno a Pietro e Agata di seguirlo. Quando arrivarono a ridosso dei campi, lontano dalle case, si fermò. «Vi ascolto» disse l'uomo. «Che volete?»

Pietro fece cenno ad Agata di parlare, poi si allontanò. «Vi lascio soli, ma se serve basta una voce.»

Agata annuì, poi si rivolse a Zu' Bastianu. «La notte del naufragio ho visto una cosa» cominciò.

«Che hai visto di così importante da disturbarti a venirmelo a dire?» le chiese lui.

La ragazza si scostò la camicia mostrando all'uomo la voglia che aveva sul petto. «Credevo di averla solo io, ma mi sbagliavo.»

Bastianu spalancò gli occhi che contenevano la profondità dei mari. Vedere quel segno sulla pelle della ragazza fu comunque uno schiaffo in piena faccia.

In quell'istante di sconcerto, Agata sentì il mondo sussultare intorno a lei, come se perfino il bosco alle loro spalle avesse preso vita e mormorasse antiche verità.

Bastianu tornò con la memoria alla notte in cui lui e Cettina erano stati una cosa sola. La forza di quell'impeto lo aveva scosso nel profondo: solo con lei aveva sorvolato i mari, con lei si era immerso nella lava dello Stromboli, era precipitato sul fondo del mare e poi era risalito in superficie.

Fu in quell'istante, davanti agli occhi di sua figlia, che capì: il dono passava attraverso la carne e il sangue e ad Agata così era arrivato, sconquassando i corpi e lo spirito di entrambi e lasciando un segno che nessuno dei due era mai più riuscito a cancellare. Il ricordo di Cettina era rimasto nascosto in un angolo del suo cuore per tutti quegli anni, nonostante lui avesse fatto di tutto per smorzarlo.

«Era scritto che tu arrivassi, tua madre e io siamo stati solo quelli che ti hanno permesso di affacciarti a questo mondo, di prepararti ad accogliere il dono. Non ci siamo più rivisti da allora» disse alla fine con aria grave. Poi le confermò la verità nascosta per anni: «Lo avevo capito già quando sei venuta a cercarmi, ma credevo ti mandasse tua madre».

L'aria salmastra accarezzava il volto di Agata rigato dalle lacrime. Il vento portava con sé l'eco delle parole di Zu' Bastianu, parole che svelavano una verità tanto attesa quanto sconvolgente. Il senso di smarrimento di Agata si intrecciava con una nuova consapevolezza, mentre il mare agitato si stagliava all'orizzonte: lei non era quella che aveva sempre creduto di essere e lui sapeva tutta la verità, ma l'aveva tenuta nascosta. La rabbia esplose di colpo, violenta e cieca come la tempesta che li aveva sorpresi due notti prima.

«Come hai potuto mandarmi via quando sono venuta a chiederti aiuto? Con quale cuore sapevi che m'aveva preso Eolo e mi hai lasciata andare? Io non capivo, non capisco nemmeno ora che devo fare con questa cosa che mi è successa» gridò Agata, gli occhi in fiamme. «Io e le mie compagne vi abbiamo portati a terra sani e salvi quando stavate per annegare in mezzo alle onde. Io ti ho dato aiuto, *tu* invece me lo hai negato la prima volta e me lo neghi anche ora. Adesso voglio sapere la verità, solo questo mi interessa, e so che tu sei l'unico che può dirmi cosa fare del potere che ho.»

Bastianu non si aspettava una reazione del genere, tutto avrebbe immaginato ma non che quella sera sua figlia sarebbe venuta a chiedergli conto e ragione del passato. Lei gli aveva salvato la vita, l'aveva salvata a lui e a Ignazio, lei e le altre donne avevano rispettato senza indugi la legge del mare.

«Non volevo dirti nulla del dono perché si prende solo quando si ha lo stesso sangue, e io ho una famiglia... io aiuto la gente, ma a te non ti potevo aiutare.»

«Come hai potuto? Mi hai mandata via, e in malo modo pure.»

«Ti dissi che non ti potevo aiutare» ribadì Bastianu. La giovane donna che stava in piedi davanti a lui aveva il fuoco dentro, lo aveva capito dallo sguardo, ma era allo stesso tempo una creatura smarrita e carica di dolore. Era il destino di quelli come loro, sentire e vedere cose che gli altri non sentono e non vedono. «Non ho nulla da insegnarti sul dono che tu non sappia già. Non lo possiamo controllare e non possiamo usarlo per noi. Possiamo solo metterlo a disposizione degli altri e fare ciò che ci viene di fare senza pensarci.»

«Ma le visioni...» disse Agata.

«Arrivano da sole, non ci puoi fare nulla, non decidi tu» spiegò l'uomo. Poi aggiunse: «Nessuno mi ha detto cosa farne quando è successo a me, il dono io lo uso e basta, come posso e meglio che posso».

Agata lo guardò, Bastianu era stanco, distaccato, sembrava immune alle emozioni o forse aveva imparato a mascherarle fin troppo bene. Non le importava di lui, non le importava nulla di un uomo che aveva speso la vita ad aiutare gli altri, ma che non si era fatto il minimo scrupolo a voltare le spalle a sua figlia, rinnegandola.

Non aggiunse altro, si incamminò per andarsene, lui fece lo stesso, nessuno dei due si voltò indietro. *La Madonna in sogno mi aveva detto che lui mi avrebbe aiutata*, pensò delusa e amareggiata, *ma nemmeno lei ci può con questo...*

Agata procedeva verso il paese a passi regolari, eppure dentro di lei si agitava un tumulto di emozioni. La scoperta del suo retaggio, il peso del dono ereditario e il senso di responsabilità che gravavano sulle sue spalle la spinsero in un vortice di pensieri confusi. *Non lo voglio questo dono*, si maledisse. *Non voglio che Bastianu sia mio padre, non me ne faccio nulla né di uno né dell'altro, solo guai mi hanno portato e nessun aiuto, solo dolore in più, che già mi bastava quello che avevo*. Le veniva da piangere, era scorata, non capiva perché le capitassero solo cose brutte, perché tutti sembravano voltarle le spalle. Aveva fatto qualcosa di male? No! Si era limitata ad amare con tutta se stessa e senza riserve: poteva mai essere questo il suo peccato? La felicità aveva questo prezzo? Non era già stata punita abbastanza? Aveva perso Tanu, la sua anima era spezzata in due, il senso di vuoto era angosciante. C'erano momenti in cui la mancanza di quella passione così forte la faceva rimanere senza fiato, come se perfino la sua pelle e il suo respiro ne avessero conservato memoria e ora ne soffrissero l'assenza. Perché il destino era stato tanto crudele con lei? Perché le aveva messo sulla strada l'amore che nemmeno sognava di poter incontrare e poi glielo aveva strappato in quel modo? Amava e odiava Tanu con tutta se stessa. Ne aveva ancora un tale desiderio da sentirsi bruciare viva, ma era costretta a spegnere quel fuoco come aveva fermato l'incendio, facendo appello a ogni scampolo di forza. Solo il pianto le era rimasto, e ora piangeva, di nascosto. Stringeva i pugni e buttava lacrime a suon di singhiozzi, e non trovava una sola risposta alle sue domande.

Ora che anche il suo vero padre l'aveva allontanata, sentiva che quell'ennesima ferita le straziava il respiro. Le sembrava di camminare a piedi scalzi sopra dei vetri rotti, non riusciva a scansarne nessuno e ogni frammento le si conficcava nella carne facendola sanguinare.

Agata si sentiva divisa tra il voler scoprire cosa ne sarebbe stato di lei e la paura di ciò che quel futuro che faticava a immaginare avrebbe portato con sé. In quel momento, le emozioni si scontravano come onde che si infrangono sugli scogli aguzzi.

Pietro, che a distanza aveva sentito tutto e la stava aspettando, non le chiese nulla. Si limitò a camminarle accanto in silenzio.

52

«Sono stata a parlare con mio padre» disse Agata a Cettina non appena rientrò a casa.

Lì per lì Cettina non capì, pensò a Pino che stava in Argentina: come ci aveva parlato Agata con lui? Ma poi una nuova consapevolezza la colpì inaspettata e violenta come una frustata. Ormai doveva disegnare da zero una nuova mappa dei legami di sangue, fare i conti con una geografia diversa da quella che aveva chiamato, fino a quel giorno, famiglia.

«Puoi pure stare tranquilla» aggiunse Agata, sprezzante, «non ci vuole avere niente a che fare con me, se è questo che ti preoccupa.»

Cettina armeggiava con un pugno di verdure che stava sbucciando nella penombra. In quel momento si arrese, e decise di non cercare di contraddirla, di posare finalmente a terra il fardello che aveva portato da sola sulle spalle per tutti quegli anni. «Se è per questo, nemmeno con me ha mai voluto avere a che fare, gli bastò una volta» rispose, con tanta di quell'amarezza che perfino lei stessa se ne sorprese. Non avrebbe voluto dire quella cosa, non a sua figlia.

«Non pensi che io sia grande abbastanza da meritare di sapere la verità? Se non l'avessi scoperta da sola, tu non me l'avresti detta mai.»

«La verità? Vuoi la verità? Forse manco io la so la verità...» Gli argini stavano per sgretolarsi. Il silenzio di anni stava franando, come il senso della sua vita. «So che stavo male e che mi hanno portata da lui. Mi ha curata, e la paglia l'ha bruciata il fuoco...

Lui subito dopo è sparito, e non l'ho più rivisto fino al giorno in cui l'avete salvato. Ma è rimasto sempre con me, una colpa che non mi sono mai levata di dosso. Da quel giorno qualcosa è morto qui dentro» confessò toccandosi il petto. «Continuavo a pensare a quell'unica notte e il senso di colpa non mi dava respiro. Mi ripetevo che non me lo meritavo quel bravo cristiano di marito e due figli belli e sani. Tua nonna Minica e Pino se ne erano accorti che ero cambiata, e pensavano che ancora non ero guarita del tutto dal malocchio. Ma più cercavano di starmi vicino e più io li trattavo male» sospirò, scuotendo mestamente il capo. «Com'è andata a finire lo sai anche tu. Con tua nonna era una sciarra al giorno e tuo padre è partito e non è più tornato.»

Agata avrebbe voluto odiare la madre, ma la sua storia era troppo simile all'abbandono che anche lei aveva vissuto e che ancora le bruciava dentro, così non ebbe cuore di andare oltre. Zu' Bastianu era anche peggio di quanto credesse: un pavido, e in quel momento provò per lui un odio feroce. Sentì qualcosa muoversi dentro, qualcosa di spaventoso. «Sono tutti uguali» concluse, gli occhi carichi di lacrime.

La madre alzò il viso e la guardò, e per un attimo Agata pensò di scorgere nei suoi occhi un filo di compassione, perché non erano duri e neri come al solito.

La ragazza allora cambiò discorso, come se lo squarcio che Bastianu aveva aperto nelle loro vite non fosse mai esistito, perché quel moto di intesa con Cettina era un sentimento del tutto nuovo che non sapeva gestire, che le scombussolava i pensieri. «Apparecchio che a momenti arriva Rosario.»

Cettina gettò le verdure dentro il tegame fumante e si pulì le mani nel grembiule. Poi accese due candele che con la loro luce fioca ma rassicurante spezzarono le ombre che avvolgevano la piccola cucina. Prese le ciotole dalla madia e le passò alla figlia. Nel farlo le toccò le mani, le avvolse nelle sue, un poco maldestramente. Era la prima volta in tanti anni che la loro pelle e i loro sguardi si incontravano, Agata si aggrappò a quel gesto, sperando finalmente di poter ricostruire un legame che sembrava perduto.

53

Febbraio 1904

Maruzza mandò a chiamare Agata poco dopo che si erano saluta-
te, perché suo marito si era ferito a pesca. Agata era a casa e stava
sbrigando le solite faccende del mattino, dato che sua madre andava ormai tutti i giorni a lavorare la lana da Anna fino a ora di
pranzo.
La ragazza non capiva perché avesse cercato proprio lei. Non
aiutava più la Za' da tempo e Maruzza, anche se sapeva, aveva
sempre fatto finta di nulla. Era combattuta. Non usava i 'raziuni
da un bel po' e non aveva più avuto visioni dopo Tanu, non sentiva più il formicolio alle mani, come se lui si fosse portato via anche una parte del dono insieme a un pezzo della sua anima. Lo
stava realizzando solo ora. Il dolore l'aveva talmente annientata
che si era scordata di se stessa, di chi era veramente, l'aveva annebbiata a tal punto che il suo corpo viveva da sé senza che la
mente fosse del tutto collegata. Agata si era ripiegata su se stessa,
tutta presa dal suo stare male che non si era accorta più di nulla.
Come quando si prende una botta talmente forte che ti viene il
mancafiato e finché non passa non riesci a prestare attenzione a
nient'altro. Il dolore poi, quello del livido, te lo ricorda la botta,
come a proteggere la parte colpita. Agata viveva così, era tutta un
livido.
Non sapeva se poteva e se voleva dare aiuto, né cosa fosse successo di preciso, ma qualcosa le disse di andare. Si mise lo scialle,

sistemò meglio i capelli a formare una crocchia bella ordinata, senza ricci che scappavano, e camminò fino a casa di Maruzza.

Nunzio giaceva a letto con la testa insanguinata e delirava di tartarughe. I vicini e i parenti erano radunati attorno all'uscio e borbottavano.

Agata si avvicinò, osservò il taglio con attenzione: era brutto e sarebbe rimasta la cicatrice, ma per fortuna era superficiale. Con maestria si adoperò per far aderire bene i lembi, e con una pezza asciutta e pulita e delle strisce di stoffa belle strette medicò la ferita.

«Maruzza, perché hai chiamato me e non la Za'?» chiese all'amica.

«Perché di te mi fido e perché...» La ragazza esitò, sembrava stesse cercando le parole giuste da qualche parte nella sua testa. «Perché iddu forse fece una cosa che non doveva fare e io mi affrunto, troppa vergogna ho.»

Agata non capiva di cosa stesse parlando la compagna, ma l'espressione preoccupata e allo stesso tempo allarmata di Maruzza, che solitamente era di indole calma e che non aveva mai visto perdere il controllo, la insospettì.

Nunzio si lamentava assai, diceva di aver male al petto.

Agata allora poggiò le mani sullo sterno di Nunzio e le successe ciò che non accadeva da tempo. La voglia cominciò a pulsare, la testa si liberò dal corpo e lei si trovò catapultata di colpo in mare: vide l'acqua rossa di sangue, un pugnale che colpiva delle tartarughe e poi le bestiole che venivano issate in barca. A quel punto la ragazza vacillò, sentendosi mancare. Non riusciva a respirare.

Agata aveva già avuto quella visione quando si era tuffata in mare a nuotare con le tartarughe, sfiorando i carapaci ruvidi di quegli animali docili e maestosi. In quell'occasione era stata talmente male che Giuseppina aveva dovuto accompagnarla a casa.

«Nunzio, per caso hai pescato le tartarughe? Le hai uccise con un pugnale?» gli chiese non appena si riebbe quel tanto che bastava a parlare.

L'uomo annuì, mugugnando qualcosa di incomprensibile.

«Quante?» lo incalzò, guardando prima lui e poi Maruzza.

Sapevano entrambe che la legge del mare era chiara: le tartarughe andavano rispettate o erano guai. Si dovevano pescare solo nella stagione giusta e soltanto pochi esemplari. Nessuno osava trasgredire a quella regola.

Nunzio non rispose. Al suo capezzale c'era il suo compare, più spaventato di lui.

«Ho chiesto quante» ripeté Agata, furiosa.

«Non lo so, credo dieci...» balbettò quello.

Agata tolse subito le mani di dosso a Nunzio, inorridita. «E allora ti puoi curare solo, io a te non ti tocco! Qualche maledizione sicuro ti sei tirato addosso!»

«Ma quale maledizione? Fesserie da majare sono queste! Io me le vendo le tartarughe e ci guadagno assai... Ti pare che è la prima volta forse?» Nunzio aveva risposto rabbioso alle affermazioni di Agata. Lui stava male e quella mezza strega invece di curarlo gli faceva la predica, come un parrino in chiesa. Una fimmina!

A quel punto intervenne l'uomo che lo aveva riportato a casa, e con una punta di timore aggiunse: «Però io una cosa come quella che è capitata oggi non l'avevo vista mai. L'acqua faceva le bolle come quando ci fu la lava a Vulcano, che io ero bambino ma ancora me lo ricordo. Il mare buttava pomice e il vulcano fuoco e sassi. Invece qui a Nunzio pare che una mano lo ha preso e lo ha buttato sullo scoglio, così dal niente: a che nuotava, a che volò fuori dall'acqua».

Nunzio continuava a lamentarsi per i dolori.

«Agata, lo devi aiutare. Ti prego...» intervenne Maruzza.

«Io aiuto chi sta male, non chi *fa* del male» rispose la ragazza con un tono talmente secco e autorevole che nessuno osò replicare. «Ringrazia che sei ancora vivo... e spera di rimanerci» aggiunse poi, rivolta all'uomo. Quindi si voltò e si allontanò, lanciando a Maruzza uno sguardo così carico di disprezzo e rimprovero che la giovane pescatrice poggiò la testa sul tavolo della cucina e scoppiò in un pianto dirotto.

«Non mi cercate più, io già da un po' non curo più nessuno. Ero venuta solo per il rispetto che porto a Maruzza. Se avete bisogno chiamate la Za'.» E infilò la porta.

Il dono non lo voleva più usare, non voleva più vedere nulla: se averlo significava toccare con mano le miserie umane e la cattiveria, lei non ne voleva più sapere. Il suo cuore e il suo corpo non potevano sopportare altro dolore, tutto questo era troppo anche per lei.

54

Domenica non sapeva proprio che fare. Avrebbe preferito non aver sentito nulla, avrebbe voluto che quello di cui si parlava fosse un altro picciotto: chiunque ma non lui. Quando era andata a riferirle che Pino si era fatto un'altra famiglia in Argentina, Cettina l'aveva mandata via a male parole e adesso che le cose si erano sistemate non aveva il coraggio di dirle cosa andavano dicendo in paese di Rosario. Ci pensò e ripensò, chiese consiglio perfino alla Madonna di Tindari, e alla fine decise che il fatto era troppo grave per non mettere in guardia l'amica. L'avrebbe affrontata, sarebbe riuscita a trovare il modo.

Passò a farle visita quel giorno stesso e la trovò che sferruzzava davanti alla finestra, cercando di sfruttare la fioca luce del tardo pomeriggio.

«Domenica, ti conosco troppo bene, se sei venuta con tutto il chiffare che hai, è perché è successo qualcosa di grave» disse Cettina dopo averla salutata.

«Una cosa c'è...» fece di rimando Domenica, cercando di farsi coraggio. «Ma mi scantu a dirtela.»

«Parla pure, ormai segreti fra noi non ce ne sono più» la rassicurò Cettina.

La donna tirò fuori le parole a fatica, non voleva sbagliare e provò a prenderla un poco alla larga. «Si tratta di Rosario.»

«Parla liberamente, non ti dirò nulla. Lo so che le cose non me le dici per fare curtigghiu.»

Domenica prese un respiro e poi parlò tutto d'un fiato: «Dicono che si vede con un coatto, quello che lavora dal calzolaio».

Cettina non si scompose, già lo sapeva e già pure l'aveva detto a quella testa dura di suo figlio che quell'amicizia poteva essere sconveniente. «Sì, lo so, sono amici e già glielo dissi che non ne voglio rogne di politica.»

«Ce', ma quale politica?» replicò Domenica, sperando che l'amica aprisse gli occhi, che non finisse in pasto alle chiacchiere della gente un'altra volta. «Quel ragazzo, Antonio, è arrivato qui da Napoli perché è un ricchiuni, gli piacciono i maschi. Al castello ha Carmelo e Orazio che lo proteggono, quelli che danno una mano nei campi a Giacomino, il marito di Za' Teresa. Loro gli hanno trovato il lavoro, per tenerlo alla larga dai coatti malacarne che sennò lo facevano nuovo.»

Cettina trasalì, solo quella ci mancava. «Bedda matri, hai fatto bene a dirmelo, che di lingue lunghe qui ne abbiamo fin troppe. Ci manca solo un coatto che mi rovina me figghiu Rosario!»

«Ce', non ci diventi ricchiuni se non lo sei, mi intendo, vero?»

A Cettina cadde il mondo addosso. D'un tratto tutto le fu chiaro: ecco perché Rosario non parlava mai di femmine e perché non ne voleva sapere di matrimonio. Le andò il sangue alla testa. Lei un figlio così non lo voleva, non se lo meritava dopo tutto quello che aveva passato!

«Gliela faccio passare io la voglia, a quello! Gli pare che mi posso tirare addosso altre vergogne forse?»

«Hai raggiuni, ma ora calmati, ci devi parlare con to figghiu, ma statti accura» la ammonì l'amica. «Ti salutu, ho assai cose da spirugghiare.»

Quando Rosario tornò dal campo, quella sera, Cettina gli disse che era tempo che si trovasse una moglie, che si sistemasse, prima che la gente cominciasse a parlare ammatula.

Agata stava sistemando la tavola e trasalì. «Che discorsi sono questi stasera? Che fretta c'è?» chiese. «Rosario può aspettare ancora un poco.»

«Tu non ti immischiare, che non sai niente.» Poi, voltandosi a guardare il figlio dritto negli occhi, aggiunse: «La gente parla, e parla male, dicono che ti piacciono i maschi, vuoi ritrovarti schifiato da tutti? Perché, se è così, solo alla cava te ne puoi andare a travagghiare e levarti di davanti da tutti qui a Marina Corta».

Rosario si sentì avvampare, ripensò ad Antonio, alle volte in cui erano riusciti a stare un poco insieme, sempre di nascosto da tutti. Al bacio che si erano dati, quando aveva avvertito il peso delle paure svanire, lasciando spazio alla leggerezza che solo il primo amore poteva regalare. Il sapore di quell'attimo aveva trasformato il grigio crepuscolo del pomeriggio invernale in un quadro dai colori vividi che gli si era impresso nella memoria. E ora se ne vergognava, come si vergogna un ladro sorpreso a rubare.

«Antonio non lo devi vedere più, in paese dicono cose brutte di lui e io di vergogne addosso non ne voglio più di quelle che già ho» affermò Cettina perentoria.

Se già in paese si parlava di suo fratello, allora lei non era stata l'unica a vederli. Agata avrebbe voluto rispondere, ma si trattenne. Con quale coraggio Cettina parlava loro di vergogne? Lei che aveva mentito a tutti per anni.

Rosario, che non poteva tollerare nemmeno l'idea che sua madre sospettasse di lui, che potesse immaginarlo con un uomo, si affrettò a rassicurarla. «La gente inventa fissarie, non mi piacciono i maschi, come ve lo devo dire? Io e Antonio siamo solo amici. Tu cerca una brava ragazza e io mi sposo, così si stanno tutti zitti.»

Cettina non voleva sentirsi dire altro: suo figlio non era un ricchiuni, a lei questo bastava e avanzava.

Agata ripensò alla visione che aveva avuto, ad Antonio dietro le sbarre, alla paura che aveva provato in quel momento per suo fratello. Avrebbe voluto dire a Rosario che era uno sbaglio rinunciare ad amare. Ma forse in quella famiglia era destino che tutti si innamorassero delle persone sbagliate. Il suo pensiero volò a Tanu e le salirono le lacrime. Nonostante la rabbia, ancora lo aveva nel cuore e non passava giorno che non ricordasse i suoi occhi e le sue carezze. Ogni sera era il suo ultimo pensiero prima di addormentarsi e il cuore le faceva male, troppo. Le mancava Tanu e come la faceva sentire, le mancava più di tutto quello che poteva essere e non era stato. Le settimane erano passate e lei aveva provato in tutti i modi a scordarlo, ma non ci riusciva. Era come avere una spina conficcata sottopelle che non se ne voleva andare.

Agata sapeva che non sarebbe riuscita a liberarsi tanto facilmente dal pensiero di quello che era stato per lei l'uomo perfetto da amare, quello con cui avrebbe voluto trascorrere il resto della sua vita, quello che aveva desiderato così tanto da stare male, ma che l'aveva ingannata nel modo peggiore.

Rosario salì le scale curvo, lo sguardo mesto e distante, come se con il pensiero fosse altrove, come se quella sera avesse deciso di rinunciare per sempre a se stesso e alla sua felicità, solo perché era giusto così, perché quando nasci diverso o hai il coraggio di essere libero e pagarne le conseguenze, o in prigione ti ci metti da solo.

All'alba, il piccolo porto di Lipari era avvolto da una luce argentea mentre i primi raggi tiepidi del sole cominciavano a danzare sull'acqua calma e serena. Le barche da pesca sonnecchiavano dopo una notte in mare. Le reti pendevano dai pali lungo il molo, un intricato mosaico di nodi e corde, segno delle fatiche delle ore appena trascorse.

Il profumo di salmastro, fresco e rinvigorente, si diffondeva nell'aria mentre i gabbiani, con i loro garriti mattutini, iniziavano a volteggiare attorno alle imbarcazioni, quasi a salutare il nuovo giorno.

Antonio aspettò invano Rosario per giorni, al solito posto, dove si erano sempre incontrati. Il suo sguardo scrutava gli intricati vicoli di Marina Corta, aveva gli occhi velati di speranza e malinconia. Il suo cuore batteva al ritmo della risacca, aspettando qualcosa che sembrava diventato irraggiungibile. Poi capì.

Non si mosse più dalla bottega. Stava ore e ore al deschetto pur di non pensare. Le notti erano diventate interminabili, faticava a prendere sonno e ogni rumore nel grande camerone gli sembrava amplificato. Aveva paura che qualcuno dei coatti più violenti lo sorprendesse nel sonno e gli facesse del male. A quelli come lui li riducevano che manco potevano camminare più. Fino a quel momento era stato protetto dai palermitani, ma ora che la sua natura era tornata fuori, prepotente, ora che il suo desiderio si era fatto tangibile, si sentiva vulnerabile come un libro aperto. Come aveva potuto essere così sciocco e imprudente? E se qualcuno li aveva visti? Forse per questo Rosario si era allontanato. In cuor suo desiderava solo tornarsene a casa il prima possibile. Napoli gli mancava, una volta rientrato avrebbe aperto la sua di bottega da calzolaio, e non sarebbe stato mai più prigioniero di niente e di nessuno.

55

Il feretro avanzava ondeggiando fra le case: una bara spoglia, sormontata solo da un mazzo di fiori. Veniva portata a spalle, come era tradizione, dagli uomini della famiglia che si davano il cambio. Rosario era fra questi. Subito dietro, apriva lo sparuto corteo la madre, seguita da alcune donne vestite di nero, con la testa coperta e il rosario in mano. Qualcuna aveva intonato un *requiem* che cantava a una tonalità grave, biascicando parole in latino di cui non conosceva il significato. Un vento sgarbato spazzava le strade, sussurrando che i morti al freddo se ne dovevano stare.

Dalle persiane socchiuse più di uno sguardo curioso seguiva quella scena e non erano in pochi a commentare. Un coro di voci anonime che bisbigliava nell'ombra.

«Dicono che era sola con lui quella sera, a casa sua.»

«Questo succede quando alzi troppo la cresta.»

«Troppa libertà aveva quella ragazza...»

«L'ha ammazzata perché era geloso.»

Ognuno diceva la sua e la compassione aveva lasciato spazio alle critiche: che fosse morta una giovane donna pareva interessare meno della sua reputazione.

Se l'è cercata, questo pensavano tutti. Perché una donna deve pensare solo a stare a casa, a sistemarsi e a badare ai picciriddi che mette al mondo, non deve averne grilli per la testa. Si deve coprire quando esce e deve ubbidire a suo marito e stare zitta.

Al funerale della ragazza parteciparono in pochi, del resto Marisa se ne voleva andare da Lipari, non era più una di loro. C'erano solo i familiari stretti e una manciata di altre persone, quelle cui non importava nulla di tutto quel chiacchiericcio.

Agata e Za' Teresa, avvolte nei loro scialli neri di lana con le lunghe frange, camminavano poco distanti dalla madre di Marisa, piegata dal dolore, stravolta da una tragedia che non si era sentita mai in un posto piccolo come Lipari, dove tutti si conoscono. Cettina al funerale non era voluta andare. «Se vuoi, vacci tu» aveva detto alla figlia. «E vedi se ti serve di lezione quello che è successo a tua cugina, mischina, che riposi in pace.»

Agata non poteva credere che anche sua madre, come molti in paese, pensasse che Marisa se la fosse cercata. Quel Francesco non piaceva a nessuno, la stessa Cettina lo aveva detto più volte, ma Marisa era innamorata ed era convinta che lo avrebbe sposato e poi seguito a Messina. Ora però giaceva in una bara, e lui ne aveva infangato la memoria nel modo più indegno che esistesse, accusandola di essere una donnaccia senza onore. Cosa ci aveva trovato sua cugina in quell'assassino? Possibile che fosse stata così cieca? Possibile che l'amore renda belle anche le persone peggiori agli occhi di chi se ne innamora? Ma forse, pensava Agata, nemmeno lei era stata tanto diversa da Marisa, quando si era buttata tra le braccia di un uomo che si era preso la parte più bella di lei, che le aveva rubato l'anima e poi l'aveva restituita come il mare fa con un relitto, abbandonata su una spiaggia.

Quando la cassa sparì, inghiottita dalla terra scura, Agata ebbe un sussulto e non riuscì più a trattenere le lacrime e i singhiozzi.

La Za' le cinse le spalle, allontanandola dalla fossa. «Forza, andiamocene. Non ha più senso restare» le sussurrò, accompagnandola verso l'uscita del cimitero. «Tuo fratello ne avrà ancora per un po'» aggiunse indicando Rosario, intento a riavvolgere le corde con cui avevano calato Marisa nella fossa.

«E pensare che era così felice di sposarsi...» mormorò Agata tra i singhiozzi, sulla strada di casa.

«Figghia mea, felice è una parola che lascia 'u tiempo che truova, a idda ci pareva che uno di fuori era megghio dei masculi di qui, che la faceva signora in città, invece quel cane l'ha ammazzata» rispose la Za'. «E in più ci dette la colpa a idda di tutte cose.»

Una folata di vento le sollevò lo scialle e Agata se lo strinse addosso. «Marisa non meritava di morire in quel modo, era bedda e brava e pensava con la sua testa.»

«E forse proprio questo fu il problema, i masculi non ne vogliono di femmine troppo scaltre, devono pensare di essere sempre loro a comandare. Dobbiamo essere furbe noi a farglielo credere, è l'unica per avere pace. Io con Giacomino accussì faccio, gli calo sempre la testa, non manco mai di fargli trovare una cosa pronta da mangiare, e iddu è contento.»

Francesco, invece, a Marisa manco aveva dato il tempo di farlo contento: l'aveva ammazzata e poi bruciata, aveva chiuso a chiave la porta della stanza nell'alloggio dove era ospite, e quando i suoi fratelli l'avevano cercata, aveva riferito loro di non averla vista. Quando i carabinieri avevano trovato il corpo, era nero, mezzo carbonizzato. Era stato subito evidente che il responsabile fosse lui, così lo avevano arrestato.

«Era venuta a casa mia da sola, e ancora non eravamo sposati... Una poco di buono era, e io di buttane non ne sposo. Ha avuto quello che si meritava» aveva spiegato fiero al brigadiere durante l'interrogatorio.

Ma a Lipari tutti conoscevano Marisa fin da piccola e sapevano che non sarebbe mai andata da lui da sola di sua spontanea volontà. Lui si era approfittato di lei e la ragazza probabilmente lo aveva respinto per proteggere la sua rispettabilità. Era seria, volenterosa e piena di vita.

«Troppo libera si sentiva, voleva continuare a lavorare anche dopo sposata... E che è? Non la so campare io una moglie? Un mezzo uomo sono? No, io sono uomo d'onore e per questo le ho dato quello che meritava. Le ho fatto assaggiare due schiaffi. Ma non l'ho bruciata, questo no, da sola si è data il fuoco, perché senza di me non poteva stare! Femmine... troppo deboli sono!» aveva aggiunto con arroganza. Per lui la faccenda era semplice. E non ammetteva repliche.

Agata quella sera non riusciva a prendere sonno, si rigirava nel letto pensando alla cugina, a come era stata ammazzata, pensò ai suoi zii che non l'avevano vista rincasare e l'avevano mandata a cercare, allo strazio dei fratelli quando il corpo era stato ritrovato. Provò rabbia per la gente dell'isola, perché a senso di tutti Marisa non era una vittima da difendere, ma una che se l'era cercata, che se l'era meritato di finire morta bruciata. Sua cugina l'avevano uccisa due volte. Provò pietà e orrore per quelli che non erano andati nemmeno al funerale, che non volevano avere nulla a che fare con quella storia per non sporcarsi la coscienza. Era più facile puntare il dito che aprire gli occhi.

Giurò a se stessa che in vita sua non sarebbe mai dipesa da un uomo, che non avrebbe fatto né la fine di Marisa, né quella di sua madre. Forse l'unico modo per lei di ripartire daccapo era andarsene di lì. Lipari ormai le stava sempre più stretta: il guscio di un'ostrica senza perla, ruvido e respingente. Bastava un nonnulla per far cambiare la direzione al vento, la gente era così, passava dalla gratitudine al disprezzo a convenienza sua. Per sopravvivere bisognava farsi impermeabili a tutto, come Bastianu. Agata però non voleva costruirsi una corazza, voleva provare a brillare lontano dalla sua terra, dove nessuno sapeva chi fosse.

56

Marzo 1904

Non appena sbarcarono a Lipari da Messina, il dottor Faranda e i due ispettori chiesero indicazioni a un pescatore che si trovava poco distante. Erano passati quasi tre mesi prima che si potessero muovere, un po' perché non era stato facile farsi autorizzare l'ispezione, un po' perché il mare in inverno è traditore ed è meglio non rischiare di fare un viaggio di sola andata.

«Cerchiamo una ragazza, si chiama Agata.»

L'uomo finse di non conoscerla, non gli piacevano le facce di quei tre, avevano tutta l'aria di essere lì per creare problemi. Indossavano degli abiti di ottima fattura, di una stoffa che pareva morbida solo a guardarla, e poi avevano delle camicie pulite bianche come la pomice e gli stivali, lucidi e scuri come il dorso di un cavallo... chi li aveva visti mai degli stivali a Lipari? Quasi tutti scalzi camminavano, e chi se lo poteva permettere aveva scarpacce solide e robuste.

I forestieri si incamminarono lungo le strade dell'isola e a ogni persona che incontravano, uomo o donna che fosse, chiedevano di Agata. Tutti finsero di non conoscerla, non sapendo cosa quei tre volessero da lei.

«Nessuno ci dirà niente qui» sbottò a un certo punto il dottor Faranda. «Non è possibile che nessuno sappia chi è e dove si trova, in questi posti le persone sanno tutto di tutti, secondo me la stanno proteggendo...»

Il dottore decise quindi di tornare al porto. Ancora era presto, le barche erano rientrate da poco ed erano tutti concentrati sul pesce da vendere e sul groviglio delle reti da sistemare. L'odore era forte, arrivava addosso prepotente, ma i pescatori sembravano non sentirlo nemmeno.

«Nessuno conosce Agata?» chiese di nuovo il dottor Faranda. Giuseppina, che era appena tornata dalla nottata fuori a pescare, drizzò le orecchie e fece un cenno a Maruzza. Assunta, accanto a lei, si guardò attorno per capire chi avesse fatto quella domanda e vide un uomo elegante, alto, col pizzetto impeccabile e lo sguardo severo, di sicuro uno coi picciuli, accompagnato da altri due uomini dall'aria seccata.

Agata se n'era appena andata: da quando non aiutava più la Za' con i 'raziuni e Cettina non andava più da Anna a filare, correva dritta al campo. Non si riposava mai, si era intristita e un poco sciupata, come se avesse un pensiero piantato nella carne che la piegava in due.

Nessuno si degnò di rispondere, tutti si limitarono a guardare l'uomo con diffidenza e a ignorarlo come se parlasse una lingua a loro incomprensibile. Il dottore propose allora ai suoi due accompagnatori di andare verso la caserma dei carabinieri.

«Iamuninni, Maruzza, sbrigati che dobbiamo rientrare» disse Assunta alla sorella.

Giuseppina corse invece verso la barca di mastro Beppe, che aveva appena toccato la riva, a cercare Pietro. «Vedi che ci sono persone da fuori che cercano Agata, bisogna capire chi sono e cosa vogliono, statti accura» gli disse. «Poi va' a cercare Agata e dille di stare alla larga dal porto fino a stanotte.»

«E se la cercano perché hanno bisogno?» chiese ingenuamente.

«Pie', non avevano faccia da malati... Senti a me, quella è gente che non porta cose buone.»

Il ragazzo annuì. «Mi sbrigo subito e la vado a cercare al campo.»

Maruzza e Assunta raccolsero i totani e si avviarono verso casa. Quel giorno toccava a loro pulirli e metterli a seccare. Quando avevano iniziato con la pesca dei totani non si erano immaginate che il lavoro sarebbe andato così bene: adesso non solo avevano sempre qualcosa da fare, ma in un paio di mesi erano pure riuscite a mettersi da parte due lire. Poca cosa ma utile.

Posata la cesta davanti alla porta di casa, Assunta salutò la sorella con una scusa e si allontanò. Raggiunse i tre forestieri a pochi passi dalla caserma e disse: «Io la conosco, Agata».

Il dottore squadrò la ragazza da capo a piedi: giovane, un po' robusta e con lo sguardo di chi non vede l'ora di levarsi un sassolino dalla scarpa. «Bene, perché qui pare che nessuno sappia chi è Agata... tu invece sai dirci dove trovarla?»

«Perché la cercate?» chiese Assunta.

«Ci è giunta notizia che è in grado di alleviare le pene delle persone, e non solo... Tu ci puoi dire qualcosa in merito?» fece il medico.

Assunta non aveva ben capito cosa volesse l'uomo, perché parlava diverso da come parlava lei, ma forse voleva sapere se Agata poteva curare la gente. Ci pensò un attimo, poi davanti agli occhi vide Pietro. Pietro che cadeva a terra senza sensi, Pietro che guardava Agata incantato mentre quando salutava lei sembrava non guardarla davvero. «Sì, Agata fa le majarie, lo sanno tutti qui. Io però non lo so dove è ora, e qui potete chiedere quanto volete e nessuno ve lo dirà, perché si scantano. Idda è potente, dicono che ha il dono, fa cose strane assai.»

«Strane assai che significa?» chiese il medico.

«Mah, io so solo quello che dice la gente, che leva malocchi, che cura malattie gravi, ma qualcuno dice che una volta fermò pure un incendio con le mani, cose così.»

«E tu l'hai vista mai fare queste cose?»

Assunta pensò alla mattina in cui Agata aveva soccorso Pietro che pareva morto, ma non disse nulla perché non voleva mettere in mezzo lui. «No, io ci travagghio solo con lei.» Poi si congedò dai tre e tornò svelta a casa.

«Come immaginava lei, dottore. Questa ragazza è una mezza strega, e la gente non parla per convenienza. Questi isolani sono dei selvaggi, ancora credono agli spiriti e al malocchio e quelle come Agata gli servono» disse uno dei due ispettori.

«Io direi che possiamo entrare e fare due chiacchiere con chi di dovere» disse il dottor Faranda e si diresse deciso verso la caserma.

«Signori, capisco la vostra preoccupazione, ma qui a Lipari non abbiamo mai avuto problemi con la giovane Agata. Non credo che sia necessario sporgere alcuna denuncia. Forse possiamo risolvere questo malinteso in maniera più pacifica e senza troppi allarmismi» disse il brigadiere con tono conciliante, non appena ebbe ascoltato il dottore. Era un uomo mite e pingue, dal viso rubicondo e imberbe. Conosceva tutti, specie i pescatori con i quali ogni tanto si intratteneva a fare due parole.

«Non mi dica che anche lei vuole proteggere questa strega che si mette a curare la gente senza avere un titolo di studio... Si rende conto che questa ragazza sta commettendo un abuso della professione medica?» incalzò il dottore.

I due ispettori annuirono senza fiatare.

«Qui sull'isola, da che mondo è mondo, le donne fanno le majarie e non hanno mai torto un capello a nessuno. È povera gente ma di cuore» cercò di giustificarsi il brigadiere.

«Questa Agata ha fatto qualcosa che non si può spiegare, io voglio capire come e chi le ha dato il titolo per farlo» aggiunse rabbioso il medico.

«Dottore, ci sarà sicuramente un malinteso, conosco tutti qui sull'isola e le assicuro che sono brave persone che lavorano onestamente e si spezzano la schiena, non si prenda pensiero per queste fissarie» aggiunse il carabiniere.

«Non si tratta di fissarie o non mi sarei scomodato io» mise in chiaro il medico.

«La invito a ripensarci, perché io sono solito raccogliere denunce per reati seri, non per chi aiuta la gente e la cura. In ogni caso servono delle prove e non mi pare che voi ne abbiate portate» puntualizzò il brigadiere con voce ferma.

«Tornerò» disse il dottor Faranda. «Non ho intenzione di lasciare cadere questa cosa. Se qualcuno qui si spaccia per medico io lo denuncerò.» Era chiaro che in caserma non avrebbe trovato la minima collaborazione, quindi decise di rientrare a Messina il giorno stesso.

A Lipari ci sarebbe tornato presto e avrebbe fatto da sé, l'avrebbe trovata lui Agata.

57

Per giorni non si parlò d'altro che del medico e dei due ispettori che erano venuti da Messina per cercare Agata. Quando Assunta glielo descrisse, fingendo di essere preoccupata per la compagna, Pietro capì che si trattava del suo dottore. E solo in quel momento realizzò di aver messo in pericolo la sua amica, il suo amore più grande: come aveva potuto essere così sciocco? Come aveva potuto fidarsi di quel dottore?

Non sapendo cosa fare, andò a parlare con il brigadiere, spiegandogli l'intera faccenda. «Quel dottore mi ha ingannato!» concluse il giovane. «Voleva sapere chi mi aveva guarito per venire a ringraziare, così mi disse!»

«Per ora non ti preoccupare. Io ho provato a calmarlo, ma quello ha detto che tornerà. Agata ha fatto solo del bene alla gente, e farò tutto ciò che è in mio potere per non metterla nei guai. Ma non so se riuscirò a evitare di raccogliere la denuncia del dottor Faranda anche la prossima volta» disse il carabiniere.

«Una denuncia? E che succede se il dottore la fa?» chiese il ragazzo allarmato.

«Cercheremo di evitare che accada, tu non ci pensare.» Il brigadiere non avrebbe permesso che accadesse nulla ad Agata: diverse persone erano state aiutate gratuitamente da lei e dalla Za' e lui lo sapeva. Sapeva anche che non tutti ne pensavano bene, perché la gente è così: mangia e scorda. Ma Agata era una brava picciotta, di cuore, che non avrebbe mai fatto del male a una mosca: lui la vedeva sempre lavorare di buona lena al porto quando scendeva di primo mattino. «Qualcosa ci inventeremo per mandarli di nuovo via...» ribadì l'uomo con fare pensoso, toccandosi il mento con le mani tozze.

Pietro lasciò la caserma in preda a un'inquietudine sorda, voleva trovare un modo per proteggere Agata. Preso dall'angoscia e non sapendo cos'altro fare, andò dritto da Zu' Bastianu, che era a Marina Corta perché la gamba rotta di suo figlio Ignazio non gli permetteva ancora di camminare. Che si trattasse di una frattura, e pure brutta, lo avevano capito solo dopo qualche giorno, dato che non poteva poggiarla e che il dolore era davvero forte. Inoltre, dopo quella notte infernale, il ragazzo era talmente terrorizzato all'idea di rimettersi in barca che non ne voleva sapere di muoversi, rifiutava perfino di farsi toccare da suo padre che avrebbe potuto fargli una 'raziune per far passare lo scantu.

«Lassalo ire per ora» gli aveva suggerito sua sorella. «Vedrai che gli passa, intanto qua potete stare quanto volete... Pure a te un po' di riposo farà bene, tua moglie è informata ed è una che sa spicciarsi, quindi statti quieto che le cose si aggiustano.»

Come le altre volte, Piètro trovò Zu' Bastianu seduto fuori dalla porta di casa.

«Agata è in pericolo. Ed è tutta colpa mia» gli disse a bruciapelo. «Io le ho solo chiesto di mettermi le mani sul petto per guarirmi. Lo so che non volete averci a che fare, ma io so anche che Agata è vostra figlia, sangue vostro è.»

Il ragazzo gli raccontò velocemente cos'era accaduto. Bastianu lo ascoltò in silenzio, impassibile, come se non gliene importasse nulla. Alla fine, Pietro se ne andò senza nemmeno salutarlo, con un peso enorme addosso: il dottor Faranda aveva detto al brigadiere che sarebbe tornato, e il ragazzo sapeva che la seconda volta non si sarebbe arreso tanto facilmente.

Vedendo il figlio tornare a casa così affranto, Anna si fece raccontare tutto. Pensò che era il caso di spiegare come erano andate davvero le cose a Cettina, e passò subito a trovarla.

«Non è stata colpa di me figghiu!» esclamò. «Quel dottore lo ha preso con la buona per farci dire tutte cose. Uno truffaldino è stato, ci faceva prio e tutte cose, mi devi credere, io ero lì!»

«Io di tutta questa storia non sapevo nulla, sempre l'ultima sono a sapere le cose!» replicò furiosa Cettina. «Me figghia mi farà morire prima del tempo, lo so... pure i carabinieri nel mezzo ci sono stavolta...»

«Agata nenti ti dissi, perché sennò te la prendevi con lei, e invece lei a Pietro lo ha salvato la prima volta e poi lo ha guarito. È sicuro che se non era per lei, a st'ura sarebbe morto.»

«Anna, non ne dire più fissarie, chiddo ci perse la testa per Agata e ci pare che lei è la Madonna, pi ffavuri» replicò sempre più stizzita Cettina.

Anna finse di non aver notato la nota di disprezzo nella voce dell'amica e colse l'occasione per dirle quello che le frullava in testa da tempo. «A questo proposito, io ti volevo dire una cosa, è da un po' che ci penso a dire il vero. Potremmo anche farli sposare questi due, tanto si conoscono da quando sono nichi...»

Cettina guardò Anna allibita: ma come le veniva in mente una cosa del genere? Poi però pensò subito ad Agata e a Tanu, e al fatto che solo un bonaccione come Pietro poteva bersi che sua figlia non aveva mai conosciuto un uomo: era talmente preso che di certo non se ne sarebbe mai accorto. Quella storia potevano cancellarla una volta per tutte, non come era successo a lei, che il marchio del suo peccato lo aveva portato in grembo fin da subito. E inoltre, se Agata si fosse sposata e avesse fatto un picciriddo, l'avrebbe smessa con le majarie, si sarebbe sistemata e la gente l'avrebbe finita di parlare una volta per tutte, che in quei giorni ne avevano dette di ogni su sua figlia.

«Ci penso, Anna» rispose. «Parlo con me figghiu Salvatore e ti faccio sapere.»

Anche se Assunta era stata l'unica a cantare con il dottore, non tutti avevano taciuto per proteggere Agata, i più avevano preferito farsi i fatti loro.

Qualcuna, perché erano soprattutto le donne a sparlare, si era lasciata andare a più di una cattiveria sulla ragazza, che era strana e presuntuosa e che non aveva amiche e che si credeva tutta lei, attribuendole pure la responsabilità di alcune cose storte che erano successe e dicendo che era una strega e non una che curava solo.

La fantasia galoppava a briglie sciolte finché, dopo qualche giorno, il polverone scemò e la gente smise di parlare di quel che era successo e di fantasticare sul perché tre uomini di fuori si erano presi la briga di venire a cercare Agata, sicuro non solo perché aveva curato qualcuno.

Cettina era preoccupata, se quel dottore fosse tornato non sapeva cosa sarebbe successo, anche se era furiosa con sua figlia, non poteva fare finta di nulla. Pietro l'aveva inguaiata e ora Agata rischiava di passare i guai. Forse davvero l'unico modo per mettere a posto tutto era farla sposare al più presto con quel ragazzo, così lei se la levava di casa e quello che succedeva era affare di suo marito.

58

Quando il dottor Faranda e gli ispettori tornarono a Lipari, in men che non si dica lo seppero tutti. Pietro corse da Agata e le disse di salire al campo coi suoi fratelli e di non muoversi. Poi andò da Zu' Bastianu. «Il dottore tornò, è al porto!» gli disse. Infine scese di nuovo alla barca di mastro Beppe.

Il medico, vedendo Assunta alle prese coi totani, la salutò: «Quel che mi hai detto la volta scorsa mi è stato di grande aiuto».

La ragazza sbiancò.

Giuseppina, sentito lo scambio, aspettò che l'uomo si allontanasse, poi sollevò la testa e guardò Assunta con occhi traboccanti di disprezzo. «La mia barca non porta in giro Giuda.» Poi si voltò verso Maruzza e aggiunse: «Domani, se vuoi continuare a travagghiare, scendi sola».

Maruzza, allibita, si voltò verso Assunta con un'espressione sconvolta: come aveva potuto tradire Agata? Era impazzita o cosa? A lei, però, non disse nulla. Si limitò a rispondere a Giuseppina: «Sta bene, ci vediamo stanotte. Scendo sola». Poi si incamminò verso casa senza aspettare la sorella.

La ragazza la rincorse. «Aspettami... non è come pensi tu!»

Maruzza si voltò, le sputò sui piedi e le disse, mostrando i pugni chiusi: «Non uscirei più in mare con te manco morta, vattene a casa e non farti più vedere vicino alla barca, sennò ti scanno con le mie mani».

Zu' Bastianu scese al porto. Non ci mise molto a individuare il dottore che si aggirava fra le barche chiedendo dove abitasse Agata.

Lo avvicinò e gli disse: «Permette una parola?». Poi, accostandoglisi all'orecchio, aggiunse sottovoce: «So io dov'è Agata, so che la cerca... Se iddu vuole, la accompagno io». La picciotta sta al campo coi fratelli, c'è da camminare un poco».

Gli ispettori sanitari si scambiarono un'occhiata scocciata e il medico, stizzito da quella che gli sembrava un'inconcepibile mancanza di rispetto, li congedò con malagrazia, ordinando loro di aspettarlo al porto e fulminandoli con un'espressione che valeva più di mille minacce.

I pescatori che avevano assistito in silenzio alla scena non capivano cosa c'entrasse lo Zu' col dottore, ma lo conoscevano di fama e sapevano che era una persona per bene che aveva aiutato tanta gente, perciò non ci pensarono troppo e tornarono alle proprie faccende.

«Io mi chiamo Bastianu. Ad Agata la conosco, devo dire che davvero è particolare» spiegò lo Zu' al medico mentre salivano lungo il sentiero verso i campi. «Ma non è una cattiva ragazza.»

«Questo lo deciderò io. Prima ci voglio parlare e poi decido io se è una brava ragazza o no.»

Zu' Bastianu si aspettava quella risposta e sapeva bene che quell'uomo era deciso a far passare i guai ad Agata. «Ha ragione, queste picciotte oggi sono troppo sveglie.»

«Quella ragazza ha qualcosa di strano e io devo capire cosa sia, troppe stranezze ho sentito sul suo conto» fece il medico. «Se è davvero come dicono, la porto a Messina in ospedale da me e la faccio vedere da tutti i medici che conosco finché non scoprono cosa sa fare e come lo fa. Non credo alla magia, io, solo la scienza può spiegare certe cose. Non esistono guarigioni miracolose. Voglio vederla con i miei occhi, questa Agata.»

Bastianu continuava a camminare imperterrito. «Prendiamo di qui, facciamo prima» disse.

Imboccarono un sentiero a picco sul mare. Alle loro spalle il paesaggio era mozzafiato, un'infinità di cielo e di mare con le altre isole in lontananza, poggiate in mezzo all'acqua come gemme incastonate in una corona di blu.

Quando furono in un punto a strapiombo sulle rocce, Bastianu invitò il medico a fermarsi. «Guardi giù. Ha mai visto una cosa così bella?»

Il dottore dominava il vuoto, sotto di lui solo una parete scoscesa e altissima che finiva parecchie centinaia di metri più in basso in mezzo alle onde tumultuose.

«Oggi il mare è un poco mosso» disse Bastianu, avanzando con gli occhi fiammeggianti in direzione del medico.

Nello sguardo di quell'uomo il dottore vide una forza magnetica, gli girava la testa e iniziò a spaventarsi.

«Hai paura, vero?» gli chiese Bastianu, passando di colpo al tu con tono brusco.

Il dottore cominciò a tremare, era a pochi passi dallo strapiombo e Bastianu si muoveva verso di lui con fare minaccioso. Fece per indietreggiare ma si bloccò, acutamente consapevole del vuoto alle sue spalle. Con il tallone smosse una pietra, che rotolò e cadde nello strapiombo, andando a schiantarsi contro gli scogli. L'uomo, che poco prima sembrava dalla sua, si era trasformato in un nemico e lo aveva trascinato nella sua trappola, senza lasciargli scampo.

«Ascoltami bene. Ti farò scegliere. O ti butto giù di sotto, oppure pigli e te ne vai. Ti scordi la mia faccia, ti scordi Agata e ti scordi pure Lipari tutta.» Detto questo, incrociò le braccia sul petto e si parò davanti al medico sovrastandolo.

Il dottor Faranda era terrorizzato, non riusciva a ragionare, se avesse fatto anche solo un passo indietro sarebbe precipitato nel baratro.

«Hai tutto il tempo che vuoi per decidere, io non ho premura. Se scegli di andartene, non farti mai più rivedere, perché a sera non ci arrivi vivo.»

Zu' Bastianu si spostò un poco, lasciando al dottore lo spazio per avanzare e mettersi al sicuro, si sedette di lato, poco sopra il sentiero, a guardarlo.

Il vento faceva sbattere la stoffa dei pantaloni attorno alle gambe del dottore, che a piccoli passi si avvicinò al sentiero.

«Quindi?» incalzò Zu' Bastianu.

«Me ne torno a Messina» rispose il medico terrorizzato.

Agata e Pietro arrivarono alle loro spalle come sbucati dal nulla. Pietro aveva visto Zu' Bastianu con il dottore ed era corso a riferirglielo e lei, temendo che Bastianu la mettesse nei guai più di quanto già non era, aveva deciso di andar loro incontro e affrontare la situazione.

«Che ci fate qui?» chiese la ragazza.

«Non ti immischiare, tu» le rispose Bastianu perentorio. «Non sono discorsi da femmine questi, tornatene a casa.»

«Io non vado proprio da nessuna parte, il dottore cerca me, non te.»

«Ti ho detto che te ne devi andare e che non ti devi immischiare, non te lo voglio ripetere» ribadì l'uomo.

«E da quando ti importa di me? Sentiamo, sono proprio curiosa...» replicò Agata con aria di sfida. «Non ho bisogno di te, lo hai detto tu, mi pare, Bastianu... o dovrei chiamarti *papà*?» Pronunciò l'ultima parola con scherno e disprezzo.

Bastianu si voltò furioso, gli occhi fiammeggianti, ma Agata non aveva più paura di lui e ricambiò il suo sguardo con la stessa intensità.

Di colpo, dal nulla, le sterpaglie ai loro piedi presero fuoco.

Il dottore aveva assistito a tutta la scena ammutolito e incredulo, vedendo con i suoi stessi occhi le fiamme iniziare a crepitare fino ad alzarsi furiose alle loro spalle.

Agata, ricordando come aveva fermato l'incendio la prima volta, diresse i palmi verso il fuoco e pronunciò la formula. Immediatamente tutto si spense, restò solo il fumo acre a volteggiare verso il cielo limpido.

Pietro, rimasto tutto il tempo in disparte, guardava prima Agata e poi Bastianu, poi Bastianu e ancora Agata: i due non smettevano di fissarsi come due cani pronti ad azzannarsi.

«Come vedi, non ho bisogno di te e del tuo aiuto, troppo tardi è.» Agata era gelida in volto, le mani ancora bollenti e pulsanti.

Il dottor Faranda si mise seduto cingendosi le gambe con le braccia. Ogni sua certezza era andata in frantumi come la pietra che era precipitata nello strapiombo poco prima e che si era infranta sulle rocce sottostanti.

«So che mi cercavate» gli disse Agata. «Eccomi qui. Davanti a voi.»

Il medico non riusciva nemmeno a rialzarsi, figuriamoci a risponderle.

«Il dottore se ne stava andando» intervenne Bastianu. «Non è vero?»

Faranda, nel suo vestito impeccabile, annuì.

«Se è così, allora io me ne vado, che di tempo ne ho perso assai oggi» concluse Agata.

«A mai più rivederci, allora» disse Bastianu senza guardare nessuno in particolare. «E non parlo solo per lui, pure per te.» Lanciò ad Agata un'occhiata di traverso e si incamminò da solo verso il paese a passi malfermi. Era poco abituato alla terra, e ondeggiava come quando stava in piedi sulla sua barca. Agata non voleva più avere nulla a che fare con quell'uomo. Aveva una sola cosa in comune con lui, la più intima e viscerale: il sangue. Per il resto sentiva di non assomigliargli affatto, lui della sua rabbia si faceva scudo e ne era rimasto imprigionato, inaridendo. Lei l'aveva liberata e si era fatta più forte.

Agata e Pietro seguirono l'uomo mantenendosi a distanza, incuranti del dottor Faranda, ancora seduto a terra.

«Ma come hai fatto a fermare il fuoco?» le chiese il ragazzo.

Agata rimase in silenzio e tirò dritto. Era ancora troppo scossa per quello che era accaduto, per quello che era riuscita a fare. Negli occhi di Bastianu aveva visto se stessa come in uno specchio, ma aveva colto anche tutta la sua collera e la sua solitudine. Per questo non lo temeva più, per questo gli aveva tenuto testa: aveva scorto il suo punto fragile, la crepa che, se toccata, fa cedere tutto. E questo le aveva dato una forza che non pensava di avere.

Il dottore aspettò di essere solo e soltanto allora si alzò, si lisciò i pantaloni e scese verso Marina Corta. Vicino al porto incontrò il brigadiere, intento a fare uno dei suoi giri. Gli sussurrò qualcosa all'orecchio, e poco dopo, senza neppure cercare gli ispettori sanitari, si imbarcò per Messina.

Quella fu l'ultima volta che lo videro a Lipari.

Quando Zu' Bastianu era ormai quasi arrivato a casa della sorella, Pietro lo raggiunse di corsa. Lo guardò con gratitudine e un poco di apprensione. Lo Zu' non disse nulla ma abbassò lo sguardo, come a dire «è tutto a posto», e con la mano fece un cenno di saluto.

59

Le due barche si incrociarono a distanza ravvicinata, le prue sol-
cavano le onde, accarezzate dalla schiuma bianca, il sangue limpido e vaporoso del mare, quello che viene fuori quando lo tagli. Gli
scafi in legno beccheggiavano leggermente, seguendo le rispettive
rotte. Nessun odore nell'aria se non quello salato e umido dell'acqua. Cielo e mare fusi in un unico colore scuro, ravvivato solo dalla debole luce che fa da cerniera fra la notte e il sorgere del sole.
Agata riconobbe subito la barca di Tanu e una morsa di agitazione le chiuse lo stomaco. Non lo aveva più rivisto dall'ultima
volta, quella in cui lo aveva costretto alla verità.

Tanu invece, preso dai suoi pensieri, non aveva fatto caso che
il piccolo gozzo che stavano per incrociare fosse quello di Giuseppina, era un'imbarcazione anonima e troppo simile a tante altre. Non era ancora l'alba e la luce fioca, azzurrognola, rendeva
i contorni delle cose evanescenti. Solo quando furono più vicini
si accorse di Agata che impugnava i remi saldamente insieme alle compagne. Le pescatrici rientravano verso Lipari con un carico di totani, una massa gelatinosa e rosata che spiccava nella penombra.

Tanu cercò gli occhi della ragazza. Le doveva un'altra parte
della verità, oltre il suo orgoglio, oltre tutte le parole che le aveva
rovesciato addosso l'ultima volta che si erano visti.

Le doveva un altro sguardo. Tanu voleva che Agata affrontasse
quegli occhi, che li incontrasse. Lei era stata la passione e il desiderio e, anche se solo per poco, per lui averla era stato immediato

e naturale, era un maschio e i maschi si prendono quello che vogliono, senza tante storie.

Avrebbe voluto dirle che era bella, la più bella, quante volte glielo aveva sussurrato nell'orecchio mentre la baciava. Agata gli aveva ribaltato il sangue con una potenza senza eguali, era stata fuoco e vento quando danzano insieme. Agata era il pezzo mancante, ritrovato nel momento più sbagliato possibile. Era la luce cui anela la falena, irresistibile. E lui era volato dritto da lei senza pensarci, senza pensare che non avrebbe mai potuto averla per sé, aveva agito con un istinto animale, ma quello con Agata era stato il suo viaggio più bello.

La ragazza ricambiò lo sguardo con un'espressione che era un misto di rancore, dolore e delusione. Si sentiva ingannata e tradita, ma incrociare di nuovo gli occhi di Tanu le aveva riacceso un desiderio che era più forte perfino delle ferite, le salì una tale voglia di toccarlo e averlo per sé che pareva partisse dalla sua carne prima ancora che dal suo cuore. Vederlo passare e allontanarsi e sapere che non sarebbe mai più stato suo, che non le apparteneva, era quel tipo di dolore destinato ad accompagnare una donna per tutta la vita, perché un amore acceso e mai consumato del tutto rimane sottopelle come un tarlo che scava e scava senza tregua.

Lei però quel tarlo se lo doveva levare.

Sapeva come sua nonna liberava i cristiani dal mal d'amore, gliel'aveva visto fare diverse volte e, ora che ci pensava, ricordava che Minica aveva provato a fare quel rituale pure a Cettina, ma lei si era ribellata, dicendo che non aveva bisogno di quelle stregonerie. «Le puoi fare agli altri, a quelli che ci abboccano a queste cose, non a me.»

Agata non voleva che le succedesse la stessa cosa che era successa a sua madre: non voleva che quello che sentiva si trasformasse in un veleno. Una parte di lei sapeva cosa fare, e non solo perché lo ricordava. Servivano solo sale, un fuoco, una luce di candela. Le parole erano già in lei, quelle di sua nonna e quelle che le aveva insegnato pure Za' Teresa. Aveva deciso, l'avrebbe fatta quella majaria.

Prese un filo di lana rossa lungo quanto un palmo, il sale, la candela, si assicurò che Rosario e sua madre dormissero e poi andò nel campo dove aveva ricevuto il dono.

Pregò, chiese alla Madonna di liberarla dal pensiero di Tanu, di cancellarlo dal suo cuore e dai suoi pensieri, voleva tornare libera, voleva smettere di soffrire perché non era passato un solo giorno senza che lei stesse male per quello che era successo. Aveva conosciuto l'unione perfetta fra due anime e due corpi e poi solo il dolore. Se lo sentiva addosso come una ferita infetta che non si riesce a rimarginare.

Mise la candela a terra, prese il filo e lo passò sopra la fiamma finché non si spezzò in due. Buttò il sale sopra la fiamma e poi alle sue spalle, recitando la formula che serviva a liberarsi da un legame d'amore. Si sentì risucchiare verso il basso, ma questa volta piantò saldamente le gambe a terra, provò a resistere. Vide un vortice turbinare attorno a lei, una luce la investì e poi svanì di colpo.

La ragazza si sentiva leggera, liberata da quell'angoscia che da mesi le faceva compagnia giorno e notte. Non provava più rabbia per Tanu, né odio, anzi per un momento le fece pure pena, perché lui doveva convivere con quello che era accaduto accanto a una donna che non aveva scelto. Lei era libera, mentre lui era incatenato a vita nella sua infelicità. Si era condannato da solo.

Poi, di colpo, le fu tutto chiaro. Capì che se fosse rimasta a Lipari avrebbe continuato a portarsi addosso il peso di un dolore troppo grande, fatto di ricordi e di inciampi che le avevano reso il cammino faticoso. Non poteva più aspettare, doveva partire. Quello non era più il suo posto: tutto le stava stretto, niente e nessuno la tratteneva lì. Troppe cose brutte erano successe, perfino la morte di sua cugina.

Aveva messo da parte qualche soldo perché voleva partire per l'America e raggiungere Pino, ma ora che aveva scoperto che non era suo padre, che senso aveva andare da lui? Perché turbare la serenità della sua nuova famiglia? L'America era grande, e un posto per lei da qualche parte doveva pur esserci. Ne partivano di continuo di transatlantici da Messina. Sapeva già cosa avrebbe voluto fare, avrebbe ricominciato a studiare, voleva vedere nascere bambini per tutta la vita e scordarsi del resto: il suo dono lo avrebbe usato così, per dare aiuto alla vita.

Agata si abbandonò a un pianto liberatorio che spazzò via da lei ogni amarezza e timore. Finalmente era riuscita a fare chiarezza dentro di sé. Rientrò a casa e andò a letto svuotata, ma decisa più che mai a rifarsi una vita dall'altra parte del mare, dove nessuno sapeva chi fosse.

60

«Salvatore, ho una cosa da dirti.» Cettina era affacciata sulla soglia di casa del figlio, dove Lucia stava allattando il piccolo Giuseppe.

«Cresce assà 'sta criatura» disse alla nuora.

«Sì, e mangia tutto il tempo» rispose Lucia.

Salvatore si sciolse il fazzoletto dal collo, si massaggiò un poco la nuca e uscì. Ormai non parlava tanto con sua madre, se poteva la evitava e lei faceva lo stesso, perciò chissà cosa aveva da dirgli di importante.

«Anna mi ha chiesto se vogliamo sposare Agata con Pietro.» Salvatore scoppiò a ridere. «Agata? Con Pietro? Veramente io speravo in un uomo un poco più grande e un poco più di polso per tenerla in riga... Pietro si farà mettere i piedi in testa subito.»

«Sì, ma iddu ci perse la testa, e quando uno è innamorato non si accorge di nulla, giusto?» insisté Cettina, alludendo al fatto che Agata ormai era compromessa. Salvatore sapeva che quel segreto andava protetto, che sua sorella già ne aveva combinate 'na para, ci mancava solo che passasse pure per una poco di buono.

«Hai raggiuni, quello non si accorgerebbe di niente... Dove andrebbero a stare?»

«Anna gli lascerebbe la sua casa, quella dove stanno ora, che è bella e grande. Lei andrebbe a stare da sua cugina che è pure vedova e anziana e ha bisogno, così mi disse.»

«Agata farà come una pazza, lo sai, vero?» commentò Salvatore, immaginando la reazione della sorella. «Per lei Pietro è un amico e io stesso ci dissi di stari luntana da lui che era fatto troppo appiccicoso e la gente poteva parlare.»

«Idda s'havi a maritari, già ha sedici anni fatti, io alla sua età ero già maritata» aggiunse Cettina, ma poi si fermò. Il peso della colpa le impediva di proseguire e di insistere oltre con il figlio.

«Facciamo passare due o tre giorni e poi glielo diciamo» stabilì Salvatore, che rientrò in casa dandole le spalle. Cettina sapeva che ce l'aveva con lei, ma sapeva anche che non sarebbe servito a nulla provare a spiegarsi. Solo il tempo avrebbe steso la sua mano su quella crepa che ora li divideva.

Cettina e Salvatore si guardavano increduli.

Agata non batté ciglio e non protestò, anzi disse che le stava bene. Tutto si aspettavano, tranne quello.

Un'unica condizione pose. «A Pietro però lo dovete dire fra una settimana, non ora, solo questo vi chiedo.»

«D'accordo» promise Salvatore. «Settimana prossima vado io a parlare con lui e sua madre.»

Rosario assisteva ammutolito alla scena. Sua sorella era impazzita di certo, non c'era altro modo per spiegare la sua indifferenza e la sua calma.

«Ah, quasi dimenticavo... Quel medico, quello che venne a cercarti, hai presente? Incontrò il brigadiere al porto e gli disse che stava andando via e che si era sbagliato e che non torna più a Lipari... Ma tu ne prendi copia di questa cosa, Saro? I cristiani sono vero pazzi» disse Salvatore.

«Pure io l'ho saputo... Per come è arrivato se n'è andato, dopo poche ore» commentò Rosario.

«La cosa importante è che ci lascia in pace, e che se ne sta a Messina senza venire qui a ficcare il naso nelle cose nostre» aggiunse Cettina.

Agata sorrise fra sé e sé.

Salvatore se ne tornò a casa da moglie e figlio, Cettina finì di sistemare e salì a coricarsi.

Rosario chiese ad Agata di accompagnarlo fuori a prendere una boccata d'aria. «Arriviamo fino al campo qui dietro.»

La ragazza indossò lo scialle e lo seguì.

La luna era sorta delicatamente, dipingendo il cielo notturno con la sua luce argentea, il mare cullava le sue onde sotto il bagliore che si spandeva nel cielo pulito, senza l'ombra di una nuvola.

«Agata, per caso sei impazzita?» chiese Rosario sottovoce.

«No, affatto, perché?» rispose lei serafica.

«Ti hanno proposto di sposare Pietro e tu hai detto che ti sta bene!» esclamò incredulo.

«Vieni qua, sediamoci» disse la ragazza, indicando il prato. «Ricordi i soldi del calzolaio? E anche quelli che ho guadagnato coi totani?» chiese.

Rosario annuì.

Agata gli parlò delle sue intenzioni.

Lui la guardò con gli occhi strabuzzati.

«Da quando Marisa è morta, da quando quel medico è venuto a cercarmi, io mi sento come se fossi in prigione, specie dopo che ho conosciuto Tanu.»

Agata e Rosario non avevano mai parlato di quella storia, ma ora voleva raccontare al fratello cosa era stato per lei Tanu e soprattutto cosa aveva significato rinunciare a lui per sempre.

Un animale grugnì poco distante da loro.

«Che cosa è stato?»

«Qualche animale selvatico sicuro... Rientriamo, che è meglio.»

Una volta a casa, i due ragazzi continuarono a parlare, certi che Cettina dormisse già da un pezzo.

«Tanu è stato la mia più grande gioia e il mio più grande dolore, lui resterà sempre nel mio cuore» aggiunse Agata commossa.

Rosario avvertì le lacrime pungergli gli occhi e pensò ad Antonio, al fatto che non si erano più visti, alla felicità che aveva sperimentato per la prima volta con lui, ma che aveva dovuto mettere da parte perché non si poteva, perché gli avevano inculcato che quel suo amore era sbagliato, era contro natura. Ma come potevano i suoi sentimenti e il suo desiderio essere *contro natura*? Erano forse sbagliati? Rosario si sentiva in colpa, si sentiva diverso. Da un lato c'era quello che gli avevano insegnato, dall'altro quello che aveva provato. Il suo cuore non mentiva.

«Saro, mi raccomando: non farti scappare nulla di quello che ho intenzione di fare. Nessuno deve sapere, nemmeno mamma» lo pregò la ragazza.

Cettina, però, era sveglia.

E aveva sentito tutto.

61

L'aria accarezzava ogni angolo dell'isola, portando con sé la promessa di un nuovo giorno. Sussurrava un canto che era presenza e rendeva vivo il fruscio leggero delle foglie alle pendici dei monti, accompagnava il movimento delle onde. Erano appena passate le cinque del mattino.

«Sei pronta, hai tutte cose?» chiese Rosario, poco oltre l'uscio di casa.

La borsa l'avevano nascosta dietro l'abitazione, nel piccolo deposito degli attrezzi.

«I soldi tieniteli sempre addosso, anche quando dormi» si raccomandò. Poi si rovistò in una tasca, da cui estrasse un involto di carta di giornale. «Queste le ho fatte per te. Se non ti piacciono, e chissà se sei in difficoltà, puoi anche venderle.»

Agata aprì il cartoccio e si ritrovò in mano delle statuine di tartarughe e delfini, intagliate alla perfezione nel legno.

«Sono bellissime, Saro» rispose, trattenendo a stento le lacrime.

«Non sono perfette, lo so, ma ho pensato che potrebbero servire più a te che a me.»

Agata accarezzò uno dei delfini, e si ricordò di quello che aveva liberato una notte, una delle prime volte che il dono le si era manifestato. Abbracciò il fratello di slancio, e in quell'istante la piccola voglia sul petto cominciò a bruciare.

Stava per avere una visione.

Provò a respingerla, non la voleva, aveva bisogno di assaporare e vivere appieno quel momento, lì con Rosario. Ma non le riuscì di allontanarsi da ciò che era, e allora come un lampo vide lui e Antonio, seduti sorridenti sul ponte di una nave, lo sguardo rivolto verso il mare e l'orizzonte. Poi, rapida com'era arrivata, la visione si interruppe. E per lei fu un sollievo ma anche una gioia.

«Saro mio, devi farmi una promessa.»

Il ragazzo la fissò con aria interrogativa.

«Promettimi che anche tu proverai a essere felice» gli disse Agata.

Lui le sorrise. «Te lo prometto. Ora andiamo, che a momenti parte il vaporino.»

Agata era uscita a totani quella notte ed era appena rientrata, perciò aveva ancora addosso l'odore salmastro del pesce che aveva pescato: non c'era stato il tempo di darsi una sistemata a casa prima di partire.

«Te lo ricordi, vero, che al porto, a Messina, devi cercare i cugini del maestro Bonanno? Mi raccomando, fammi stare tranquillo e fai il viaggio con loro. La figlia più grande ha la tua età, l'abbiamo vista da bambina, ma è rimasta uguale: la riconoscerai. Vi imbarcate insieme sulla nave così vi farete compagnia durante la traversata, che il viaggio è lungo assà. Qui trovi anche l'indirizzo dei loro parenti che vi ospiteranno a...» e pronunciò, storpiandolo, il nome di una città che lei non aveva mai sentito nominare: Norwich. Poi le porse un biglietto ripiegato. «Pare che lì ci stiano molti altri liparoti, qualcuno che conosci lo trovi, se serve.»

Agata prese il foglietto e lo mise nella borsa, al sicuro.

«Pietro ancora non sa nulla del matrimonio: nessuno glielo ha detto che avevano deciso di farci sposare... Salutalo per me, digli che appena arrivo gli scrivo, trovale tu le parole.» Agata si raccomandò a Rosario: sapeva che per Pietro sarebbe stato un duro colpo, ma avrebbe trovato una brava ragazza da sposare e il tempo avrebbe fatto il resto.

«Certo. Non preoccuparti, Agata. Non immagini nemmeno quanto vorrei venire con te, scappare da qui, ma non posso. Non sono come te, non ho il tuo coraggio. E poi non riuscirei a lasciare sola la mamma. Ha il carattere che ha, ma ne morirebbe se partissimo tutti e due» mormorò. La fragilità dettata dal suo sentirsi diverso gli aveva sempre impedito di sognare, di pensarsi altrove.

Era rassegnato, Rosario. Sapeva di non potersi permettere di essere se stesso fino in fondo, non a Lipari. Antonio gli aveva fatto capire finalmente la direzione in cui batteva il suo cuore, ma era, per tutti, la direzione sbagliata.

Il buio, fuori, era stemperato dalle luci dell'alba. Ad Agata metteva i brividi, eppure non era diverso dal solito. Erano diversi i timori che la accompagnavano. Speranze e paure si rincorrevano nei suoi pensieri. Ci aveva provato tante volte a immaginare la sua nuova vita lontano dall'isola, ma lei dalle Eolie non si era mai allontanata, se non per andare al porto di Milazzo. Quei lembi di terra selvaggia incastonati nel mare erano stati tutto il suo mondo, e non ci riusciva proprio a pensare a paesaggi diversi da quelli in cui era cresciuta. Ora c'era un altrove che aspettava solo lei, oltre il mare, dove si parlava una lingua che non era la sua: ma lei era pronta a incontrarlo?

Rosario ripensò a quando Agata gli aveva raccontato il suo piano. Lui era preoccupato che la sorella volesse davvero sposare Pietro, mentre lei aveva già ben chiaro cosa voleva fare.

«Ho messo via abbastanza per prendere un biglietto per l'America. Mi sono informata molto tempo fa alla capitaneria. Fra sei giorni parte la nave da Messina, Saro.»

Lui aveva creduto che fosse impazzita: affrontare un viaggio del genere da sola? Le aveva chiesto come potesse avere tutti quei soldi da parte, sperando di farle cambiare idea.

«Costa meno arrivare in America che andare a Napoli a momenti, te l'assicuro... Come credi che ci vanno tutti fin là? Pensa a quelli che sono partiti da qui in questi anni. Nessuno era ricco, anzi, per la fame e la disperazione si sono imbarcati tutti quanti, compreso nostro... *tuo* padre.»

Si era corretta, Agata. Rosario e lei erano fratelli solo per metà del loro sangue.

«Dove hai la testa, Saro? Moviti, che si fa tardi!»

Il ragazzo tornò al presente, si caricò in spalla la borsa con le poche cose della sorella e insieme si incamminarono verso il porticciolo di Marina Corta, facendo attenzione a non incrociare lo sguardo dei rari pescatori che ancora non erano rientrati a casa e che se ne stavano, affaccendati, appresso alle barche.

In pochi minuti i due ragazzi sgusciarono come ombre fra i gozzi fino al punto di attracco delle imbarcazioni di linea.

Agata cercò di rassicurare Rosario, che si guardava attorno circospetto: «Se ne sono andati tutti, li ho visti mentre tornavo a casa poco fa, non preoccuparti... anche Pietro». Pronunciò quelle ultime parole con una nota di tristezza. Aveva visto l'amico allontanarsi, e non lo aveva salutato, se non con lo sguardo, non ce l'aveva fatta. Pensò ad Anna, che già accarezzava l'idea di vederlo sistemato, e che aveva proposto a Cettina il matrimonio. Una fitta di rimorso le attraversò il petto. Pietro non poteva fare parte del suo futuro, lui rappresentava tutto ciò da cui lei si stava allontanando, una vita decisa da altri, un groviglio soffocante di aspettative e doveri.

Fra le maglie strette di un destino segnato, Agata aveva scelto la fuga, la boccata d'ossigeno, la libertà. Si stava forse comportando come una codarda? Stava abbandonando i suoi affetti senza curarsi di loro e delle conseguenze del suo gesto?

Con un cenno del capo cercò di scacciare i pensieri che la trattenevano nel passato, ancorandola alla sua terra: doveva volgere lo sguardo avanti, senza rimpianti.

Il vaporino per Messina sarebbe partito alle sei. In attesa, insieme a loro, c'erano solo alcuni uomini dall'aria stanca e abbattuta, vestiti di stracci o poco più. Forse operai che lavoravano alla cava, certi visi che non conoscevano.

«Agata, adesso promettimi anche tu una cosa: che qui non ci torni, e che almeno tu ce la fai a costruirti una vita degna di questo nome. Non ci pensare a noi, devi dimenticarci. Vai via, impara bene la lingua, studia e trovati un travagghiu buono, la testa non ti manca» le disse Rosario, stringendole forte la mano.

Agata pensò al suo desiderio: diventare una levatrice. Voleva che fosse quello il suo lavoro, ci avrebbe provato in ogni modo, una volta arrivata in America.

Fu in quel momento, mentre il sole stava per sorgere, che alle loro spalle sentirono dei passi inconfondibili.

Entrambi si voltarono all'istante.

In piedi dietro di loro, con gli occhi arrossati, stava Cettina. Per un attimo Agata pensò che Rosario l'avesse tradita, ma poi vide lo sguardo sorpreso del fratello. No, non poteva essere stato lui. La ragazza sussultò, sentendo il cuore schizzarle in petto. Che ci faceva la loro madre lì, in quel momento? Era venuta per metterle di nuovo i bastoni tra le ruote, per rovinare tutto? Agata decise che questa volta non glielo avrebbe permesso: sarebbe partita, che Cettina lo volesse o meno.

La donna si avvicinò alla figlia, la fissò. Sapeva bene che probabilmente, di lì a poco, non l'avrebbe mai più rivista. Il dolore può assumere le sembianze della cattiveria, poi, una volta uscito fuori e liberato dall'opprimente peso dei non detti, respira, si dilata fino a dissolversi. E Cettina, di dolore, ne aveva assorbito così tanto da esplodere.

«Ti volevo diversa da quella che sei, e mi sono vergognata di te. Non hai fatto altro che disubbidirmi in questi mesi, e scegliere sempre di testa tua. Sei cambiata troppo dopo quello che ti è capitato, quello che tu chiami "dono", ma che a me pare una condanna. E poi, come se non bastasse, pure quella storia col pescatore... Cosa ti è saltato in testa io non lo so.»

Ad Agata quelle parole arrivavano come coltellate, ma sapendo di non avere nulla da perdere replicò: «Non ho scelto io di avere il dono, e lo sai bene. Ma tu, invece di difendermi, mi hai sempre dato contro, e mi hai mentito. Ho creduto per tutta la vita che fosse mio padre un uomo che non lo era».

«E che avrei dovuto fare? Avevo altra scelta, forse?» ribatté Cettina alzando il tono della voce.

Agata avrebbe voluto dire di sì, che esiste sempre una possibilità, ma che il prezzo da pagare a volte è troppo alto. «Tu non ce l'hai con me per Tanu, tu sei arrabbiata perché ho fatto la stessa cosa che hai fatto tu: ho creduto a un amore che non era per me, ho ceduto a un uomo che non poteva essere mio, proprio come hai fatto tu.» Poi aggiunse: «Quando ci si innamora e si viene abbandonate, si può scegliere se continuare a vivere nel dolore, come hai fatto tu, o liberarsi e cambiare vita, come sto facendo io».

«Io non avevo scelta, lo capisci? Io avevo voi» ribatté Cettina. Non appena pronunciò quelle parole, realizzò che i suoi figli avevano pagato, loro malgrado, lo scotto di esserci e lei quello di essere sopravvissuta alla storia con Bastianu, di aver vissuto tutto quel tempo nel passato, aggrappata al ricordo dell'unica volta in cui era stata autenticamente libera e felice. «Lo so che non sono stata una buona madre, ho sbagliato tante volte. Però l'altra notte, quando vi ho sentiti parlare, ho capito una cosa: tu non sei fatta come me per restare. Se ti sposi e resti qui, figlia mia, tu muori.» Il suo tono era cambiato, non era più risentito ma calmo, rassegnato, a tratti perfino dolce, nota sconosciuta ai due ragazzi.

In quel momento, con gli occhi perplessi di Agata e Rosario puntati addosso, Cettina allungò la mano e porse alla figlia un involto sdrucito, che aveva estratto dalla tasca del grembiule. «Ogni volta che tuo padre mandava soldi, io ne tenevo un poco da parte per te, per il tuo matrimonio. Adesso questi ti servono per il tuo futuro. E il tuo futuro non è qui. Prendili, sono tuoi. Sono soldi americani. Li devi usare per campare finché non trovi un travagghiu buono.» Poi abbassò il capo, quasi si vergognasse del gesto.

Agata tese la mano incredula, ma poi la ritrasse.

«Non posso» rispose. Un moto di orgoglio le fece rifiutare quel denaro. Lo aveva mandato un uomo che non era nemmeno il suo vero padre, non erano davvero soldi *suoi*, e per questo non se la sentiva di accettare l'aiuto che la madre le offriva. Pino non conosceva la verità e le sembrava di approfittare di lui, dei sacrifici che aveva affrontato, anche per lei.

«Non mi hai mai ubbidito, ma questa volta ti supplico, figlia mia, ascoltami. Questi soldi non sono miei. Anche i tuoi fratelli avranno la loro parte. Domani, lontano da qui, sarai una ragazza sola, e le ragazze sole, quando sono in difficoltà, fanno cose che non devono fare. Ma tu non devi sbagliare mai più.»

Agata allungò la mano poco convinta, ma non appena sfiorò le dita di Cettina la testa le si fece pesante, e sentì il cuore a mille. Stava precipitando di nuovo in una delle sue visioni. E dentro a un cerchio lucente c'erano la madre e Bastianu, uniti in un abbraccio che di colpo si sciolse. Poi la ragazza si rivide neonata sulla spiaggia. Notò la piccola voglia che aveva sul petto mentre la Za' la benediva con l'acqua di mare, e percepì tutto l'amore di sua madre che, sfinita dal parto, la osservava da lontano. Dove era finito quel sentimento? Dove si era interrotto? Agata lo immaginò come una lenza da pesca spezzata, la afferrò delicatamente con le mani e la riannodò stretta stretta, ricucì a modo suo quel legame interrotto e poi si riebbe, tornò nel presente.

Si riprese mentre Rosario e Cettina la stavano scrollando.

«Sto bene» li rassicurò. «Ora è tutto a posto. Finalmente.»

Poi li abbracciò, e nel loro abbraccio scordò ogni cosa, come se in quel preciso momento fosse venuta al mondo per la seconda volta. Quando si staccò, ebbe la sensazione che ogni pezzo fosse tornato al suo posto, che le vecchie ferite ora si sarebbero rimarginate: era arrivato per lei il tempo di imboccare la sua strada, lontano da lì.

«Ora vai, figlia mia» disse Cettina commossa, infilandole i soldi nelle mani e sforzandosi di sorridere, il volto solcato dalle rughe, dalla stanchezza, dalle preoccupazioni.

Rosario annuì, invitandola a prenderli, mentre un groppo in gola gli impediva di parlare. Sua sorella era stata più coraggiosa di lui, aveva scelto la libertà. E se la meritava. Il ragazzo mise il braccio attorno alle spalle della madre, stretta nel suo scialle più pesante, i folti capelli ormai quasi del tutto grigi a nasconderle il profilo.

«Pensavo che non c'è premura di sposarsi, prenditi ancora un poco di tempo, che ancora sei giovane» sussurrò Cettina al figlio.

Rosario si sentì sollevato e le sorrise, stringendola più forte.

In quel momento, Agata salì sul vaporino. Lo fece senza voltarsi, perché sapeva che se li avesse guardati un'ultima volta, lasciarli sarebbe stato più difficile. Strinse a sé la borsa con le poche cose che aveva e si sedette. La barca si mosse, ogni onda che si infrangeva sullo scafo segnava il distacco dalla sua terra. Il mare riecheggiava di ricordi, cullava l'imbarcazione mentre lasciava il porto. Agata si abbandonò a quel movimento familiare, pronta ad affrontare ciò che la attendeva dall'altra parte del mare, in una terra sconosciuta.

La speranza di una vita nuova era più forte del dolore del distacco, del pensiero di Tanu, di tutto ciò che era stata fino a quel giorno. Lipari con le sue strade, che creavano un labirinto di ricordi, con i suoi porti e le sue barche colorate, Lipari dove attraccava ogni mattina presto con le compagne di pesca, benedicendo di aver toccato terra sana e salva, ora era muta spettatrice della sua partenza.

Stava abbandonando le sue radici, Agata, aggrappate a quella terra arida e a volte ingrata. In America avrebbe lasciato le sue fronde libere di muoversi nel vento.

Il vento, il suo amico vento, soffiava con delicatezza. Un sussurro leggero accompagnava la scia spumeggiante del vaporino, accarezzava Agata, giocava con i suoi capelli, si era fatto poeta narrandole i profumi del mare, quasi sapesse che quello fra loro non era un addio.

Agata respirò a pieni polmoni quell'aria che solo lì, fra terra e mare, aveva un odore così familiare, che la ragazza avrebbe portato con sé, oltreoceano, come una memoria indelebile.

L'isola giaceva immobile in mezzo all'acqua, così vicina che sembrava di poterne accarezzare il profilo, allungando la mano.

Sorrise, la ragazza.

Alzò gli occhi al cielo e vide brillare una stella, sopravvissuta all'arrivo dell'alba.

Nonna, pensò. Non era sola, non lo era mai stata.

Nota dell'autrice

A maggio del 2022, poco prima che uscisse il mio romanzo *Le donne dell'Acquasanta*, sono stata a Lipari con una delle mie classi, accompagnata dalle meravigliose guide della Cooperativa Palma Nana, Alberto e Dada. In quell'occasione l'isola era semideserta e sprigionava un'energia incredibile che mi ha conquistata e che ha segnato il punto di inizio di quella che da lì in poi sarebbe stata la mia nuova vita.

Durante una visita a Salina, entrati nella piccola libreria sul corso, Alberto (una di quelle anime che quando le incontri ti senti davvero a casa) mi ha consigliato un libro dalla copertina blu: *Donne di mare* di Macrina Marilena Maffei. Quel libro è stato la mia *madeleine*, il filo conduttore di tutto ciò che da quel giorno mi ha portata fino a qui, attraverso storie di pescatrici, di donne coraggiose, di miseria e di riscatto. I saggi della dottoressa Maffei sono stati per me non solo fonte di ispirazione, ma preziosissimi strumenti di studio per poter scrivere questa storia. Le pescatrici di Lipari, esattamente come le sigaraie dell'Acquasanta, mi hanno accompagnata per mesi, con le loro vicende, con le loro voci, con i segni tangibili della loro presenza sotto forma di incontri, coincidenze, nuove amicizie e tante mani strette, sorrisi e cuore colmo di gratitudine.

La maga e il velo invece mi ha spalancato le porte sul mondo delle donne che curavano. Annuzza soprattutto, che è una figura realmente esistita e le cui testimonianze si possono leggere nero su bianco nella straordinaria opera saggistico-antropologica della dottoressa Maffei, che ha raccolto per oltre vent'anni le storie narrate in prima persona da tutte le majare di Lipari e delle isole. Alla figura di Annuzza mi sono ispirata per la protagonista Agata, anche se, una volta delineata, ha assunto vita propria come ogni buona disubbidiente che si rispetti. Il dottor De Mauro è realmente esistito e curava a titolo gratuito i coatti, tanto che, quando andò in pensione, gli stessi, a prezzo di enormi sacrifici, lo omaggiarono di una medaglietta d'oro, da loro forgiata, come segno di gratitudine. Il coatto Orazio è ispirato a un personaggio storico realmente esistito, Amedeo Boschi di Ardenza, un fasciante mandato al confino che ci ha restituito un diario dettagliato del suo domicilio coatto attraverso due volumi preziosi: *Ricordi del domicilio coatto* e *Ricordi di Lipari*.

Per quanto riguarda il dialetto, è stata fatta una scelta precisa: non ho usato quello stretto, che sarebbe stato più corretto storicamente e linguisticamente, ma ho optato per una versione semplificata, mista all'italiano, in modo da renderlo comprensibile anche ai non siciliani.

Scrivere un libro è un viaggio interiore fra i più complicati, perché ti mette a contatto con le parti più vulnerabili di te, la paura prima fra tutte, il senso di inadeguatezza e di insicurezza.

Questo viaggio non è stato un'avventura solitaria, ho avuto accanto tante persone meravigliose, tanti regali che la vita mi ha fatto. E ciò che ho perso per strada, esattamente come quando si perde qualcosa di prezioso, ha lasciato tanto dolore e profonde ferite, ma anche il desiderio di rinascere.

La vita è anche questo, ogni inciampo ci ricorda che è necessario rialzarsi e proseguire il proprio cammino.

Nonostante io abbia cercato di essere il più scrupolosa possibile nei dettagli e nelle mie ricerche, il romanzo, appunto perché di romanzo si tratta, si prende delle libertà, per esigenze narrative, per scelta personale e perché ho voluto aggiungere un pizzico della magia che ho respirato sulle isole anche in questa storia.

I personaggi sono quasi tutti frutto della mia fantasia, anche se in ognuno di loro c'è un frammento delle persone a me più care.

Marisa, che nella realtà si chiamava Teresa, è stata veramente uccisa il 29 dicembre 1904 da Francesco Merlino, che le ha poi dato fuoco. Le cronache dell'epoca parlano di un femminicidio efferato. Ho scelto di chiamare la vittima Marisa e non con il suo vero nome in ricordo di Marisa Leo, una ragazza meravigliosa che conoscevo e che è stata uccisa dal suo ex compagno a colpi di fucile in un vigneto in provincia di Trapani nel settembre del 2023. La sua dolcezza e il suo sorriso meritano di essere ricordati da tutti coloro che l'hanno amata.

Infine lui, una precisa stella in mezzo a milioni: il mio Tanu, che in comune con quello del romanzo ha solamente l'azzurro profondo degli occhi e un sorriso meraviglioso. L'ho conosciuto a Palermo, pochi mesi prima di iniziare a scrivere questo libro. È stato l'incontro più magico che la vita potesse regalarmi, un dono inaspettato e meraviglioso, un bellissimo sogno destinato a rimanere tale e che custodisco gelosamente nel mio cuore.

Forse è proprio questo il destino delle grandi passioni: non essere corrisposte, non compiersi mai e sopravvivere, immortali, al tempo.

Ringraziamenti

Il ringraziamento più grande va a una studiosa instancabile e straordinaria, l'antropologa, professoressa Macrina Marilena Maffei. Grazie ai suoi testi ho potuto conoscere non solo la storia delle donne pescatrici, ma anche quella delle majare delle isole Eolie, donne che curavano i più comuni mali attraverso delle formule e dei riti che io amo definire psicomagici e che si tramandavano di generazione in generazione. In uno dei suoi saggi ho avuto modo di venire a contatto con le leggende e le tradizioni tipiche di questi luoghi misteriosi e affascinanti. Il suo lavoro, dettagliato, frutto di anni di ricerche, interviste, incontri con gli abitanti, è stato per me fondamentale e ha costituito la base del mio racconto.

Un grazie particolare va a Stefania Auci, mia sorella d'anima, che mai un momento mi ha lasciato la mano, anche quando il buio era più scuro che mai, e mi ha aiutata ad attraversarlo.

Senza il prezioso e competente appoggio e aiuto dello storico Giuseppe La Greca sarebbe stato impossibile per me riuscire ad avere accesso a così numerosi dettagli sulla storia di Lipari. Con una pazienza infinita ha risposto a tutti i miei dubbi, mi ha inviato pagine e pagine di materiali utili e di documenti introvabili, ha sempre risposto a ogni mio messaggio con una disponibilità ammirevole. Si è occupato anche del dialetto e delle espressioni in lingua liparota. Sua madre, la signora Andreina La Macchia, si ricordava di Annuzza, la majara, e dei majari uomini, e mi ha detto che suo padre sapeva tagliare le trombe d'aria, e che lei se lo ricorda ancora. Sentire questi particolari dalla sua viva voce è stato davvero emozionante.

Grazie a Teodoro Cafarelli e Angelica Furnari, due librai straordinari e due amici speciali che sono stati con me in giro per Lipari, facendomi compagnia nei primi viaggi di ricognizione in cerca delle mie storie, e che non mi hanno mai fatto mancare la loro presenza affettuosa e il loro incoraggiamento.

Renato Candia e Cettina fin dall'inizio mi hanno sostenuta, aiutata e appoggiata, accompagnandomi in giro per l'isola e fornendomi i nomi delle persone con cui avrei potuto parlare per raccogliere spunti e materiali utili al mio lavoro. Con loro gli amici Nelson e Francesca, due padroni di casa straordinari. Nelson ha cucinato per me manicaretti meravigliosi e Franco, il suo braccio destro al ristorante, mi ha coccolata a fine pasto con una Malvasia che ancora ricordo.

Nino Saltalamacchia e Mario Marturano del Centro Studi Eoliano mi hanno messo a disposizione i locali del centro e tutte le pubblicazioni da loro prodotte e conservate con una disponibilità e una generosità impagabili. Nino Falconieri, l'anziano pescatore che mi ha raccontato la storia delle sue sorelle – due donne pescatrici che il presidente della Repubblica Sergio Mattarella ha insignito del Cavalierato al lavoro, su interessamento della professoressa Maffei –, mi ha accolta a casa sua a Canneto e per ore mi ha raccontato aneddoti legati alla pesca e alla vita misera che conducevano gli abitanti delle isole.

Ringrazio padre Giuseppe Mirabito, sacerdote di Marina Corta, per l'aiuto prezioso nella ricerca d'archivio dei sacerdoti che hanno officiato nella parrocchia di San Giuseppe a Marina Corta nei primi anni del Novecento.

A Rosario Lentini, storico di grande spessore, amico e stimato ricercatore, devo le notizie di cronaca e un costante aiuto nel cercare la veridicità di molti dettagli dell'epoca, nonché supporto e incoraggiamento continui.

Un ringraziamento particolare va ad Alberto Culotta perché, se non mi avesse fatto conoscere *Donne di mare* di Macrina Marilena Maffei, questa storia forse non avrebbe preso vita. La sua amicizia è stata per me motore e porto sicuro.

Ringrazio Carlo Muratori, musicista straordinario, per avermi aiutata nella ricerca delle canzoni e per averle messe in musica per me; sentirlo cantare le melodie antiche mi ha commossa e fatto sognare.

Accanto a me in questo viaggio ho avuto la fortuna di avere Antonio Vena e Giulia, Arturo Balostro, Cinzia Orabona, Chiara Messina, Maria Antonietta Ferraloro, Paola Gaglio, Patrizia Cesari, Barbara Andaloro, Gisella Mastrantoni, Rosetta, gli amici di Storo, quelli di Palermo, i miei fantastici colleghi, me fratuzzo Andrea Ferrara e la mia dirigente, la professoressa Rosalba Floria.

Un grazie particolare va a tutti i librai che mi hanno sostenuta e invitata, a tutte le persone che ho conosciuto in questi mesi di presentazioni e che mi hanno accolta, ospitata, abbracciata, che mi hanno fatto sentire parte delle loro storie. Siete voi a darmi la forza di fare tutto questo. Fabrizio Piazza e Alessandro Accurso Tagano in primis, ma anche Nicola Macaione, Daniela Bonanzinga, Daniela Alparone, Mariapia Salerno, poi Ornella, Barbara, Ilaria, Giovanni e tanti, tanti altri.

Grazie a Caterina, la mia editor, perché sa esattamente dove tengo nascoste le storie e come andare a tirarle fuori, e a Mattia Corrente, amico e scrittore di talento, per il prezioso aiuto e le lunghe chiacchierate.

L'impresa più ardua l'ha compiuta il mio amico, professor Massimiliano La Grua, che ha accettato di immortalarmi per la terza di copertina in un soleggiato pomeriggio di gennaio a Mondello. Fotografare me è la vera impresa, ma lui è un grande professionista.

La mia mamma merita il ringraziamento più grande per avermi aiutata e supportata nel momento dell'editing, che è coinciso con le vacanze di Natale 2023, e per esserci sempre. Con lei ringrazio Giacomo, che merita tanto e di più.

Infine ringrazio i miei figli Aurora, Christian e Mattia che convivono da anni con una mamma trottola che, se non è al pc a scrivere o a scuola, è in giro un po' ovunque a presentare. Mi auguro che un giorno possano capire che le passioni, anche se sottraggono tempo agli affetti, sono il motore dell'anima.

Letture di mare e di cielo

La scrittura di questo romanzo è stata preceduta da un lungo lavoro di studio e ricerca.

I tre testi di riferimento per me più importanti sono stati quelli scritti dalla dottoressa Macrina Marilena Maffei: *La danza delle streghe. Cunti e credenze dell'arcipelago eoliano* (Armando, 2018), *Donne di mare. Una storia sommersa dell'arcipelago eoliano* (Pungitopo, 2013) e *La maga e il velo. Incantesimi, riti e poteri del mondo magico eoliano* (Cisu, 2021).

Un classico per chi non avesse mai letto nulla su queste isole è *Viaggio nelle Eolie* di Alexandre Dumas (Pungitopo, 2014). Per quanto riguarda il personaggio del maestro Bonanno e le notizie sulla scuola di fine Ottocento a Lipari, mi sono avvalsa del testo *Come educai, relazione scolastica per l'anno 1890-91* (Francesco Amendola Bonanno, Tip. Caserta e Favaloro, 1892).

Un libro imprescindibile per le descrizioni e per le curiosità legate alla popolazione di Lipari dell'epoca è quello dell'arciduca Luigi d'Austria, *Le isole Lipari – Die Liparischen Inseln*, curato da Pino Paino (volume su Lipari: Edinixe, 1987). I nomi delle reti e le notizie legate alla pesca li ho estrapolati da questi due testi fondamentali: *Il libro dei sistemi di pesca nelle Eolie nell'800* di Mimmo Castellano (C. & Ca., 1978) e *Tra frodi e legalità: pesca a strascico e pesca con la dinamite nei Compartimenti marittimi di Palermo e di Trapani tra Ottocento e Novecento* di Rosario Lentini, contenuto nel volume curato da Valdo D'Arienzo e Biagio Salvemini *Pesci, barche, pescatori nell'area mediterranea dal medioevo all'età contemporanea* (Franco Angeli, 2010).

Il Centro Studi Eoliano è ricco di testi che riguardano l'emigrazione degli isolani verso l'America e l'Australia. A questi scritti mi sono ispirata per ciò che concerne i viaggi e le lettere di Pino: ... *era come andare sulla luna. Il difficile viaggio degli emigranti eoliani: storie, immagini, documenti, dati* (Centro Studi Eoliano, 2010) e *Emigrazione eoliana in Argentina* di Susanna Tesoriero (Centro Studi Eoliano, 2009).

Non da ultimo, mi sono avvalsa del prezioso contributo fornitomi da Giuseppe La Greca con le sue pubblicazioni: *La storia della pomice*, voll. I, II e III (Giovanni Iacolino, 2003 – Centro Studi Eoliano, 2008 e 2009) e *La lunga notte di Lipari* (Centro Studi Eoliano, 2010).

Indice

Finito di stampare nel mese di aprile 2024
presso ✍ Grafica Veneta – via Malcanton 2 – Trebaseleghe (PD)
Printed in Italy